cDv
DRESSLER

Grit Poppe

Anderswelt

Cecilie Dressler Verlag · Hamburg

Von Grit Poppe sind im
Dressler Verlag erschienen:
Käpten Magic
Anderswelt

Einbandillustration von Dieter Wiesmüller
Satz: Dörlemann Satz, Lemförde
Druck und Bindung: GGP Media GmbH, Pößneck
Printed in Germany 2009
ISBN 978-3-7915-1608-0

www.cecilie-dressler.de

Schreib es auf!
Dein Großvater

1

Vermutlich wird mir diese Geschichte sowieso niemand glauben. Jeder wird denken, das hier ist alles ausgedacht. Weil es – nun ja – so verrückt klingt. Aber *wie* es klingt, darauf kann ich jetzt keine Rücksicht nehmen. Und wer will, kann ja denken, dass ich mir das alles nur ausgedacht habe.

Ich war mir auf jeden Fall sicher, meine Oma spinnt ein bisschen, als sie mir das erste Mal von der Anderswelt erzählt hat.

Aber der Reihe nach.

Eigentlich begann alles an einem ganz normalen Nachmittag. Mein Vater kam mit schlechter Laune nach Hause, weil in seiner Anwaltskanzlei kurz vor Feierabend der Computer abgestürzt war. Meine Mutter stand ein paar Minuten später vor der Tür. Sie hielt vier Einkaufsbeutel in den Händen und trug einen vollgestopften Rucksack auf dem Rücken, als ich ihr öffnete. Sie warf mir einen vorwurfsvollen Blick zu und ich wusste natürlich, was das bedeuten sollte. Ich half ihr schnell, die Eier, die Milch und das ganze andere Zeug in den Kühlschrank zu räumen. Aus der Pappschachtel mit den Eiern suppte es ein bisschen, aber ich hielt es für klüger, den Mund zu halten.

»Colin«, sagte sie plötzlich. »Wo sind die Würstchen?«

Ich zuckte nur mit den Schultern und checkte schnell, was ich gerade eingeräumt hatte. Würstchen waren definitiv nicht dabei. Wir hatten uns darauf geeinigt, dass es heute Wiener Würstchen zum Abendbrot geben sollte. Wir einigen uns immer vorher, damit es hinterher keinen Ärger gibt und sich niemand über Käse-Spinat-Auflauf mit eingelegtem Kalbshirn oder so beschweren kann. Außerdem will mein Vater immer Würstchen, Kartoffelsalat und Bier, wenn ein wichtiges Fußballspiel im Fernsehen übertragen wird.
Aber die Würstchen fehlten diesmal. Ohne die fehlenden Würstchen wäre vielleicht alles ganz anders gekommen.
Jedenfalls: Statt Fußball gab es Stress. Mein Vater brüllte meine Mutter an und meine Mutter brüllte meinen Vater an. Erst versuchte ich noch, einzelne Wörter zu verstehen, aber genauso gut könnte man versuchen, einzelne Kartoffeln im Kartoffelbrei zu erkennen. Also rannte ich in mein Zimmer und stellte meinen CD-Player auf volle Lautstärke. Der Rapper brüllte böse Schimpfworte in mein Zimmer. Es war einer von meinen *Ich-bin-sehr-sehr-wütend*-Songs. Ich habe ziemlich viele davon.
Irgendwann riss meine Mutter die Tür auf und brüllte mich an oder den Rapper oder uns beide. Weil die Musik so laut war oder wegen der bösen Schimpfwörter oder wegen beidem. Ihre Augen waren rot vor Zorn, aber vielleicht hatte sie auch geheult.
Eigentlich hätte ich sie gern umarmt, stattdessen brüllte ich zurück. »Schrei mich nicht so an!«, schrie ich sie an.

Am nächsten Tag lag der große schwarze Koffer auf dem Bett im Schlafzimmer meiner Eltern. Ich bemerkte, wie meine Mutter ein Kleid hineinpackte, nicht irgendeins, sondern ihr Lieblingskleid mit dem Muster, das so aussieht, als würden sich viele kleine Kellerasseln zu einer wichtigen Versammlung treffen.
Mein Herz schlug plötzlich ganz schnell. Es zog sich kurz zusammen und dann schlug es zu schnell.
Meine Mutter bemerkte mich und sagte: »Dein Vater und ich wollen nachher etwas Wichtiges mit dir besprechen.« Ihre Stimme klang merkwürdig. Als hätte sie eine Halsentzündung. Aber ihre Augen sahen wieder normal aus: blau, mit einem silbrigen Schimmer in der Mitte.
Die Zeit bis zu diesem Nachher schien mir ziemlich lang zu dauern.
Natürlich hatte ich schon davon gehört, dass Eltern sich scheiden lassen. Beinahe alle Eltern machten das irgendwann, jedenfalls die, die sich wegen nicht vorhandener Würstchen anbrüllten.
Würde ich allein bei meinem Vater zurückbleiben? Oder würde ich mit meiner Mutter in eine neue Wohnung ziehen?
Dann packte meine Mutter eine Jeans meines Vaters in den schwarzen Koffer. Das machte mich irgendwie misstrauisch. Vielleicht würden sie auch beide ausziehen und ich würde als Einziger hier leben – wie Robinson auf seiner Insel, nur ohne Freitag.
Als das Nachher schließlich kam, setzten wir uns mit ernsten Mienen an den Wohnzimmertisch. Es gab keine Kekse und keinen Tee wie sonst um diese Zeit.
»Wir haben uns gestern ziemlich scheißlich benommen«, sagte mein Vater.

Ich lachte über das Wort »scheißlich«, das ich noch nicht kannte. Aber mein Vater hatte wohl in Wirklichkeit scheußlich gesagt, das wurde mir plötzlich klar, als er mich jetzt ansah, als hätte ich den Verstand verloren.
Meine Eltern warteten ab, bis ich mit dem Lachen fertig war.
»Wir fliegen nach Mallorca«, sagte meine Mutter schließlich.
Ich nickte, obwohl ich nicht verstand, was sie mir damit sagen wollte, und hielt nach den Keksen Ausschau. Aber es gab ja keine Kekse.
Mallorca … Sollte das bedeuten, dass meine Eltern in ein anderes Land auswandern würden? Seit einiger Zeit besuchte meine Mutter einen Spanischkurs an der Volkshochschule. Außerdem schwärmte sie davon, irgendwann einmal am Meer zu leben, und hier gab es weit und breit kein Meer. Bei uns in der Gegend plätscherten nur ein paar Bäche vor sich hin, und der kleine Bergsee, zu dem mein Vater und ich mit meiner Mutter manchmal wandern mussten, wurde nicht einmal im Sommer richtig warm.
»Wie du weißt, ist in letzter Zeit nicht alles so gelaufen, wie es laufen sollte«, erklärte mein Vater steif. Er blickte mich nicht an, sondern zog an seinen Fingern. »Deshalb brauchen wir etwas Erholung.«
»Nach dem Urlaub wird es uns wieder besser gehen«, murmelte meine Mutter.
Allmählich fing ich an zu begreifen, was sie mir sagen wollten.
»Wir fliegen ans Mittelmeer?«, fragte ich vorsichtig nach. Ich wusste, dass Mallorca mitten im Mittelmeer lag, auch wenn ich noch nie da gewesen war.
Meine Eltern sahen sich an. Dann sahen sie mich an.

»*Wir* fliegen«, sagte mein Vater und zupfte immer noch an seinen Fingern herum. »Deine Mutter und ich. Zwei Wochen Last Minute nach Mallorca. *Du* wirst so lange bei Oma Louise wohnen.«

»Schnö«, sagte ich. Das sollte keineswegs »Schön« heißen. Vielmehr war der Laut, der aus meinem Mund kam, eine Mischung aus dem bösen Wort, das mit Sch... anfängt, und Nö. Das passiert mir manchmal, dass ich unbeabsichtigt neue Wörter erfinde. Ich schüttelte heftig den Kopf.

»Es geht nicht anders, Colin«, sagte meine Mutter. »Oma passt auf dich auf und du wirst auf Oma aufpassen!«

Ich schüttelte meinen Kopf noch etwas heftiger.

»Du bist doch ein vernünftiger Junge«, behauptete mein Vater.

»Wir starten übermorgen, um 6 Uhr 55«, sagte meine Mutter.

Meine Eltern blickten so finster drein, als wollten sie sich mit einer Rakete auf einen unbekannten Planeten mit klebrigen Aliens schießen lassen.

Ich sprang auf. Die Blicke meiner Eltern schienen irgendwo im Weltraum zu schweben, weit, weit weg von mir, und ich wandte mich von ihnen ab und starrte auf den kekslosen Tisch. Der Appetit auf Gebäck war mir längst vergangen, aber ein paar Krümel auf der Tischdecke wären wenigstens etwas Normales gewesen. Auf dem Weg in mein Zimmer knallte ich die Tür zu. Manchmal sagt ein einziger Knall mehr als tausend Worte. Hoffte ich jedenfalls.

Ich schmiss mich aufs Bett und knabberte an meinen Fingernägeln.

Oma Louise. Ausgerechnet. Oma Louise ist nicht ganz richtig im

Kopf. Einmal hat sie ihr Gebiss aus dem Mund genommen und mit ihm gesprochen, als wäre es Opa Elias.
Mein Opa ist vor ein paar Jahren spurlos verschwunden. Seitdem benimmt sich Oma »wunderlich«, wie meine Mutter sagt.
Später kam mein Vater in mein Zimmer und versuchte, seinen Arm um meine Schultern zu legen.
Ich ließ ihn aber nicht. »Ihr benehmt euch scheißlich«, sagte ich zu ihm.
Er nickte bloß. Als würde er das Wort schon kennen. Oder als würde er gar nicht richtig zuhören.
Der Geruch seines Rasierwassers beruhigte mich ein bisschen. Ich mag diesen Geruch. Er gehört in mein Leben, seit ich riechen kann.
»Oma Louise«, murmelte ich und seufzte. So schlimm wird es schon nicht werden, dachte ich. Und zwei Wochen sind immerhin weniger als ... als drei Wochen zum Beispiel.

2

Meine Oma wusste nicht so richtig, wer ich war, als ich vor ihrer Tür stand. Das merkte ich an dem Ausdruck in ihren Augen und daran, dass sie mich fragte: »Fränzchen?«
Ich hätte fast *Ja* gesagt. Immerhin hielt sie mich überhaupt für jemanden, den sie kannte.

»Colin«, sagte meine Mutter, die hinter mir stand.
»Ach herrje«, sagte meine Oma. »Du siehst gar nicht aus wie ein Lassie.«
Ich lächelte verdutzt.
»Colin«, wiederholte meine Mutter. »Lassie ist ein Collie und Colin ist mein Sohn und dein Enkel.«
»Versteh schon, versteh schon«, sagte meine Oma und rollte mit den Augen. »Bin ja nicht blöd.«
Ich wusste nicht, ob das der richtige Zeitpunkt war, meine Großmutter zu umarmen. Aber ich tat es einfach. Zum ersten Mal war sie kleiner als ich.
Sie reichte mir ungefähr bis zum Kinn. Ihre Locken rochen nach Zimt und Pfeffer und kitzelten mich am Hals. Irgendwie kam sie mir zerbrechlich vor. Deshalb drückte ich nicht so fest.
»Großer junger Mann«, sagte sie erstaunt. Sie blinzelte mich fragend an. Als wüsste sie immer noch nicht, wer ich bin.
»Kleine alte Oma«, sagte ich deshalb. Es sollte ein bisschen witzig sein. Ich hoffte, es klang nicht frech.
Meine Mutter lachte komisch. »Colin wächst und wächst. Er wächst noch in den Himmel.«
»Ich wachse in die Erde«, stellte meine Oma sachlich fest. Sie deutete auf ihre Füße, die in plüschigen rosa Hausschuhen steckten. Die Schuhe hatten weiße Plastikaugen und kleine Meerschweinchenohren. Sie sahen aus, als wollten sie gestreichelt werden.
»Mhm, das duftet aber«, sagte meine Mutter, als wir in den Flur traten.
»Ja, und *wie* das duftet«, sagte ich ehrlich begeistert. Zu Hause

hatte es schon lange keinen selbst gebackenen Kuchen mehr gegeben.
»Ich habe aber schon alles allein aufgegessen«, sagte meine Oma stolz. Dann blinzelte sie mir zu und ich merkte, dass das zum Glück nur ein Scherz sein sollte.
In den Pflaumenkuchen waren irgendwie auch ein paar mit rotem Pfeffer bestreute Gurkenscheiben hineingeraten. Trotzdem schmeckte er super. Wir aßen ihn bis zum letzten Krümel und bis zum letzten Pfefferkorn auf.
Dann hatte meine Mutter wohl keinen besonderen Grund mehr zu bleiben.
»Wir telefonieren«, sagte sie heiser. »Und passt schön auf euch auf.«
Ich brachte sie noch zum Auto, küsste sie und holte meinen Rucksack, eine Kiste mit Lebensmitteln und ein paar andere Sachen aus dem Kofferraum. Dann blickten wir gemeinsam zu den Bergen hinüber, die hier greifbar nah aussahen. »Ist es nicht schön hier, Colin?«, fragte sie munter. »Gib zu, es ist *schön* hier.«
»Grüß Papa und die Haie im Mittelmeer«, sagte ich, als sie in den Wagen stieg, und einen Moment guckte sie ganz erschrocken. Doch dann lachte sie und winkte. Ich winkte zurück.
Die Tür war zu und ich musste dreimal klingeln.
Meine Oma sah mich misstrauisch an. »Fränzchen?«, fragte sie.
»Ich bin Colin«, sagte ich.
»Ich weiß«, sagte meine Oma. »Bin ja nicht blöd.«
Sie streckte die Arme nach mir aus und ich tat ihr den Gefallen und umarmte sie das zweite Mal an diesem Tag, und ihre strup-

pigen Locken kitzelten mich schon wieder. Sie schob ihre Hand in meine Hand und führte mich in das Wohnzimmer, in dem die große Standuhr dreimal gongte. Ihre Hand fühlte sich klein und zerbrechlich an, wie ein Vogel, der aus dem Nest gefallen ist. Auf dem Tisch standen noch die Teller und auf ihnen klebte etwas dunkelvioletter Pflaumensaft. Irgendwie machte mich dieser Anblick traurig. Ich wusste nicht genau, wieso. Vielleicht merkte ich erst jetzt richtig, dass meine Mutter weg war. Auf einmal fühlte ich mich selbst wie ein aus dem Nest gefallener Vogel.
»Irgendjemand hat den Kuchen aufgegessen«, sagte Louise verwundert. »Warst du das?«
Ich zuckte mit den Achseln und nuschelte: »Ich geh jetzt mal auf mein Zimmer.«
Meine Oma tätschelte mir noch die Hand, dann ließ sie mich los.
Mein Zimmer war unter dem Dach und hatte so schräge Wände, dass ich mir gleich mehrere Male den Kopf stieß. Aus dem Fenster konnte man die Berge sehen. In der Ferne sahen sie schwarz aus und ich musste an die Schattenwesen in meinen Computerspielen denken, die ihre üblen Absichten und wahnsinnigen Blicke unter schwarzen Kapuzen verbargen.
Oma Louise wohnt mitten in der Pampa, wie mein Vater immer sagt. Das soll heißen, außer Bergen und Bäumen gibt es hier nichts. Kein Kino. Kein Schwimmbad. Nicht einmal einen Fußballplatz. Mein Vater ist ein Stadtmensch, so wie ich. Bei unserem letzten Besuch bei Oma Louise hielt er sich die ganze Zeit hinter einer großen Zeitung versteckt und kam erst wieder hervor, als wir aufbrechen mussten.

Ich packte meine Sachen in einen wurmstichigen alten Schrank, der quietschte, wenn man ihn öffnete, und der irgendwie ranzig roch, als hätte man ein Pausenbrot ein paar Wochen in der Schulmappe vergessen. Aus meinem Rucksack fischte ich eine Handvoll CDs mit Computerspielen. Erst dann fiel mir ein, dass meine Oma keinen Computer besaß.
Als Nächstes fiel mir ein, dass sie auch keinen Fernseher besaß.
Das werden die langweiligsten vierzehn Tage meines Lebens, dachte ich. Ich konnte ja nicht ahnen, was passieren würde.
Unten hörte ich meine Oma etwas rufen. Wenn ich mich nicht irrte, rief sie nach »Fränzchen«. Ich ahnte schon, dass sie mich damit meinte. Vielleicht konnte ich ja erst mal dafür sorgen, dass meine Oma Spaß hatte, wenn sie schon keinen Fernseher besaß.
Also stolzierte ich wie ein Graf die Treppe hinunter. »Fränzchen, Tänzchen, Kaffeekränzchen«, sang ich. »Pferdeschwänzchen«, sang ich noch hinterher. Außerdem jonglierte ich dabei mit zwei Knäueln zusammengerollter Socken.
Meine Oma guckte bloß. Etwas Rauch waberte um sie herum und das sah irgendwie cool aus. Wie ein mysteriöser Schleier in einem Fantasyfilm. Vielleicht hätte ich bei diesem Anblick schon ahnen können ...? Ja, aber was? Dass Oma Louise nicht ganz von dieser Welt war? Aber das wusste ich ja schon.
Irgendwie roch es angebrannt, aber der Eierkuchen auf meinem Teller sah gelb und knusprig aus. Deshalb schöpfte ich auch keinerlei Verdacht. Meine Oma hatte den Tisch festlich gedeckt, mit blauen Stoffservietten, die wie kleine Berge aussahen. Außerdem hatte sie eine blaue Kerze angezündet.

»Lass es dir schmecken, Fränzchen«, sagte sie feierlich.
»Colin«, murmelte ich. »Ich heiße …«
»Ich weiß«, sagte meine Oma. »Bin ja nicht blöd.« Sie sah mich so entrüstet an, dass ich dachte, der Fehler läge ganz allein bei mir.
Ich zuckte mit den Achseln und schnitt ein kükengroßes Stück von meinem Eierkuchen ab. Dann schob ich es in den Mund. Dann kaute ich. Dann hörte ich auf zu kauen.
Meine Oma blickte mich neugierig an. So als wartete sie auf das Ergebnis eines Experiments. »Iss mal schön, Fränzchen«, sagte sie.
Ich nickte, weil ich dachte, dass sie es gut mit mir meinte. Und so meinte sie es ja wahrscheinlich auch. Doch meine Zunge schob den Eierkuchenmansch aus meinem Mund und das Etwas klatschte auf meinen Teller.
»Salz!«, rief ich. »Du hast Salz statt Zucker genommen!«
Louise wackelte mit dem Kopf. Vielleicht sollte es auch ein Kopfschütteln sein. »In Aromanien werden Eierkuchen immer herzhaft serviert«, sagte sie. »Und ich backe Eierkuchen nach aromanischem Rezept.« Sie schob die Unterlippe gekränkt vor.
Verlegen betrachtete ich die Sauerei auf meinem Teller. »Ja, also …«, stammelte ich und überlegte, was ich sagen sollte. Meine Oma sah immer noch eingeschnappt aus und ich wollte die Beleidigung irgendwie rückgängig machen. »Dann kennen sich die Aromanier ja wohl aus mit allem, was Aroma und Geschmack betrifft.«
»Zum Nachtisch gibt es Eierkuchen mit Apfelmus«, erklärte meine Oma da. »Möchtest du jetzt deinen Nachtisch?«

3

Ich musste um fünf Uhr früh aufstehen und brauchte zwei Stunden und vierzehn Minuten, um in die Schule zu kommen. In dem ersten Bus, mit dem ich fuhr, saß neben mir ein alter Mann mit einem Huhn auf dem Schoß. Man konnte das Huhn nicht sehen, weil es in einem Sack steckte, aber es gackerte eine halbe Stunde lang. Dann hörte es plötzlich auf und ich fragte mich, ob es gestorben war. Ich beobachtete heimlich den Leinensack, aber da bewegte sich nichts mehr. Der Mann bewegte sich auch nicht, abgesehen von seiner Nase. Er war eingeschlafen und schnarchte leise vor sich hin. Seine Nasenflügel flatterten dabei. Als ich aufstand, um in den anderen Bus umzusteigen, fing das Huhn wieder an zu gackern. Das Tier drehte den Kopf unter dem Stoff hin und her, als könnte es gar nicht verstehen, wieso es nichts sah. Ich musste – mit meinem Rucksack auf dem Rücken und dem Sportbeutel unter dem Arm – über den Mann und das Huhn hinüberklettern, was ziemlich mühselig war. »Hühnerdiebe«, murmelte der Mann plötzlich und blinzelte misstrauisch zu mir auf. »Überall Hühnerdiebe!« Er zog den Sack an sich, als fürchtete er tatsächlich, ich könnte seinen Vogel klauen.
Der zweite Bus, mit dem ich fuhr, war überfüllt und ich musste stehen. Als der Fahrer einmal scharf bremste, fiel ich auf eine dicke Dame und machte eine Tüte mit Pfannkuchen platt, die sie auf dem Schoß hielt. Sie schrie mir so laut ins Ohr, dass es den Rest des Tages ein bisschen taub blieb.

Zum Glück kam ich pünktlich in der Schule an und ich musste nicht erklären, dass ich jetzt bei Oma Louise wohnte, die in der Pampa lebte und die nicht ganz bei Verstand war. Von manchen Typen in unserer Klasse wird man schon gedisst, wenn einem nach einer unruhigen Nacht die Haare zu Berge stehen. Es war besser, niemandem etwas von Oma Louise zu erzählen, denn dann würde auch niemand dumme Fragen stellen.
In der Schule lief es also wie üblich, außer im Sportunterricht, aber das hatte nichts mit Oma Louise zu tun.
Enrico will mal Profifußballer werden – das erzählt er jedem, der es hören will, und den anderen auch. Eigentlich hält er so gut wie jeden Ball. Eigentlich. Vielleicht hatte er nur einen schlechten Tag; ich hatte auf jeden Fall einen Tag, an dem ich vor allem wütend war. Wütend darauf, dass meine Eltern jetzt am Strand von Mallorca lagen und ich mich in einer Turnhalle befand, in der es wie üblich nach Schweiß und alten Socken stank. Und mit dieser Wut in meinem Bauch hatte Enrico gegen mich keine Chance. Kurz: Ich schoss einen Hattrick. Drei Mal hintereinander traf ich das Tor, obwohl Enrico im Kasten stand und mich so böse anstarrte, wie er nur konnte. Eigentlich mag ich es nicht, wenn ich nicht gemocht werde. Und deshalb versuche ich, mit allen aus meiner Klasse gut auszukommen. Meistens klappt das auch. Aber an diesem Tag traf ich drei Mal ins Netz, meine Mannschaft gewann, und Enrico sah wütend aus wie ein Bullterrier, dem man die Wurst gestohlen hat. Leider musste unser Sportlehrer, Herr Eichinger, noch eins draufsetzen, indem er Noten verteilte für das Spiel. Ich hatte noch nie eine Eins bekommen im Sportunterricht und der zukünftige Oliver Kahn noch nie eine Sechs.

Mir war schon klar, dass Enrico sich irgendwann rächen würde. Allerdings ahnte ich an diesem Tag noch nicht, dass sich durch diese Rache mein Leben verändern sollte.

Auf dem Rückweg versuchte ich im Bus meine Hausaufgaben zu machen, aber der Bus gondelte in Schlangenlinien, weil es so viele Kurven gab, und dann fuhr er auf und ab, weil die Landschaft hügeliger wurde. Die Zahlen, die ich in die Kästchen des Matheblocks zwängen wollte, sprangen auf dem Papier umher wie Flöhe im Fell eines Dorfköters. Als wir steil hinunter in ein Tal sausten, schwappte das Schulessen unangenehm in meinem Bauch herum – es hatte Nudeleintopf gegeben. Ich merkte, wie mir allmählich schlecht wurde und der Nudeleintopf in mir langsam höherstieg, wie die Lava in einem Vulkan. Also ließ ich die Hausaufgaben Hausaufgaben sein, starrte in den Wald hinein und versuchte mir vorzustellen, dass das da draußen die Landschaft eines meiner Computerspiele war. Hinter jedem Baum konnte ein Zombie lauern. Doch es klappte nicht, die Bäume rauschten einfach vorbei, aber immerhin beruhigte sich mein Magen langsam wieder.
Meine Oma begrüßte mich mit einem misstrauischen »Fränzchen, bist du's?«. Ich sagte einfach Ja, weil ich müde war von der langen Fahrt, und da öffnete sie die Haustür ganz weit und streckte die Arme nach mir aus, als hätte sie mich wochenlang nicht gesehen.
Zum Kaffee gab es Blaubeermuffins und die schmeckten so himmlisch, dass ich die kleinen Tomatenstückchen auf dem Zuckerguss einfach ignorierte.

Meine Oma freute sich über meinen Appetit. Sie lächelte mich an und goss mir Kaffee in eine Tasse aus hauchdünnem Porzellan. Eigentlich soll ich noch keinen Kaffee trinken, weil ich erst elf bin. Aber ich musste meiner Großmutter ja nicht erzählen, was ich durfte und was nicht. Mit Milch und Zucker schmeckte der Kaffee auch nicht mehr so bitter, sondern fast wie Kakao. Der Henkel der Tasse war so winzig, dass ich nicht wusste, wie ich ihn festhalten sollte. Ich schob ihn schließlich einfach auf meinen Zeigefinger, wie einen Ring. Als ich ausgetrunken hatte, konnte ich auf dem Boden der Tasse zwei Engel mit Locken und Pausbacken sehen. Ich verbrachte einige Zeit damit, die beiden anzustarren, weil ich den Henkel nicht so schnell wieder von meinem Finger abbekam.

Als ich mir gerade den nächsten Muffin angelte, bemerkte ich den dritten Teller. Oma Louise hatte für drei Personen gedeckt.

»Kommt noch jemand zu Besuch?«, fragte ich verblüfft.

Wir saßen diesmal im Flur an dem langen Esstisch. Der Flur ist eigentlich das größte Zimmer in dem kleinen Haus. Er ist so groß wie ein Saal und von hier gelangt man auf der linken Seite in das Wohnzimmer, auf der rechten Seite in das Schlafzimmer meiner Oma und über eine schmale Treppe hinauf in den Raum, in dem man sich den Kopf an der schrägen Wand des Daches stößt.

Ich weiß, das klingt jetzt erst mal langweilig, aber das Merkwürdige ist, dass es in Omas Haus mehr Türen als Zimmer gibt.

Jedenfalls wusste ich bis zu diesem Zeitpunkt nicht, was sich hinter der schmalen alten Holztür verbarg. Mit Sicherheit hätte ich schon einmal nachgesehen, aber sie war mit einem Vorhän-

geschloss zugesperrt. Außerdem nahm ich an, dass dort vielleicht nur ein Vorrat an Lebensmittelkonserven aufbewahrt wurde oder Besen und Schrubber und so ein Zeug.
Die Tür hatte ja nicht mal eine Klinke und wohin sollte schon eine Tür führen, die nicht einmal eine Klinke besaß?
Meine Großmutter lächelte unsicher, als hätte sie die Frage nicht richtig verstanden. Also fragte ich: »Für wen ist der dritte Teller?«
»Für deinen Großvater«, antwortete sie.
»Für Opa Elias?« Auf meiner Zunge machte sich ein leicht säuerlicher Tomatengeschmack breit.
Louise nickte. »Sicher möchte er ein Kirschtörtchen, wenn er nach Hause kommt.« Ihr Blick wanderte langsam zu der Tür mit dem Vorhängeschloss hinüber. Ihre Augen bekamen einen glasigen Glanz. »Dein Großvater kommt mich manchmal besuchen, musst du wissen.«
Ich spürte etwas meinen Rücken entlanglaufen, es fühlte sich an wie die Beine einer Ameise oder eines noch kleineren Insekts. »Wo … ist er … Wo ist er denn hin?«
»Er ist der Spur gefolgt«, sagte meine Oma, ohne die Tür aus den Augen zu lassen.
»Welcher Spur?«
Sie antwortete nicht. Mir fiel ein, dass meine Mutter mir erklärt hatte, dass man vollständige Sätze bilden sollte, wenn man mit Großmutter Louise sprach.
»Welcher Spur ist Opa Elias gefolgt?«
»Der Spur des Sauriers«, sagte sie, als wäre es das Selbstverständlichste auf der Welt. »Er ist der Spur des Sauriers nachgegangen.«

Ich nickte. »Alles klar, Oma.«
Es hörte sich spöttisch an, obwohl ich es nicht so meinte. Mir kam nur plötzlich Enrico in den Sinn. Wenn Enrico meine Oma jetzt hören könnte ... Dann hätte er jede Menge Munition gegen mich. Garantiert würde er mich ein paar Wochen lang damit beschießen. Von meinem Hattrick im Sportunterricht würde niemand mehr reden, eine verrückte Großmutter, die für einen Geist den Tisch deckte und von Saurierspuren erzählte, war als Thema viel ergiebiger.
»Die Spur des Sauriers hat ihn in die Anderswelt geführt.« Omas Stimme klang ganz normal. Als würde sie über so etwas Alltägliches wie eine Talkshow im Fernsehen reden.
»Mhm«, machte ich, presste die Lippen zusammen und senkte den Blick. Ich betrachtete die Engel auf dem Boden meiner Tasse. Sie grinsten mich an und verdrehten die Augen.

4 Am Abend wälzte ich mich in meinem Bett hin und her und konnte nicht einschlafen. Das Gestell knarrte bei jeder Bewegung, fast hörte es sich so an, als würde es sich beklagen, dass ich zu schwer sei. Vielleicht bin ich tatsächlich etwas zu schwer für ein so altes Bett. Aber dafür kann ich nichts. Ich esse eben gern Kuchen, Pizza und Eis. Spinat mit Rosinen oder Zucchini-

mus mit Schafskäse oder Austernpilz-Tofu-Schnitzel mit schwarzem Sesam mag ich dagegen gar nicht. Meine Mutter hat es längst aufgegeben, mir solche Sachen auf den Teller zu legen. Und das, obwohl sie im größten Bio-Laden der Stadt arbeitet. Aber sie hat mich nie gezwungen, Tofu-Würstchen besser zu finden als richtige Wiener.

Ich rutschte mit dem Hintern in die Kuhle der Matratze und das Bett stöhnte. Vielleicht hatte ich es an einer empfindlichen Stelle getroffen. Also rutschte ich wieder hinauf, doch unter mir knarrte es nur noch lauter.

Eigentlich lag es nicht an dem Bett, dass ich nicht einschlafen konnte. Es lag an der Tür ohne Klinke. Sie ging mir nicht mehr aus dem Sinn. Meine Großmutter hatte sie so merkwürdig angesehen, als würde mein Opa direkt dahinterhocken.

»Dein Opa Elias ist in den Wald gegangen«, hatte meine Mutter ein einziges Mal stockend erzählt. »Und er ... er ist nie zurückgekehrt. Niemand weiß, was mit ihm geschehen ist. Niemand hat ihn je wieder gesehen. Auch wenn deine Oma manchmal behauptet, dass er sie besuchen kommt. Sie bringt Gegenwart und Vergangenheit hin und wieder ein bisschen durcheinander, verstehst du?«

Ich dachte eine Weile über diese Worte nach. Sie hörten sich an wie eine Erklärung. Aber eigentlich erklärten sie nichts. Wohin wollte er damals? Welches Geheimnis steckte hinter seinem Verschwinden? Und wieso konnte man ihn nicht finden?

Die Tür ... Sie war braun, oder? Nein, fast schwarz. Oder grau?

Jedenfalls glich sie keiner der anderen Türen in dem Haus – nicht

nur, weil die Klinke fehlte. Irgendetwas stimmte nicht mit ihr. Aber was?
Von meinem Bett aus konnte ich das unmöglich herausfinden.
Also stand ich auf.
Die alten Dielen unter meinen nackten Füßen fühlten sich rau an.
Eine Weile lauschte ich in die Dunkelheit hinein. Durch das Dachfenster sah ich einen Stern, der ganz allein vor sich hin flimmerte.
»Ja, schon gut«, flüsterte ich zum Himmel hinauf. »Ich geh ja schon.«
Sprach ich mit mir selbst oder mit dem flirrenden Stern? Keine Ahnung. Aber die eigene Stimme zu hören ist immer noch besser, als die Stille in der Nacht auszuhalten.
Mir fiel die Taschenlampe in meinem Rucksack ein. Also tappte ich vorwärts, bis ich mit dem großen Zeh gegen den Reißverschluss stieß. Der Reißverschluss fühlte sich gruslig an, wie ein Maul mit Zähnen.
Schließlich stand ich vor der Tür ohne Klinke und leuchtete sie mit meiner Taschenlampe an. Wieso hatte ich eben noch etwas Besonderes in ihr gesehen? Vor einer verschlossenen Tür zu stehen, bringt einen keinen Schritt weiter. So viel wusste ich jetzt.
Unter mir knarrten die Dielen und einen Moment hatte ich das Gefühl, auf einem Schiff zu stehen, das sich langsam schaukelnd durch die Nacht bewegte. Ich richtete die Taschenlampe auf das Schloss. Es sah etwas rostig aus. So, als hätte es lange Zeit niemand mehr geöffnet.
Was nun?

Im Grunde gab es nur zwei Möglichkeiten:

1. Ich konnte wieder ins Bett gehen und würde morgen meine Oma nach dem Schlüssel fragen.
2. Ich musste versuchen, das Vorhängeschloss zu öffnen. Und zwar jetzt gleich.

Gegen die erste Möglichkeit sprach allerdings, dass ich hellwach war und sowieso nicht schlafen konnte. Außerdem konnte ich nicht davon ausgehen, dass meine Großmutter sich daran erinnerte, wo sich der Schlüssel befand. Gegen die zweite Variante sprach, dass ich nicht wusste, *wie* ich das Schloss öffnen sollte. Ich besaß weder eine Büroklammer noch eine Haarnadel oder was man sonst so für Einbrüche benutzt.

Ohne weiter darüber nachzudenken, nahm ich das Schloss in die Hand und zog daran. Es knirschte leise, dann knackte es. Und dann war es offen. Einfach so. Wahrscheinlich hatte meine Oma gar nicht abgeschlossen. Ich kam mir ein bisschen blöd vor.

Die Tür quietschte, als ich sie öffnete. Ein muffiger Geruch schlug mir entgegen, aber es war kein ekliger Gestank nach Verdorbenem, sondern es roch eher süßlich.

Auf den ersten Blick sah es in der Kammer aus wie in jeder anderen Kammer. Regale auf beiden Seiten, allerlei Gerümpel, alte Zeitungen, vergilbte Bücher. Das Licht meiner Taschenlampe huschte ungeduldig über eine Reihe von Gläsern, die mit irgendwas gefüllt waren. Dicke Spinnweben zogen sich über die Gefäße. Vielleicht hatte meine Großmutter einfach nur vergessen, dass sie hier selbst gemachte Kirschkonfitüre oder Pflaumenmus aufbewahrte.

Ich tappte barfuß weiter in den Raum hinein und versuchte, so vorsichtig wie möglich aufzutreten. Ein verrosteter Nagel im Hacken fehlte mir gerade noch. An die Spinnen, die all die Netze gewebt hatten, mochte ich lieber nicht denken. Wenn ich erst mal damit anfing, mir all die haarigen Achtbeiner vorzustellen, die in den Ecken hockten oder direkt über mir baumelten, konnte ich meine Expedition auch gleich abbrechen. Die Kammer war schmal und lang. Ich beschloss, bis zum Ende zu gehen und dann umzukehren, wenn ich nichts Besonderes entdeckte. Oben wartete immer noch mein Bett auf mich und vielleicht konnte ich doch noch schlafen, wenn ich genug Müll, Staub und Spinnweben gesehen hatte. Ich ließ den Schein der Taschenlampe über jeden einzelnen Gegenstand gleiten. Aber eigentlich rechnete ich nicht mehr damit, in diesem schmutzigen Verlies noch etwas Außergewöhnliches zu finden. So öffnete ich den Koffer, der auf einem kleinen Tisch am Ende des Ganges stand, ohne große Erwartungen. Ich leuchtete hinein und bemerkte, dass er Steine enthielt, etwas Werkzeug und eine staubige Papierrolle. Ich wunderte mich ein bisschen über diesen Inhalt und wollte den Koffer schon wieder schließen, als mir auffiel, dass der eine Stein ein merkwürdiges Muster besaß. Ich nahm ihn an mich, vorsichtig, als könnte er zerbrechen, und betrachtete ihn genauer. Es war ein Fossil, ich hatte solche Versteinerungen schon im Museum gesehen. Der Stein fühlte sich rau und sandig an, als wäre er gerade erst ausgegraben worden. Auf den ersten Blick ähnelte er einer Schnecke, aber die Windungen waren geriffelt. Vielleicht handelte es sich ja um eine Art Wurm, der sich zusammengerollt hatte?

5

Am nächsten Tag kam ich zu spät in die Schule. Mit dem Fossil in der Hand war ich im ersten Bus eingeschlafen und hatte den Umstieg in den zweiten Bus verpasst. Ich musste eine Weile auf die Linie 17 warten, die mich in die Stadt bringen sollte, und verbrachte die Zeit damit, meinen Fund genauer zu betrachten. Immer wieder fuhr ich mit dem Daumen über die vielen kleinen Rillen und folgte der Windung. Das war kein Wurm und auch keine Schnecke; es musste ein ausgestorbenes Tier sein. Hatte mein Großvater den Stein entdeckt? Hing sein Verschwinden mit den Dingen in dem Koffer zusammen?
Ich versäumte Mathe und Bio, und als ich den Klassenraum betrat, roch es nach Weihnachten, obwohl wir eigentlich Frühling hatten. Herr Moser, unser Geschichtslehrer, warf mir einen wenig gnädigen Blick zu, sagte aber nichts. Also sagte ich auch nichts, sondern huschte auf meinen Platz.
Der Stuhl neben mir war leer. Tessy, die sonst dort saß, stand vor der Klasse und hielt ihren Vortrag über Hexenverfolgung im Mittelalter. Sie redete gerade über den spanischen Stiefel. Ich brauchte eine Weile, um zu begreifen, dass das kein Kleidungsstück war, sondern ein grausiges Folterinstrument. Es tat mir ein bisschen leid, dass ich ausgerechnet zu Tessys Vortrag zu spät kam. Ich wusste, dass sie sich seit Wochen darauf vorbereitet hatte. Dabei war sie keine Streberin wie eine von diesen Mädchen, die heulen, wenn sie mal eine Zwei bekommen; sie in-

teressierte sich tatsächlich für Hexen und Zauberei und das Mittelalter.
Der Weihnachtsduft kam von dem Scheiterhaufen, den sie als Modell gebastelt hatte. Eine kleine Gummipuppe, die allerdings eher wie eine Bäuerin aussah, hing an einem Minipfahl, und unter den aufgeschichteten Zweiglein und dem Stroh qualmte eine kegelförmige Räucherkerze ein bisschen vor sich hin. Dann erlosch sie plötzlich. Der süßliche Rauch schwebte durch den Raum, als Tessy sagte: »Jetzt komme ich zu meinem letzten Punkt: der Hexenverbrennung. Das häufigste Urteil bei Hexenprozessen war der Tod durch Feuer. Die Verbrennungen auf dem Scheiterhaufen waren öffentlich und jede Menge Leute guckten zu, sogar Priester und Bürgermeister. Ich habe euch ja eben schon von Jeanne d'Arc erzählt, die man am 30. Mai 1431 verbrannte, nur weil sie Männerklamotten getragen hat. Aber sie war nur eine von vielen. Allein in Deutschland sollen 20000 Menschen hingerichtet worden sein, davon etwa 16000 Frauen. Die Verurteilte wurde an einen Pfahl gekettet, wie ihr hier an dem Modell erkennen könnt, und dann ...«
Sie nahm eine Streichholzschachtel vom Lehrertisch und versuchte den Kegel noch einmal anzuzünden. Aber das Streichholz brannte ab, ohne dass es ihr gelang. Das zweite Stäbchen zerbrach. Man sah jetzt, dass Tessy aufgeregt war. Sie strich sich immer wieder ihre roten Haare aus dem Gesicht und kaute auf ihrer Unterlippe herum.
»Ist gut, Therese«, sagte Herr Moser. »Vielen Dank. Deine Hexe hat ja vorhin schon gebrannt.«
Es gab ein paar Lacher in der Klasse, aber Tessy ignorierte sie,

genauso wie das, was Herr Moser gesagt hatte. »Hat jemand ein Feuerzeug?«, fragte sie verzweifelt.
Eigentlich durfte man keine Feuerzeuge in die Schule mitbringen. Aber von meiner nächtlichen Expedition hinter die Tür ohne Klinke hatte ich noch eines in der Hosentasche stecken. »Hier, fang auf!«, rief ich und freute mich, dass ich Tessy helfen konnte. Vielleicht würde sie mir jetzt verzeihen, dass ich das meiste von ihrem Vortrag verpasst hatte.
»Das ist wirklich nicht nötig«, sagte Herr Moser streng. Doch Tessy hörte nicht auf ihn.
Leider war die Flamme viel zu groß. Statt des kleinen Kegels stand plötzlich tatsächlich der Scheiterhaufen in Flammen. Herr Moser sprang von seinem Stuhl und warf den nassen Tafelschwamm auf das Feuer, das mitten auf dem Lehrertisch brannte. Einige Mädchen kreischten oder lachten, man konnte den Unterschied nicht so genau hören. Zum Glück war der Brand schnell gelöscht. Es stank nach verbranntem Gummi und eine schwarze Rauchwolke schwebte zur Decke. Doch gerade als die Aufregung sich etwas zu legen begann, schrillte der Feueralarm. Bei Feueralarm mussten wir das Schulgebäude sofort verlassen. Eigentlich gab es ja keinen Grund mehr dazu, aber Vorschrift ist eben Vorschrift.
Tessy rannte durch den Flur neben mir her. Ich sah, dass sie blass war und mit den Tränen kämpfte. »Es ist nicht deine Schuld!«, rief ich ihr zu. Doch sie erwiderte nichts.
Auf dem Schulhof versammelten sich die Klassen, die Lehrer versuchten hektisch Ordnung in das Durcheinander zu bringen, und für einen Moment verlor ich Tessy aus den Augen. Dann

hörte man auch schon die Sirenen der herannahenden Feuerwehr. Die Feuerwehr kam auch dann, wenn es einen Fehlalarm gab – also gar nicht so selten.
Ich hielt nach Tessy Ausschau, und als ich ihre roten Haare in der Menge entdeckte, drängelte ich mich zu ihr durch. Ihr Gesicht sah immer noch weiß aus, beinahe so weiß wie die Bluse, die sie zur Feier des Tages trug. Sie hielt die kleine versengte Gummipuppe in der Hand und betrachtete sie, als könnte sie sich nicht erklären, was das alles zu bedeuten hatte. »Findest du das nicht auch seltsam?«, fragte sie, als sie mich bemerkte. »Findest du es nicht seltsam, dass das ausgerechnet dann passiert, wenn ich von Hexen und Hexerei rede?« Sie drückte mir etwas in die Hand. Es war mein Feuerzeug.
Ich steckte es in die Hosentasche und zuckte mit den Schultern. Irgendwie fand ich es logisch, dass ein Scheiterhaufen, an den man eine Flamme hielt, auch brannte. Aber mit Logik konnte ich Tessy im Moment nicht kommen. Außerdem fühlte ich mich irgendwie schuldig für das, was passiert war. Ich hätte das Feuerzeug überprüfen und die Flamme kleiner stellen sollen. Mir fiel nicht ein, was ich zu Tessy sagen konnte, um sie zu trösten. Vielleicht sollte ich ihr das Fossil aus dem Koffer zeigen? Tessy seufzte tief, es klang unglücklich, fast wie ein Schluchzen. Deshalb legte ich kurz meinen Arm um sie. Wirklich nur ganz kurz, ein oder zwei Sekunden, ich schwöre es.
»Verliebt in eine Hexe?«, zischte es hinter mir. Ich drehte mich um. Es war Enrico, der mich hämisch angrinste. Ich antwortete nicht und wandte mich wieder ab. Wenn das seine Rache für meinen Hattrick war, konnte ich damit leben.

»Lass dich nicht ärgern«, meinte Tessy leise.
Ich schüttelte den Kopf und zog das Fossil aus meiner ausgebeulten Jackentasche. »Schau dir das mal an«, sagte ich.
Tessy warf einen Blick auf die Versteinerung. »Hübsch«, murmelte sie und strich flüchtig über das Fossil, als wäre es die Pfote eines niedlichen Kätzchens. »Hast du den Ammoniten selbst gefunden?«
»Ammoniten ...? Ja, klar. Kennst du dich mit Fossilien aus?«
»Nur ein bisschen.«
»Sieht aus wie ein Wurm.«
Tessy lachte.
»Dabei ist es gar keiner«, sagte ich schnell.
»Was du da in der Hand hältst, war einmal die Schale von dem Urviech. Es hat, glaube ich, vor vielen Millionen Jahren im Meer gelebt. Muss wohl so was Ähnliches wie ein Tintenfisch gewesen sein.«
Ich nickte.
»Im Mittelalter glaubte man, dass Ammoniten versteinerte Schlangen sind. Es gab sogar eine Sage: in der rettete die heilige Hilda die Bewohner eines Küstenstädtchens vor einer Schlangeninvasion, indem sie die Schlangen zu Stein werden ließ.«
»Cool.«
»Man dachte, dass die Schlangensteine Glück und Reichtum bringen und vor Krankheiten, Hexenmagie und Blitzschlägen schützten. Wo hast du den Ammoniten gefunden?«
»In einem alten Koffer.« Natürlich dachte ich daran, Tessy zu erzählen, was es mit dem Stein auf sich hatte, aber dann wäre ich nicht drum herumgekommen, auch Oma Louise und meine

Eltern zu erwähnen und zu erklären, warum ich nicht zu Hause wohnte. Also ließ ich es. »Ich hoffe, du bekommst keine Probleme wegen dem Feuerwehreinsatz«, wechselte ich das Thema.
»Ist wahrscheinlich das erste Mal, dass die wegen einem Scheiterhaufen ausrücken mussten.« Tessy lächelte mich an und ich lächelte zurück.

6

Dass die Haustür halb offen stand, kam mir gleich verdächtig vor. Meine Oma schließt meist ab, wenn sie allein zu Hause ist.
Der Tisch im Flur war gedeckt. Der Duft von gerösteten Mandeln stieg mir in die Nase und ich entdeckte einen Teller mit Keksen. »Oma?«, rief ich und wartete eine Weile, aber es kam keine Antwort.
»Vielleicht hat sie sich nur ein bisschen hingelegt«, sagte ich zu mir selbst, weil es so komisch still war. Ich nahm mir einen Keks; er schmeckte süß und nach Nüssen und Mandeln, aber auch ein bisschen scharf, nach Pfeffer vielleicht. Auf meiner Zunge begann es zu kribbeln. Ich bekam Durst und trank einen Schluck aus der Tasse mit den Engeln. Der Kaffee war kalt und bitter.
»Oma?«, fragte ich noch einmal. Mein Herz klopfte plötzlich schneller. Ich sah jetzt, dass die Tür ohne Klinke einen Spaltbreit

aufstand. Das Vorhängeschloss baumelte lose am Riegel. Hatte ich in der Nacht vergessen, die Tür zu schließen?
Im Schlafzimmer meiner Großmutter sah es sehr hell aus. Weiße Möbel, weiße Gardinen, weiße Bettwäsche. Auf der einen Seite des Ehebetts lag eine Daunendecke wie eine Wolke, die gerade vom Himmel gefallen war. Vorsichtshalber hob ich sie hoch. Meine Oma ist ziemlich klein und in einem großen Bett kann man sie leicht übersehen.
Aber da war sie nicht.
Die andere Hälfte des Ehebetts, also die meines Großvaters, war unberührt. Seit Jahren hat dort niemand mehr geschlafen, aber meine Oma bezieht Kissen und Decke regelmäßig frisch, als könnte Elias plötzlich müde in den Raum geschlurft kommen.
Meine Oma war auch nicht im Bad, nicht in der Küche und nicht im Wohnzimmer. Ich dachte an das Märchen mit den sieben Geißlein, das sie mir früher erzählt hatte. Falls ein Wolf oder so hier gewesen sein sollte, hatte sie sich vielleicht in der großen Standuhr versteckt. Aber natürlich hockte niemand in dem Uhrenkasten. Das Pendel schlug hin und her, mit diesem regelmäßigen Klick Klack, das normalerweise beruhigend auf mich wirkt, aber im Augenblick machte es mich nur noch nervöser. Der Gong schlug vier Mal und – ich konnte mir nicht helfen – es klang vorwurfsvoll. Das goldene Zifferblatt blickte mich an wie das Auge eines Drachen.
»Oma passt auf dich auf und du wirst auf Oma aufpassen!«, hatte meine Mutter gesagt. Mir wurde jetzt erst klar, was die Worte bedeuteten. Ich musste sie finden, bevor etwas Schreckliches passierte! Manchmal laufen alte Leute mit ihren Krückstö-

cken auf die Autobahn. Das hatte ich in der Zeitung gelesen. Zum Glück gab es hier weit und breit keine Autobahn. Nur Wald und Berge. Nur Wald und Berge?! Vielleicht hatte sie sich da draußen irgendwo verirrt und stürzte gerade jetzt eine Schlucht hinunter?
Ich brauchte eine Spur. Irgendeinen Hinweis.
Der Koffer fiel mir ein und ich stürmte in die dunkle Kammer. Ein Glas polterte zu Boden und ging zu Bruch. *Keine Marmelade,* dachte ich. Was immer das ist, das ist *keine Marmelade*. Aber ich hatte keine Zeit, das Ganze genauer zu untersuchen.
Der Koffer stand offen und ich sah gleich, dass etwas fehlte. Nur was?
Zögernd griff ich nach der vergilbten Rolle Papier, die ich in der Nacht kaum beachtet hatte. Ich holte mein Feuerzeug aus der Hosentasche und dachte zum Glück daran, die Flamme kleiner zu stellen, ehe ich es anknipste.
Eine Karte! Ich hielt eine Karte in der Hand!
Meine Beine liefen wie von selbst mit mir los.
Im Tageslicht sah ich mir den Bogen Papier genauer an. Das heißt, erst mal pustete ich die dicke Schicht Staub von der Seite. Es war unschwer zu erkennen, dass es sich um eine Lagezeichnung von dieser Gegend handelte. Am unteren Rand rechts befand sich das Haus meiner Großmutter. Der Zeichner hatte sehr genau gearbeitet, sogar die Anzahl der Fenster stimmte; außerdem stand *Louise & Elias Wörner* in einer kleinen verschnörkelten Schrift unter der Skizze. Am anderen Ende der Karte war ein dickes Kreuz eingezeichnet und etwas, das aussah wie eine Spur oder Fährte.

Vielleicht wäre es das Beste, die Polizei einzuschalten. Sie konnten mit Hubschraubern nach meiner Oma suchen. Aber ich stellte mir sofort die erschrockenen Augen meiner Großmutter vor, die sie machen würde, wenn ein Hubschrauber neben ihr landete. Vermutlich würde sie nur versuchen, vor den uniformierten, bewaffneten Polizisten davonzulaufen. Sie würde hinfallen und sich etwas brechen – alte Leute brechen sich schnell alles Mögliche – und das wäre allein meine Schuld.
Außerdem hatte *ich* den Auftrag, auf Louise aufzupassen, und nicht die Polizei.
Und wie es aussah, war das Kreuz auf der Karte sogar beinahe in der Nähe. Ich musste nur kühl und überlegt handeln. Vielleicht war sie ja auch noch gar nicht so weit gekommen.
Ich ging noch einmal in das Haus und packte Proviant, also sämtliche Kekse und eine Flasche Zitronenlimonade, die Taschenlampe, ein altes Handy, das mir mein Vater überlassen hatte, und die Karte in meinen Rucksack.
Dann klingelte das Telefon in die Stille des Hauses hinein und ich fuhr erschrocken zusammen. Rief die Polizei schon an? Oder jemand aus dem Krankenhaus?
»Wie geht's euch? Geht's euch gut?«, hörte ich meine Mutter hektisch fragen.
»Alles bestens«, antwortete ich und hoffte, dass meine Stimme, das kurze Flackern in meiner Stimme, mich nicht verriet.
»Kommst du klar mit Oma? Kommt sie klar mit dir?« Ich hörte, dass meine Mutter Münzen in den Apparat warf. Irgendwie schien sie einen siebten Sinn zu besitzen – dass sie ausgerechnet jetzt anrief …

»'türlich. Mach dir mal keine Sorgen«, sagte ich. »Wie läuft's so ... auf Mallorca?« Eigentlich lag mir auf der Zunge: Wie läuft's so mit dir und Papa, aber sie würde am Telefon sowieso nicht mit der Wahrheit herausrücken. Und außerdem musste ich los!

»Hier ist es super, wirklich toll!« Im Hintergrund war jetzt Musik zu hören, es klang nach billigem Discoschrott, und meine Mutter schrie beinahe gegen die Töne an. »Das Hotel ist riesig und stell dir vor, der Pool ist ganz oben, im zehnten Stock! Über den Dächern von Palma! Wir haben heute eine Inselrundfahrt gemacht. Von einer Bucht zur nächsten. Eine traumhafte Landschaft, sag ich dir. Wirklich schade, Colin, dass du nicht hier sein kannst. Was macht die Schu...?«

»Ja, hört sich ja echt cool an«, unterbrach ich sie. »Aber ich muss jetzt wirklich Schluss machen ... Oma ruft; ich soll ihr was helfen. Beim Abwaschen. Vielleicht können wir morgen noch mal telefonieren?«

»Kannst du sie mir mal geben, Colin?«

»Geht jetzt nicht. Sie hat nasse Hände. Bis morgen also! Tschüs! Und Grüße an Papa!«

»Coli...«

Ich legte einfach auf. Sollten meine Eltern ruhig im zehnten Stock am Pool liegen, über Palma schauen und sich Sorgen machen. Geschah ihnen recht. Wieso ließen sie mich auch allein?

Gerade als ich hinausrennen wollte, bemerkte ich, dass die Schuhe meiner Großmutter noch in dem Regal neben der Tür standen. Schwarze, klobig wirkende Halbschuhe, die ihr bis zum Knöchel reichten, extra orthopädistische oder wie die Dinger

heißen. Einen Moment stutzte ich. Vielleicht war sie doch noch irgendwo im Haus.
Ich warf einen Blick zur Garderobe hinüber. Ihr Mantel fehlte. Da hing nur noch ein nackter Kleiderbügel am Haken.

7 Auf der Karte war eine wellige blaue Linie eingezeichnet, die direkt zu der Stelle mit dem Kreuz führte. Das musste der Salamanderbach sein, einen Fluss gab es hier nicht. Als ich noch ganz klein war, hatte mir mein Großvater die Feuersalamander gezeigt, die hier lebten. Im Laufe der Jahre wurden es allerdings immer weniger. Und schließlich fanden wir keinen einzigen Salamander mehr. Und nach den Feuersalamandern verschwand dann auch mein Großvater. Daran musste ich denken, als ich den zugewucherten Pfad entlanglief. Wo war der Bach bloß geblieben? Ich ging den Weg doch nicht zum ersten Mal! Von einem Weg war allerdings kaum noch etwas zu erkennen.
Colin, woher willst du überhaupt wissen, dass deine Großmutter zu dem Kreuz auf der Karte unterwegs ist?, fragte ich mich selbst streng. Keine Ahnung, antwortete ich mir in Gedanken. Aber irgendetwas sagte mir, dass ihr Verschwinden mit der Kammer und mit meinem Großvater zu tun hatte. Und die Karte war der einzige Hinweis.

Es konnte auf alle Fälle nicht schaden, die Stelle aufzusuchen und nachzusehen. Wenn ich sie dort nicht fand und zurückkam und sie saß in ihrem gemütlichen Sessel vor dem Radio und hörte den knarrenden Sender, den sie so zu mögen schien, wäre das auch okay. Aber ich konnte mich nicht darauf verlassen, dass sich mein Problem von allein löste.

Ab und zu blieb ich stehen, lauschte, blickte über Brennnessel und Gestrüpp hinweg und rief laut: »Oma?«

Aber nichts rührte sich. Nur ein paar Schmetterlinge flatterten an mir vorbei.

Ich sah mich auch nach Spuren um. Aber dass eine alte Frau, die kaum etwas wog, auffällige Fußstapfen hinterließ, schien mir nicht sehr wahrscheinlich. Vermutlich richteten sich die Gräser unter ihren Füßen sofort wieder auf, wenn sie weiterging.

Endlich hörte ich es leise plätschern. Ich lief auf das Geräusch zu und stellte fest, dass der Bach viel schmaler aussah als früher. Das Rinnsal lag in einem Bett aus Moos und Steinen und glitzerte im Licht der Sonne.

»Hallo, du«, murmelte ich, ließ meine Hand ins klare, kalte Wasser gleiten und hielt automatisch nach Feuersalamandern Ausschau. Irgendwie kam es mir vor, als würde mein Großvater hinter mir stehen.

Ich spürte, dass ein Schatten auf mich fiel, und drehte mich um. Aber da stand kein Großvater. Nur ein Baum. »Oma?«, rief ich, als könnte sie oben in der Astgabel sitzen. Aber auf einem der Zweige hüpfte nur eine Krähe umher, die gerade ein Nest baute.

Ich seufzte, sah mir die Karte noch einmal gründlich an, und dann folgte ich dem Lauf des Baches.

Der Boden um den Bach herum war sumpfig. Meine Schritte schmatzten, als würden sie ein leckres Hähnchen verspeisen, und Wasser schwappte in meine Schuhe. Es machte mir erstaunlich wenig aus. Allerdings brachte der Gedanke an das Hähnchen meinen Magen zum Knurren. Ich holte ein paar Kekse aus dem Rucksack und aß sie, während ich weiterlief. Die Kekse munterten mich auf, wenn man das so sagen kann. Sie schienen mich mit meiner Oma zu verbinden. Sie schmeckten frisch, knackig, einfach wunderbar, und das pfeffrige Brennen im Mund hielt mich wach und machte mich aufmerksam. Solche Kekse sollte man vor Klassenarbeiten verteilen.

Die Strecke am Bach entlang war ein Umweg, das wusste ich. Aber welchen Weg sollte ich sonst gehen? Ich konnte nur versuchen, so schnell wie möglich vorwärtszukommen. Und das tat ich. Ich marschierte wie aufgezogen und die Frösche sprangen erschrocken vor mir davon ins Wasser.

Als der Wald begann, nahm ich mir einen dicken Zweig als Wanderstab und lief nur noch zügiger. Ich bin nicht der Beste im Sport, was Schnelligkeit betrifft, aber Ausdauerlauf hat mir noch nie was ausgemacht.

Wie aus dem Nichts tauchten die ersten Felsen auf, sie standen da wie schweigsame Riesen. Ich blickte zu ihnen empor und fühlte mich wie ein Zwerg, als hinter mir ein Ast knackte. Ich fuhr herum und sah einen Mann in Uniform auf mich zukommen. Also doch. Es ist was passiert, schoss es mir durch den Kopf.

Aber es war kein Polizist, es war der Förster.

»Hast du dich verlaufen, Junge?«, fragte er.

Ich schüttelte den Kopf. »Wir spielen nur ... Schatzsuche. Kindergeburtstag, Sie verstehen?«
Der Mann sah mich zweifelnd an. »Wo sind die anderen?«
»Tja, jeder sucht für sich allein. Aber wir haben eine Schatzkarte.« Ich öffnete meinen Rucksack und holte den Plan hervor. »Vielleicht können Sie mir ja weiterhelfen. Ich muss dahin.« Ich deutete auf das Kreuz.
Der Förster drehte und wendete das Papier in den Händen. »Das kann nicht mehr weit sein«, sagte er. »Der schiefe rote Felsen, der hier eingezeichnet ist ... Siehst du?« Der Mann tippte auf etwas, das aussah wie eine erdbeerrote verschnupfte Nase. »Der ist dahinten, keine hundert Meter von hier, und von da aus kommst du direkt zu dem alten Steinbruch.«
»Genau, der alte Steinbruch«, wiederholte ich eifrig. »Da ist irgendwo der Schatz versteckt.« Wahrscheinlich hörte ich mich an wie ein Fünfjähriger, der den Osterhasen suchte.
»Sag mal, Bürschchen, wissen deine Eltern, dass du dich hier herumtreibst?« Auf der Stirn des Mannes erschienen wellige Falten.
»Ja, natürlich, was denken Sie denn?« Ich gab mir wirklich Mühe, meine Stimme entrüstet klingen zu lassen. »Meine Eltern haben sich diese nervige Schatzsucherei schließlich ausgedacht.«
Der Förster lachte. »Eltern sind manchmal komisch, was?«
»Allerdings«, gab ich zu und seufzte tief.
»Ich dachte immer, Jungs in deinem Alter spielen Playstation und surfen im Internet, statt sich noch in einem echten Wald herumzutreiben und sich echte nasse Füße zu holen.« Spöttisch blickte er auf meine völlig durchweichten Sneakers hinab.

Ich verzog meine Mundwinkel und stieß eine Art Lachen aus, das jedoch eher nach einem Hustenreiz klang. Dem Förster schien das als Antwort zu genügen.
»Na dann, viel Spaß noch«, sagte er und tippte an seine Mütze.
»Danke für Ihre Hilfe«, sagte ich artig. Nach ein paar Schritten drehte ich mich um. Der Wald hatte den Mann verschluckt. Ich nahm den schiefen roten Felsen ins Visier und rannte drauflos.

8 »Halloma!«, rief ich, als ich sie auf einem großen Gesteinsbrocken sitzen sah, der von einem Busch halb verdeckt wurde. Natürlich sollte das »Hallo, Oma!« heißen. Aber ich war viel zu aufgeregt, um die zwei Wörter ordentlich hintereinander zu sagen.
Meine Großmutter winkte und lächelte, als hätte sie damit gerechnet, dass ich hier früher oder später auftauchte. Ich fühlte wirklich, wie mir ein Stein vom Herzen fiel, und ich rannte auf sie zu und umarmte sie.
»Du bist aber groß geworden, junger Mann!«, rief sie erschrocken. Sie schien vergessen zu haben, dass ich im Moment bei ihr wohnte.
»Geht es dir gut?«, fragte ich.
»Mir geht es wunderbar«, sagte meine Oma fröhlich.

Trotzdem musterte ich sie besorgt. Ich wusste ja, dass Erwachsene oft so tun, als sei alles in Ordnung, und je mehr sie das betonen, umso wahrscheinlicher ist es, dass gerade etwas überhaupt nicht in Ordnung ist.

Aber meine Oma schien wirklich zufrieden und gesund zu sein. Sie hatte es sich auf dem Steinbrocken gemütlich gemacht und ihren Mantel wie eine Picknickdecke darüber ausgebreitet. Allerdings trug sie ihr Nachthemd, das mit Rosen bedruckt war, und ihre plüschigen rosa Hausschuhe mit den kleinen Ohren und den großen Augen statt richtiger Schuhe. Eines der Plastikaugen hing nur noch lose an dem Plüsch und die Meerschweinchenohren sahen geknickt und schmutzig aus. Ich beugte mich über die Pantoffeln und streichelte sie, als wären es richtige Haustiere. Der Stoff war feucht und an einigen Stellen verfilzt und mit Dreck oder Lehm beschmiert. Meine Oma kicherte leise.

Ich ließ mich auf den Felsen neben sie plumpsen und sah mich jetzt erst richtig um. Der Steinbruch war mit Gräsern und Büschen überwachsen, nur an einigen Stellen schoben sich riesige rotbraune Brocken aus der Erde.

Direkt neben uns steckten zwei schiefe verwitterte Warnschilder in der felsigen Erde. Auf dem einen stand: BETRETEN DES GRUNDSTÜCKS VERBOTEN! ELTERN HAFTEN FÜR IHRE KINDER! Nun ja, solche Schilder hatte ich schon öfter gesehen – und mich nicht weiter darum gekümmert. Beunruhigender fand ich, was auf dem zweiten Schild zu lesen war: VORSICHT! SPRENGARBEITEN! UNBEFUGTEN IST DAS BETRETEN VERBOTEN!

Besonders das Wort SPRENGARBEITEN machte mir Angst.

Vielleicht saß meine Großmutter ahnungslos auf einer Ladung Dynamit?
Allerdings schienen die Schilder vor einer Ewigkeit aufgestellt worden zu sein. Die Stangen sahen schon ganz rostig aus.
Um uns surrten zwei Libellen mit durchsichtigen Flügeln, die Sonne schien und ein leichter Wind wehte. Eine friedlichere Gegend konnte ich mir kaum vorstellen.
»Oma, was machst du hier?«, fragte ich vorsichtig. Ich wollte auf keinen Fall das Lächeln aus ihrem Gesicht vertreiben. Hier draußen, in dieser Landschaft, mit den Hügeln um uns herum, sah sie beinahe glücklich aus. Allerdings schimmerten ihre Augen wässrig, so als hätte sie geweint. Aber vielleicht kam das vom Wind?
»Elias hat mich besucht«, sagte sie. »Ich habe ihm seine Lieblingskekse gebacken, aber er hatte wohl keinen Hunger.«
»Hast du ihn gesehen?«
Sie schüttelte den Kopf und beugte sich zu mir. »Die Tür zur Kammer stand offen«, flüsterte sie in mein Ohr.
Ich nickte und wusste nicht, was ich sagen sollte. Das schlechte Gewissen machte mich stumm.
Um uns herum war nichts zu hören außer Wasserrauschen. Der Bach floss nur ein paar Schritte entfernt. Die beiden Libellen sausten erstaunlich geradlinig darauf zu, stoppten mitten im Flug, als müssten sie über etwas nachdenken, und glitten dann weiter durch die Luft. Ich blickte in den Himmel hinauf und sah eine Wolke, die direkt über uns hing, als wollte sie uns zudecken.
»Aber warum bist du hierhergekommen, Oma?«, fragte ich sie schließlich.

»Es muss hier irgendwo sein«, murmelte sie.
»Aber *was* denn?«
Meine Oma zuckte mit den Schultern. »Das Tor zur Anderswelt, was sonst.«
»Das Tor zur Anderswelt?«, wiederholte ich ratlos.
Sie sah mich mit einem Anflug von Ärger an, als wäre ich etwas begriffsstutzig.
»Man muss nur der Spur folgen«, murmelte sie. »Dorthin, wo nichts mehr zu sein scheint. Unter der grünen Haut der Erde ... Dort findest du die Welt, die anders ist. Anders als alles, was du kennst.«
Zu meiner Überraschung holte sie unter ihrem Mantel einen länglichen Gegenstand hervor. Es war ein Hammer, aber kein gewöhnlicher, oben war er lang und spitz, wie der Schnabel eines ziemlich kräftigen Vogels. Er gehörte zu den Werkzeugen, die ich in dem Koffer in der Kammer gesehen hatte, das erkannte ich gleich. Trotzdem fragte ich verwundert: »Was ist das?«
Meine Oma kicherte wieder, wie vorhin, als ich ihre Hausschuhe gestreichelt hatte. »Der Schlüssel«, sagte sie. »Der Schlüssel zur Anderswelt.«
Langsam streckte sie den Arm mit dem Werkzeug aus und reichte es mir so feierlich, als wäre es aus Gold. »Nimm du ihn, Fränzchen.«
»Colin«, murmelte ich. Aber meine Oma achtete nicht darauf. Und eigentlich hatte ich mich schon fast an »Fränzchen« gewöhnt.
Ich nahm den Hammer und betrachtete ihn. In den Stiel aus

Holz waren zwei Buchstaben eingebrannt: *E. W.* »Er gehört Opa Elias.«
Meine Großmutter nickte bloß. Dann schüttelte sie den Kopf. »Er gehört jetzt dir.«
»Danke«, sagte ich ratlos. Meine Oma schenkte also mir – oder Fränzchen – einen Hammer. Wer auch immer Fränzchen war. Wahrscheinlich wollte sie mir nur eine Freude machen. Aber was sollte ich mit dem Werkzeug anfangen? Vielleicht war ich ja wirklich ein bisschen schwer von Begriff. Mir fiel nur ein, ihn in den Rucksack zu stecken.
»Wir müssen jetzt nach Hause gehen«, sagte ich und half Louise beim Aufstehen. »Es ist schon ziemlich spät.« Ich dachte an den langen Rückweg und hoffte nur, dass meine Großmutter eine Abkürzung kannte.
Ihr Arm fühlte sich kalt an und ich machte mir sofort Sorgen, dass sie eine Lungenentzündung bekommen könnte. Ich nahm ihren Mantel, der weich und gefleckt war wie ein Leopardenfell, legte ihn um ihre Schultern und wartete, bis sie in die Ärmel schlüpfte. Dann griff ich nach meinem Rucksack und erst da entdeckte ich sie: die Fährte! Auf dem Felsen, auf dem wir gesessen hatten, zeichnete sich der steinerne Fuß eines Tieres deutlich ab. Die Zehen wirkten breit und massig und auf den ersten Blick sah es so aus, als wäre das Tier gerade erst hier entlanggelaufen und dabei im Schlamm eingesunken.
Ohne Zweifel, das war – die Spur des Sauriers!

9

Am nächsten Morgen rannte ich zur Bushaltestelle, obwohl ich genau wusste, dass ich zu spät dran war.
Ich stand in dem Wartehäuschen und studierte den Fahrplan an der Wand, auf dem ein paar Sticker von Spiderman klebten. »So ein Mist!«, murmelte ich vor mich hin. »Gerade weg! Vor einer Minute! Höchstens!«
Spiderman starrte mich mit seinen leeren Insektenaugen an, während er sich mit einem Faden, der aus seinem Handgelenk geschossen kam, von einer Abfahrtszeit zur nächsten schwang. Ich starrte zurück. Was sollte ich jetzt bloß tun? »Könntest du nicht vorbeikommen und mir ein bisschen unter die Arme greifen?«, fragte ich den Superhelden. Einen Moment sah ich mich an einem Spinnfaden durch die Luft direkt zur Schule schweben. Ich stellte mir den Ausdruck in Tessys Gesicht vor, wenn sie mich an einer Lampe baumelnd entdeckte. Die Mischung aus Staunen und Bewunderung in ihrem Blick ... Aber Spiderman ließ auf sich warten. Ich musste mir eine andere Lösung überlegen.
Der nächste Bus fuhr erst in zwei Stunden und ich wusste nicht, ob der Anschluss klappte. Selbst wenn ich die Linie 17 erreichte, würde ich ungefähr die Hälfte der Unterrichtsstunden versäumen. Auf jeden Fall wartete in der Schule ein Riesenärger auf mich. Also konnte ich genauso gut auch gar nicht fahren. Vielleicht ließ sich der Riesenärger ja irgendwie vermeiden, wenn ich heute einfach fehlte?

Ich musste mir nur eine Krankheit mit einem fiesen Namen ausdenken. Hyperbronchiogitis zum Beispiel. Keine Ahnung, was das sein sollte, aber niemand von den Lehrern würde es wagen, bei einer so komplizierten Diagnose nachzufragen. Hoffte ich jedenfalls. Eine Weile trommelte ich mit den Fingerkuppen nervös auf Spidermans roter Glatze herum.
Wenn ich Oma morgen früh weckte und sie im Halbschlaf einen Entschuldigungszettel unterschreiben ließ ... Sie würde mir schon glauben, dass ich krank gewesen war.
»Guck mich nicht so an!«, sagte ich zu Spiderman. »Schließlich schummelst du ja auch ganz schön. Oder hast du schon mal eine Spinne gesehen, bei der der Faden aus dem Handgelenk kommt?«

Kaum eine Stunde später saß ich auf dem rotbraunen Felsen neben der Spur des Sauriers und aß das Frühstück, das meine Oma mir gestern Abend in den Rucksack gesteckt hatte. Dunkles, etwas zähes Brot mit Blaubeerkonfitüre und cremigem Camembert. Es schmeckte gar nicht so übel, wirklich. Wahrscheinlich hatte ich mich indessen schon an die Mischung aus süß und salzig gewöhnt.
Es war immer noch sehr früh am Morgen und über den Wiesen lagen dicke Nebelschleier, die dem Käse auf meinem Brot ein bisschen ähnlich sahen.
Die Gipfel der Berge waren verhüllt, als hätte sie jemand über Nacht mit Zuckerwatte zugedeckt.
Allein hier zu sein kam mir etwas komisch vor. Ohne meine Eltern, ohne meine Oma, ohne Tessy. Ohne Tessy? Nun ja, für

gewöhnlich saß sie in der Schule neben mir und vermutlich würde sie sich heute fragen, warum mein Stuhl leer blieb.
In Gedanken beamte ich Tessy zu mir; sie hätte bestimmt nichts dagegen, den Tag statt im Klassenzimmer in einem Steinbruch zu verbringen.
Was machen wir jetzt?, fragte die Tessy in meinem Kopf.
»Gute Frage«, murmelte ich und zog den Hammer mit dem Vogelschnabel aus meinem Rucksack. »Wenn ich das wüsste.«
Ich betrachtete das Werkzeug eine Weile, als könnte es mir Auskunft geben über das, was als Nächstes zu tun war. Dann legte ich meine Hand auf die steinerne Spur. Die Fährte war groß; die drei Zehen des Tieres, das vor Millionen Jahren hier gelebt hatte, sahen etliche Zentimeter unter meinen Fingern hervor. Meine Hand füllte gerade mal die Hacke des Tieres aus.
»Grüß dich, Saurier, hast du gut geschlafen?«, fragte ich und fand mich etwas merkwürdig. Erst sprach ich mit Spiderman an der Bushaltestelle, dann mit Tessy, die gar nicht da war, und jetzt fragte ich auch noch ein ausgestorbenes Wesen aus der Urzeit, ob es gut geschlafen habe.
Der Junge wird immer wunderlicher, würde meine Mutter dazu sagen. Ich sah meinen Vater nicken und sich hinter einer Zeitung verstecken. Dann fiel mir ein, dass meine Eltern höchstwahrscheinlich noch tief und fest in ihrem Hotelzimmer auf ihrer Insel im Mittelmeer schliefen. Ich brauchte mir also keine Sorgen darüber machen, was sie davon hielten, dass ich die Schule schwänzte und mich, statt Englischvokabeln zu pauken, mit dem steinernen Fußabdruck eines Sauriers unterhielt.
Mit dem Hammer in der Hand sprang ich von dem Felsbro-

cken hinunter und lief einmal um ihn herum. Wenigstens konnte die Spur nicht vom Wind weggeweht oder vom Regen weggespült werden. Sie war schon hier gewesen, als es noch nicht einen einzigen Menschen auf der ganzen weiten Welt gegeben hatte. Vorausgesetzt, sie stammte wirklich von einem Saurier. Bei dem Gedanken daran, wie lange diese Urzeit-Vergangenheit schon her war, wurde mir etwas schwindlig. Ich stützte mich auf das Gestein – und spürte, dass der Brocken sich leicht bewegte. Ich probierte es gleich noch einmal und drückte mit mehr Kraft. Tatsächlich: Der Fels lag keineswegs felsenfest auf der Erde. Er ließ sich bewegen. Er wippte sogar hin und her – wenn auch nur ein paar Millimeter.

Falls mein Großvater tatsächlich der Spur des Sauriers gefolgt war, wo war er dann hingegangen?

Wenn der Felsen leicht nach oben gekippt lag, führte die Fährte in den Wald, wenn man ihn das winzige Stück nach unten kippte, zeigte die Spur eher in Richtung Erde. Was hatte das zu bedeuten?

Die Kiefern und Tannen des Waldes sahen aus wie alle Kiefern und Tannen. Also suchte ich den Boden um den Brocken herum ab und nahm einen Klumpen Erde in die Hand. Er war feucht und lehmig wie ein Kuhfladen, aber weiter in der Mitte, also innendrin, fühlte er sich trocken an und zerbröselte, wenn ich etwas drückte. Ratlos betrachtete ich meine Hand, die jetzt ziemlich schmutzig aussah. Dann ging mir ein Licht auf: Die Erde war nicht so fest, wie sie auf den ersten Blick aussah.

Ich nahm den Hammer von dem Felsen und hieb die Spitze mit Kraft in den Boden vor meinen Füßen. Aber ich hatte Pech. Es

klirrte nur. Metall knallte auf Stein. Offenbar hatte ich einen Brocken getroffen, der unter dem lehmigen Sand verborgen lag.
Ich kletterte auf den Felsen und schaute eine Weile in das Tal hinab. Der funkelnde Bach, die mit Gras bewachsenen Hügel, die schweren rotbraunen Brocken und Gesteinsplatten, winzige modrige Tümpel, über die Libellen surrten ... Das alles kam mir plötzlich so bekannt vor. Dann erinnerte ich mich daran, dass ich mit meinem Großvater vor langer Zeit einmal hier gewesen war. Ich muss noch sehr klein gewesen sein, denn ich hatte geweint, weil wir keinen einzigen Feuersalamander entdeckten. Opa Elias versuchte mich zu trösten, und wenn ich mich nicht täusche, sagte er so etwas wie: »Keine Angst, mein Junge, wenn du die Feuersalamander nicht mehr finden kannst, heißt das nur, dass sie ein sicheres Versteck gefunden haben.« Und nach diesen Worten führte er mich zu dem alten Steinbruch.
Wie hatte ich das nur vergessen können?
Jetzt sah ich ihn wieder vor mir, als wären wir erst gestern auf unserer Entdeckungstour gewesen. Er hob hier und da vorsichtig einen Stein an und überall fanden wir Tiere. Zwar keinen Feuersalamander, aber Blindschleichen, Eidechsen und sogar eine Kreuzotter. Die Schlange beeindruckte mich ganz besonders, wohl weil ich Angst vor ihr hatte. Sie bewegte sich nicht, sie blickte uns nur mit ihren rot leuchtenden Augen an. Mein Großvater redete mit ruhiger Stimme über ihr hübsches Zickzackmuster und ich hatte den Eindruck, als sprach er gleichzeitig mit mir und mit der Schlange. All das kam mir damals vor wie ein Wunder und ich glaubte meinem Opa: Klar, die Feuersalamander hatten sich gut versteckt, was sonst.

Mit dem Bild meines Großvaters vor Augen ließ ich mich auf dem Felsen neben der Saurierspur nieder. Ich griff in meine Jackentasche und holte den Ammoniten hervor, den ich in der Kammer in dem Koffer gefunden hatte. Vielleicht lagen ein paar Millionen Jahre zwischen den beiden Steinen? Ich steckte das Fossil wieder ein, fischte ein paar Kekse aus meinem Schulrucksack und aß sie hintereinander auf. Nicht, weil ich Hunger hatte, sondern weil mir manchmal beim Essen Ideen kommen. Die Kekse waren nicht mehr so knusprig wie gestern, aber darauf kam es auch nicht an. Ich wartete auf einen Geistesblitz, auf einen zündenden Funken, und starrte, bis es so weit war, die Wolken an, die langsamer als in Zeitlupe vorbeizogen und sich allmählich in eine Herde weißer Dinosaurier verwandelten.

Als ich wieder aufwachte, taten mir die Rippen weh, ich hatte direkt auf der Fährte aus der Urzeit gelegen.
Aber ich wusste jetzt plötzlich, was zu tun war.

10

Manche Leute bezeichnen mich als kräftig, damit meinen sie aber nicht meine Muskeln, sondern eher meine Figur. Andere sagen auch stämmig und ein paar Jungs, die mich nicht besonders mögen,… – aber das lasse ich jetzt aus.

Die wenigsten wissen, dass ich nicht nur kräftig bin, sondern auch stark – jedenfalls dann, wenn es um etwas sehr Wichtiges geht.
Und an diesem Tag ging es um etwas sehr Wichtiges. Ich wollte herausfinden, wohin mein Opa verschwunden war, und ich wollte wissen, was es mit der Anderswelt auf sich hatte. Gab es das Tor, von dem meine Großmutter gesprochen hatte, wirklich? Oder glaubte sie nur an eine Art Märchen?
Ich sprang von dem Fels hinunter und begann, ihn zum Schaukeln zu bringen. Jedes Mal, wenn er ein kleines Stück nach oben kippte, stemmte ich mich mit aller Gewalt dagegen. Meine Finger schmerzten schon bald und ich riss mir die Haut an den Armen auf. Auch meine Wange bekam eine Schramme ab, als der Fels in seine Position zurückrutschte. Es sah also nicht so aus, als würde mir der gewaltige Brocken den Gefallen tun und zur Seite fallen.
Eher würde er wohl auf meinen Fuß krachen und meine Zehen zu Brei zerquetschen. Aber ich arbeitete hartnäckig weiter. Immerhin hatte ich jetzt ein Ziel vor Augen und ich fragte mich, ob mein Vater stolz auf mich wäre, könnte er sehen, was ich hier trieb.
Es bedeutet ihm sehr viel, dass sich sein einziges Kind »Ziele setzt«, wie er das nennt. Allerdings liegt ihm noch mehr daran, dass ich mich an die Regeln halte.
Und im Moment verstieß ich gegen so einige Regeln – wenn auch nicht mit voller Absicht. Wahrscheinlich verstieß ich sogar gegen irgendein Gesetz und es gab ein paar verhängnisvolle Paragrafen für Leute wie mich. Aber vielleicht irrte ich mich auch, was mei-

nen Vater betraf. Vielleicht würde er mir zu einer Pause raten, wäre er hier: »Wenn du nicht vorwärtskommst, ruh dich einen Moment aus und überlege, Colin. Benutz dein Gehirn und such dir, wenn nötig, Hilfe.«
Manchmal redet er so zu mir und ich finde das oft komisch und ein bisschen peinlich für uns beide, aber meist probiere ich aus, wozu er mir rät.
Also ließ ich es auch jetzt zu, dass der Stein in seine Position zurückrollte, und betrachtete meine kleinen Schrammen und Wunden, in denen sich Staub und Dreck mit meinem Blut mischten. Dann ging ich zum Bach hinüber und wusch mich mit dem klaren eiskalten Wasser. Ich konnte jeden Stein auf dem Grund deutlich erkennen und ich ertappte mich dabei, dass ich nach Fossilien Ausschau hielt.
Aber in dem Wasser lagen nur runde glatt geschliffene Kiesel. Dafür entdeckte ich auf der anderen Seite des Baches plötzlich einen Gegenstand, der mir vielleicht weiterhelfen konnte. Es war eine lange Stange aus Metall – womöglich stammte sie von einem weiteren Verbotsschild.
Ich kümmerte mich nicht weiter darum, wie sie hierhergeraten war, sondern nahm Anlauf und sprang. Über den Bach – nun ja, fast. Ich landete auf einem wackligen Stein und fiel, mit den Armen rudernd, rückwärts der Länge nach hin. Doch ich rappelte mich sofort wieder auf und im nächsten Moment hielt ich triumphierend die Stange über meinen Kopf, als wäre sie ein Speer, und stieß eine Art Indianergeheul aus. Was machte es schon, dass meine Hose klitschnass war und ich tropfte wie ein begossener Pudel?

Auf dem Rückweg überquerte ich den Bach mit Leichtigkeit, indem ich die Stange in den schlammigen Grund des Baches rammte und einen Stabhochsprung über das Gewässer vollführte – nur dass es keine Latte gab, die ich überwinden musste. Herr Eichinger, mein Sportlehrer, wäre bestimmt erstaunt gewesen über meine ungeahnten Fähigkeiten.
Auf der anderen Seite angekommen, fiel mir Frau Gruber ein, die Physik unterrichtete. Nicht dass ich mich plötzlich nach der Schule sehnte, aber ich erinnerte mich an ein Gesetz, das Hebelgesetz hieß. Frau Gruber hatte uns erst kürzlich ein paar Experimente zu diesem Thema durchführen lassen.
Ohne lange zu zögern, schob ich das Metall also zwischen den Saurierfels und die Erde und stemmte mit aller Kraft die Stange nach oben. Und tatsächlich! Ich schaffte es, den schweren Brocken hochzustemmen. Ich begann zu schwitzen und jetzt freute ich mich, dass meine Sachen nass waren und mich etwas abkühlten. Noch einmal spannte ich meine Muskeln an, biss stöhnend die Zähne zusammen, und schließlich – es kam mir vor wie eine Ewigkeit – gab der Stein nach und rutschte ein Stück zur Seite. Meine Hände brannten wie Feuer. Ich ließ die Stange fallen und beugte mich über die Erde, die ich freigelegt hatte. Sie sah enttäuschend normal aus. Nichts wies darauf hin, dass es hier etwas zu entdecken gab.
Meine Mühe war umsonst. Ich hatte mich geirrt. Ich jagte einem Märchen nach, einem Hirngespinst meiner Oma.
Ich nahm den Hammer aus dem Gras und pfefferte ihn wie einen Tomahawk wütend auf den braunen nichtssagenden Boden. Was tat ich hier eigentlich?

Die Metallspitze des Werkzeugs steckte in der Erde. Missmutig betrachtete ich sie, als plötzlich etwas Merkwürdiges geschah. Eine feine Linie bildete sich im Sand. Es sah aus wie ein harmloser Strich, den jemand mit einem Stock in den Sand gemalt hatte. Aber dieser Strich wurde länger und breiter.
Ich rührte mich nicht, als könnte eine Bewegung die Erscheinung verscheuchen wie einen ängstlichen Vogel. Ich wagte kaum zu atmen. Erst als der Hammer begann, Stück für Stück einzusinken, griff ich nach dem Schaft.
Unter mir, zwischen meinen Füßen, bildete sich jetzt deutlich sichtbar ein Riss. Es kam mir vor, als würde das Werkzeug in meinen Händen heiß. An einer Stelle spürte ich es besonders deutlich: Es war die Gravur, die Initialen meines Großvaters, die auf meiner Haut brannten. Ohne nachzudenken, ja, ohne dass ich das geplant hatte, hob ich den Hammer und schlug zu, direkt in den Spalt hinein. Ich hörte Steine bröckeln und dann schob sich die Erde auseinander. Unter meinen Füßen ruckelte es auf einmal, wie bei einem Erdbeben, und ich sprang ein Stück zurück.
Mir wurde schwindlig, als ich die dunkle längliche Öffnung erblickte. Es sah aus wie ein Schacht, der ins Nirgendwo führte. War hier das Tor, von dem meine Großmutter gesprochen hatte? War das der Eingang zur Anderswelt? Und was sollte ich jetzt tun?

11

Ich musste hinab. Eine andere Möglichkeit gab es nicht.

Natürlich kannte ich die Berichte über verschüttete Kinder in Kiesgruben, über die in der Zeitung oder im Fernsehen berichtet wird. Und natürlich würde ich jedem raten, sich *nicht* auf ein solches Wagnis einzulassen. Schon gar nicht, wenn man allein ist. Das Risiko ist einfach zu groß. Niemand da, der dir im Notfall hilft oder wenigstens Hilfe holt.

Aber ich muss zugeben, in diesem Moment dachte ich nicht so vernünftig. Ich wollte nur noch hinunter und erforschen, was es zu erforschen gab. Vielleicht war es meinem Großvater vor langer Zeit einmal ähnlich ergangen – und er war bis heute nicht wieder aufgetaucht. Das hätte mir eigentlich eine Warnung sein müssen.

Zum Glück trage ich an meinem Schlüsselbund immer eine kleine Taschenlampe mit mir herum. Auf dem Boden liegend leuchtete ich jetzt mit ihr durch die Öffnung hindurch die Wände ab. Weit reichte der Strahl nicht, aber mir erschien das Felsloch recht stabil und keineswegs einsturzgefährdet. An einer Wand erkannte ich so etwas wie Stufen, tiefe Rillen, einige davon etwas schief und krumm. Das überraschte mich, mit so einer Hilfe hatte ich nicht gerechnet. Wahrscheinlich wäre ich sogar einfach in die Finsternis gesprungen – so sehr brannte ich darauf, dem Geheimnis in der Tiefe der Erde auf die Spur zu kommen.

Dann fiel mir plötzlich ein, dass ich das Loch mit irgendetwas verschließen oder wenigstens zudecken musste, solange ich unten war. Schließlich trieb sich ein Förster in der Gegend herum und außerdem gab es hin und wieder auch Wanderer, die auf dem Weg in die Berge hier vorbeikamen.
Ich sprang auf und lief zum Rand des Waldes hinüber. Mit ein paar Ästen und größeren Zweigen beladen, kehrte ich zurück. In Windeseile baute ich eine provisorische Abdeckung und ließ nur einen schmalen Spalt für mich frei. Mein Bauwerk sah nicht gerade unverdächtig aus. Doch ich beschloss, einfach auf mein Glück zu vertrauen.
Ein paar Sekunden zögerte ich noch, aber dann schob ich die Äste und Zweige ein Stück weiter auseinander, zwängte mich zwischen ihnen hindurch und tastete mit den Füßen nach einem sicheren Stand auf den Stufen. Bevor ich ganz in dem Loch verschwand, zog ich meinen Rucksack hinterher; die Öffnung war weit genug, dass ich ihn aufsetzen konnte. Zum Glück war er nicht besonders schwer. Die meisten Bücher ließ ich in einem Schließfach in der Schule. Trotzdem kam mir der Rucksack wie ein Hindernis vor. Für die Hände gab es keinen Halt außer den Einkerbungen in der Wand und ich versuchte, mich wie ein Äffchen festzuklammern. Für einen geübten Bergsteiger wäre diese Art zu klettern vermutlich kein Problem gewesen, doch ich war kein Bergsteiger und schon gar kein geübter. Obwohl es zwischen den Felsen recht kühl war, brach mir schon bald der Schweiß aus. Mich beunruhigte vor allem, dass ich nicht wusste, wie tief es hinabging. Die Zweige und Äste, mit denen ich den Einstieg abgedeckt hatte, ließen kaum Tageslicht hindurch.

Meine Taschenlampe baumelte zwar zusammen mit dem Schlüsselbund an einer Schlaufe meiner Hose, aber das hin und her streifende spärliche Geflimmer brachte nicht wirklich Licht in das Dunkel unter mir. Außerdem machte es mich noch nervöser, als ich ohnehin schon war. Wie viele Meter musste ich noch klettern? Was erwartete mich dort unten?

Stück für Stück stieg ich weiter abwärts, dem Unbekannten entgegen, von dem ich nicht einmal wusste, ob ich Angst vor ihm haben musste oder nicht. Aber vielleicht war das ja besser so. Wenn ich gewusst hätte, welche Gefahren dort unten auf mich lauerten, wäre ich wohl kaum hinabgestiegen – oder?

Ab und zu legte ich eine kleine Pause ein und lauschte in die Finsternis unter mir. Außer dem Rieseln des Gerölls, das von meinen Tritten ausgelöst wurde, war nichts zu hören. Nach einer Weile kam es mir so vor, als hörte ich jemanden atmen, und zwar ganz in der Nähe. Doch als ich mich auf das Geräusch konzentrierte, merkte ich, dass ich mich selbst hörte – meinen eigenen keuchenden Atem. Offenbar gab es hier einen Hall, der jeden Ton veränderte und lauter werden ließ, als er eigentlich war. Immer tiefer und tiefer kletterte ich hinab. »Du schaffst es!«, murmelte ich mir selbst Mut zu. »Du wirst schon sehen, du schaffst es!« Ich musste kichern, als ich merkte, wie komisch meine Stimme klang – beinahe so, als würde mich tatsächlich ein Fremder anfeuern.

Doch plötzlich verging mir das Lachen – eine Stufe fehlte! Vergeblich suchte ich mit dem Fuß nach einem Halt und meine Finger krallten sich verzweifelt in das Gestein. Mein Herz klopfte wie wild und einen Moment wollte ich mein Experiment nur noch abbrechen und so schnell wie möglich wieder nach oben. Aber dann fand ich mit der Zehenspitze einen kleinen Felsvorsprung. Als ich dachte, dass ich einigermaßen sicher stand, ließ ich mit einer Hand die Felswand los und angelte nach der Taschenlampe. In diesem Augenblick brach der Brocken unter meinem Fuß. Ich fiel! Es ging alles so schnell, dass ich gar nicht dazu kam, zu schreien.

Der Fels wurde plötzlich schräg und glitschig, ich versuchte, mich irgendwo festzuhalten, aber ich rutschte in einem rasanten Tempo abwärts. Das letzte Stück bis zum Boden glitt ich auf dem Bauch liegend hinab.

Ich landete in etwas Weichem, Feuchtem und es dauerte ein paar Sekunden, ehe ich begriff, dass es nasser Sand oder Lehm war. Ich lachte vor Erleichterung. Fast kam es mir vor, als wäre ich am Ufer eines Sees gelandet. Es roch auch irgendwie modrig, wie am Strand, wenn Algen angeschwemmt werden, und ich meinte, ein Plätschern zu hören, sah aber kein Wasser. Eine Weile ruhte ich mich aus, aß zwei Kekse und trank ein paar Schlucke kalten Pfefferminztee aus der Flasche. Ich freute mich, dass ich mir keinen Knochen gebrochen hatte. Mit gebrochenem Knochen wieder hinaufzuklettern wäre vermutlich unmöglich gewesen. Zwar hatte ich mir bei meiner Rutschpartie die Knie aufgeschrammt, aber ansonsten ging es mir gut. Ich richtete den blassen Strahl der Taschenlampe auf die Felswand. Plötzlich schien es mir, als würde ein Schatten über das Gestein huschen. Vielleicht war es aber auch ein Tier, das vor der Helligkeit floh. Ich ließ den Lichtkegel herumwandern. »Komm schon, wo steckst du?«, flüsterte ich.

Nichts zu sehen. Kein Schatten. Kein Tier. Hatte ich mich getäuscht? Oder gab es irgendwo einen Durchschlupf?
Ich hockte mich hin und leuchtete den Boden ab. Wenn es hier Tiere gab, mussten sie auf dem feuchten Lehm Spuren hinterlassen. Und tatsächlich! Es dauerte nicht lange und ich entdeckte einen Abdruck. Er ähnelte der versteinerten Saurierspur, nur war der Fuß viel, viel kleiner. Ich folgte mit dem Strahl der Taschenlampe der Richtung, die das Tier eingeschlagen hatte. Und da entdeckte ich den Spalt im Felsen. Er war gerade so breit, dass ich es mit ein bisschen Mühe schaffen konnte durchzukriechen.

12

Ich leuchtete mit der Taschenlampe in das Loch hinein und sah nur, dass ich nichts sah.
»Was du da vorhast, ist echt unvernünftig«, sagte ich in Gedanken zu mir selbst.
»Kann schon sein, aber es wäre doch blöd, einfach so wieder hinaufzuklettern«, widersprach ich mir.
»Du kannst doch gar nicht wissen, was dich dort erwartet. Vielleicht lauert eine Horde Ratten auf ein bisschen Frischfleisch. Kennst du nicht die Geschichten von den gefressenen Kindern, von denen bloß abgenagte Knochen übrig blieben?«
»Aber … Aber ich bin doch kein Kleinkind!«

»Eben. Sei vernünftig.«
»Ich meinte damit: Ich kann mich wehren.«
Mein zweites Ich seufzte und schüttelte den Kopf. Einen Moment schien es noch verärgert und kampfbereit, doch dann konnte ich spüren, wie es klein beigab und sich verzog.
Ich weiß nicht, ob es merkwürdig ist, mit sich selbst zu streiten. Ich machte das jedenfalls nicht zum ersten Mal. Es half mir hin und wieder, Entscheidungen zu fällen. Die vernünftige Seite, muss ich zugeben, siegte nur in Ausnahmefällen.
Kurz gesagt: Ich schob die Bedenken beiseite und begann, mich durch das Schlupfloch in der Felswand zu zwängen. Meinen Rucksack ließ ich zurück, nur mein Handy und die Taschenlampe nahm ich mit. Ich fühlte hartes Geröll unter meinem Bauch und zog mich liegend auf den Ellenbogen vorwärts. Der Spalt wurde nach unten hin breiter und obwohl ich ja nicht gerade schlank bin, passte ich gut durch. Meine einzige Sorge galt den Felswänden über mir: Was, wenn sie plötzlich einstürzten? Aber ehe ich den Gedanken zu Ende denken konnte, hockte ich schon auf der anderen Seite und leuchtete mit der Taschenlampe in das Dunkel hinein. Es war eine recht große Höhle, überall lagen Geröll und Gesteinsblöcke herum und ich konnte den Raum mit dem spärlichen Licht, das mir zur Verfügung stand, nicht überblicken. Doch ich hatte sofort das Gefühl, nicht allein zu sein.
Ein Stück links von mir tropfte es von der Decke in einen Tümpel hinein. Ich richtete mich langsam auf und stellte fest, dass die Höhle hoch genug war, dass ich bequem in ihr stehen konnte. Vorsichtig näherte ich mich dem Wasser. Es sah grün und schlam-

mig aus. Zu meiner Überraschung entdeckte ich Pflanzen mit dicken fleischigen Blättern am Rand des kleinen Gewässers. Wie konnte es sein, dass sie in dieser Finsternis wuchsen? Ich bückte mich, um ein Blatt zu berühren, da sprang etwas an meiner Hand vorbei in den Teich. Ich konnte nicht erkennen, was es war. Hatte ich nicht noch das Ende eines Reptilienschwanzes ins Wasser tauchen sehen? Erschrocken wich ich zurück. Könnte auch ein ausgestrecktes Froschbein gewesen sein, versuchte ich mich zu beruhigen.

Plötzlich sauste ein unbekanntes Wesen haarscharf an meinem Gesicht vorbei. Ich riss die Taschenlampe hoch, aber es war zu spät. Immerhin erkannte ich noch den Schatten eines Flügelschlags. »Fledermaus?«, fragte ich, als wäre dies hier ein Ratespiel. Ich richtete den Lichtstrahl auf die Decke und bewegte ihn hin und her. Es gab genug Nischen und Felsspalten, in denen sich das Tier versteckt haben konnte.

Da fiel etwas von der Decke und klatschte auf meinen Fuß. Ich ahnte schon, was es war, guckte aber trotzdem nach. »Herzlichen Glückwunsch«, murmelte ich. »Gut getroffen.« Konnten Fledermäuse Durchfall haben? Und wenn ja, konnten sie damit absichtlich treffen? Jedenfalls gehörte der Klecks eindeutig zu den großen Klecksen.

In meiner Hosentasche fand ich ein gebrauchtes Papiertaschentuch und ich hockte mich hin und säuberte notdürftig meinen Schuh. Dann begann ich ein Loch zu buddeln, weil ich nicht wusste, was ich sonst mit dem Fledermauskot oder was es war anfangen sollte. Ich konnte das stinkende Etwas ja schlecht in meine Tasche stecken. Der Boden fühlte sich auch hier feucht und lehmig an, doch plötzlich stieß ich auf einen Widerstand. Es war ein längliches, scharfkantiges Ding und ich zog es heraus, weil es mich beim Graben störte. Aber dann vergaß ich das Buddeln, die Fledermaus und ihren Klecks. »Das darf doch nicht wahr sein!«, flüsterte ich. Erschrocken und fasziniert zugleich starrte ich meinen Fund an: Es war ein Zahn, ein gigantischer Zahn! Und zwar einer, der einem gewaltigen Raubtier gehört haben musste. Aber welchem? Langsam begann eine Ahnung in mir aufzusteigen, da hörte ich auf einmal das Rieseln von Geröll und blickte mich um. Ich konnte keine Veränderung entdecken. Alles schien ruhig. Auf den Felsblöcken und an den Wänden rührte sich nichts. Auch der Tümpel lag reglos vor meinen Füßen. Dennoch erhob ich mich und trat langsam den Rückzug an. Irgendwie fühlte ich mich beobachtet.

Da vernahm ich plötzlich ein Fauchen.

Ich erstarrte und hielt den Atem an. Das Geräusch schien aus einer Ecke im hinteren Teil der Höhle zu kommen. Ich wagte nicht, die Taschenlampe zu heben. Aber der Strahl hätte ohnehin nicht ausgereicht. Außerdem fürchtete ich, das Wesen würde auf mich aufmerksam werden, wenn ich mit dem Licht herumfuchtelte. Das *Wesen*? Was für ein *Wesen, verdammt noch mal*?!

In Zeitlupe wandte ich den Kopf nach hinten und prüfte, wie weit es war bis zum Durchschlupf. Zwei, drei Schritte, vielleicht vier ... Meine Hand schloss sich krampfhaft um mein Fundstück, mit dem Daumen tastete ich vorsichtig nach der Spitze. Ich ging einen Schritt rückwärts.

Das Fauchen stoppte mich in meiner Bewegung. Ich starrte gebannt in die Finsternis, aus der es kam. Ich strengte mich so an,

etwas zu erkennen, dass es vor meinen Augen zu flimmern begann. Ich spürte eine leichte Übelkeit, einen Druck im Magen. Ich musste hier raus, und zwar sofort!
Beim nächsten Schritt knirschten die Kiesel unter meinem Fuß. Ein zorniges Schnauben war die Antwort. Dann hörte ich in der Ferne einen Frosch bellen oder einen Hund quaken. Es war das seltsamste Geräusch, das ich je vernommen hatte. In wilder Panik drehte ich mich um, sprang mit einem Satz zu dem Loch in der Felswand und zwängte mich in Windeseile hindurch.

13

Meine Kleidung sah schlammig aus, als wäre ich durch einen Sumpf gewatet und ein paarmal hineingefallen, als meine Oma mir die Tür öffnete. Und wahrscheinlich klebten mir auch kleine Lehmklümpchen im Gesicht und in den Haaren. Aber sie fragte nichts. Sie lächelte nur und ließ mich herein. Der lange Tisch im Korridor war wieder für drei Personen gedeckt, eine Kerze flackerte und verströmte ein unruhiges gelbes Licht. Ich ließ mich, schmutzig und erschöpft wie ich war, auf einen Stuhl fallen. Meine Großmutter starrte mich eine Weile erwartungsvoll an und ich starrte erwartungsvoll zurück, rieb mir den Bauch und sagte: »Omi, ich hab ja so einen Hunger!«
Wahrscheinlich war das nicht das, was sie von mir wissen wollte,

aber sie nickte mir zu und im Handumdrehen stand eine große Schüssel auf dem Tisch, aus der es dampfte und lecker duftete. Es gab scharf gewürzte Fleischbällchen mit einer sahnigen Vanillesoße und sie schmeckten so, als würde man im Traum etwas essen, das es in der Wirklichkeit gar nicht gibt.
Nach dem Essen half ich meiner Großmutter das Geschirr wegzuräumen und abzuwaschen. Wir spülten auch den Teller von Opa Elias ab, so als wäre er tatsächlich hier gewesen und hätte ihn benutzt.
Das Telefon klingelte und meine Mutter klang so nah, als würde sie im Zimmer nebenan stehen. »Wie geht's dir? Alles in Ordnung bei euch? Denkst du an euren Schulausflug morgen?«, fragte sie mich.
»Welchen Schulausflug?«, fragte ich verblüfft zurück.
»Ach, Colin, wo hast du nur deinen Kopf?«
Auf diese Frage antwortete ich nicht. In der Leitung rauschte es und ich stellte mir das Meer vor – türkis leuchtend mit glitzernden Sonnenfunken. Irgendwie schummelte sich die Rückenflosse eines weißen Hais mit ins Bild. Aber das hielt mich nicht davon ab, wenigstens in Gedanken ins Wasser zu springen.
»Ihr fahrt morgen ins Naturkundemuseum. Na, wie gut, dass wenigstens ich daran denke!« Meine Mutter stieß ein komisches Lachen aus. »Wie war die Schule heute?«
Ich betrachtete die lehmige Schicht, die auf meiner Haut langsam trocknete, und dachte über eine Antwort nach, die so nichtssagend klang wie sonst auch, wenn sie mich solche Sachen fragte.
»Wie immer«, murmelte ich.

»Schön«, sagte meine Mutter. »Gibst du mir mal Oma?«
»Durchs Telefon?«, fragte ich. Es sollte ein Scherz sein, aber am anderen Ende der Leitung rauschte es nur.

Meine Großmutter besaß nicht nur keinen Fernseher, sie besaß auch keinen Geschirrspüler und keine Dusche. Deshalb musste ich mich abends Stück für Stück in einer weißen Emailleschüssel in der Küche waschen. Aber das machte mir weniger aus, als ich befürchtet hatte: Man wäscht nur die nötigsten Körperteile und verbraucht weniger Wasser und weniger Zeit.
Fünf Minuten später ließ ich mich auf meinem Bett unter dem schrägen Dach nieder und betrachtete meinen Fund. Der Zahn war wirklich groß, richtig groß, größer als meine Hand, und seine Spitze wirkte scharf und gefährlich, wie die von einem Dolch.
Eine Stunde später saß ich immer noch so da, im Schneidersitz, mit dem Zahn in der Hand, und versuchte zu verstehen, was das alles zu bedeuten hatte. Es gab niemanden, den ich fragen konnte. Meine Oma schlief schon längst unter ihrer wolkigen Daunenfederdecke. Außerdem wollte ich sie nicht beunruhigen.
In einem Computerspiel könnte ich mit der Maus auf die Spur des Sauriers klicken und bis in den letzten finstren Winkel einer Höhle dringen. Aber dies hier war kein Spiel. Ich musste dem Geheimnis auf den Grund gehen. Ich musste herausfinden, was mit meinem Großvater geschehen war.
Ich sprang aus dem Bett und schlich barfuß über die Dielen. Sie knarrten leise. Auch die Treppe aus Holz, die schon ein bisschen brüchig wirkte, ächzte unter meinen Füßen. Vor der Kammer

blieb ich stehen und lauschte. Nichts zu hören; nicht einmal ein Schnarchen drang aus dem Schlafzimmer meiner Großmutter.
Das Licht des Mondes fiel durch die Fenster in den Flur. Zum Glück war die Kammer immer noch nicht verschlossen. Ich huschte hinein und atmete mit offenem Mund, als hätte ich gerade ein paar Runden um den Sportplatz gedreht. Hier drinnen war es stockduster und ich schaltete die Taschenlampe ein. Die Luft in dem Raum schmeckte staubig. Ich musste husten, presste die Hand an die Lippen und versuchte, möglichst keinen Ton entkommen zu lassen. Wenn Oma aufwachte und den Lichtschein entdeckte, würde sie mich womöglich für einen Einbrecher halten oder, schlimmer noch, für Opa Elias, der sie besuchen kam. Ich beschloss, mich nicht länger als unbedingt nötig hier aufzuhalten.
Mit dem Strahl der Taschenlampe leuchtete ich hastig die Regale ab. Die meisten von ihnen waren mit Büchern beladen. Auf den anderen Brettern standen die Glasbehälter, die ich bei meinem ersten Besuch für Marmeladengläser gehalten hatte. Wahllos zog ich drei Bücher aus einem der Regale und betrachtete sie genauer. Der Titel des ersten lautete »Die Welt unter der Welt« und handelte von Höhlen, das zweite war ein Buch über die Urzeit und das dritte war von einem Mann namens Charles Darwin und hieß »Die Entstehung der Arten durch natürliche Zuchtwahl«. Von diesem Darwin hatte ich schon mal gehört. Irgendwie, irgendwann, irgendwo. Aber nicht in der Schule. Oder doch? Zwischen den Seiten guckte die Spitze einer Pflanze heraus. Ich stellte die beiden anderen Bücher zurück und behielt nur das dritte. Ich mochte den Namen sofort. *Charles Darwin*. Klang ir-

gendwie vielversprechend. Ich strich über den Einband, der sich wie eine Haut anfühlte – weich und rau zugleich –, und schlug es auf.
Die Pflanze war getrocknet und fing schon an zu zerbröseln. Sie schien irgendein Kraut zu sein, vielleicht Petersilie. Ich schnupperte an ihr, doch sie verströmte keinen Duft mehr. Wahrscheinlich hatte mein Opa sie nur als Lesezeichen benutzt. Am Rand der Seite fand ich mit Bleistift gekritzelte Notizen, aber ich konnte die verschnörkelte Handschrift nicht entziffern. Das Wort »Zwielichttiere« war in dem Buch unterstrichen und ein Stück weiter das Wort »Höhlenbewohner«. Ich las den Satz, in dem »Höhlenbewohner« vorkam, doch es fiel mir schwer, den Sinn auf Anhieb zu verstehen. Irgendwie ging es darum, dass Charles Darwin sich wunderte. Ein wenig wunderte er sich darüber, »dass einige Höhlenbewohner sehr anomal beschaffen sind«, aber vor allem wunderte er sich darüber, »dass nicht noch mehr Reste alter Lebensformen« in den Höhlen erhalten blieben, »da die Bewohner dieser dunklen Aufenthaltsorte einem weniger harten Lebenskampf unterlagen«. Ich wusste nicht genau, was dieser Darwin damit meinte. Klang aber irgendwie cool. Ich steckte das Buch in meinen Rucksack.
Von den Gläsern nahm ich ebenfalls drei aus den Regalen. Sie machten mir ein bisschen Angst. Durch die staubige Schicht konnte man kaum etwas erkennen. Nur dass es keine Marmelade war, stand so ziemlich fest. In dem ersten Gefäß schimmerte etwas Helles und ich schraubte es auf. Für lange Untersuchungen blieb mir keine Zeit, aber für mich sahen die rundlichen weißen Splitter aus wie Stücke von Eierschale. Vielleicht ein uraltes

Osternest, das nicht gefunden worden war? Als meine Eltern einmal nicht zu Hause waren, hatte ich Eier in einem Topf gekocht, sie allerdings vergessen, weil gerade ein Vampirfilm im Fernsehen lief. Irgendwann gab es einen Knall, als wäre ein Blitz in der Küche eingeschlagen: Die Eier waren explodiert. Klingt unwahrscheinlich? War aber so. Und die Überbleibsel von meinem Essen sahen in etwa so aus wie das hier. Aber warum sollte mein Opa explodierte Frühstückseier aufbewahren?
Der Inhalt des zweiten Glases stank einfach nur. Und zwar so erbärmlich, dass ich es nach etwa zwei Sekunden wieder zuschrauben musste. Auf dem Boden des Gefäßes schien grünlicher Moder zu liegen. Immerhin hatte der Moder keine Augen, zischte mich nicht an und sprang mir nicht ins Gesicht. Hätte ja auch passieren können.
In dem dritten und größten Glas lagen eindeutig Knochen. Ich verzichtete darauf, an ihnen zu riechen. Ich nahm sie auch nicht heraus, sondern starrte sie nur eine Weile an. Ein Stück schien ein Unter- oder Oberkiefer zu sein. Die kleinen spitzen Zähne waren deutlich zu erkennen. Sie sahen nicht ungefährlich aus, besaßen allerdings keinerlei Ähnlichkeit mit dem Zahn, den ich gefunden hatte.
Mein Opa sammelte also seltsame Dinge – vielleicht hatte ich dieses Hobby ja von ihm geerbt? Und womöglich gab es irgendeine harmlose Erklärung für das Auftauchen des Riesenzahns in der versteckten Höhle? Aber welche sollte das sein?

14

Auf dem Weg zum Naturkundemuseum saß Tessy neben mir in der Straßenbahn, genauer gesagt hatte ich mich schnell neben sie gesetzt, bevor sich jemand anderes neben sie setzen konnte.
»Wo warst du gestern, Colin?«, fragte sie mich.
Ich seufzte. Geschummelte Entschuldigungen auf den Lehrertisch zu legen war das eine, aber Leuten ins Gesicht zu lügen, die man fast jeden Tag sah, fand ich nun doch ziemlich blöd. Vor allem, wenn es sich um ein Gesicht wie das von Tessy handelte – mit großen grün glänzenden Augen, die so unglaublich neugierig guckten. Ich fing an, nervös in meinem Rucksack zu kramen, als würde ich etwas suchen. Einen Moment spürte ich den riesigen Zahn in meinen Händen. Er fühlte sich kalt an, fremd und gefährlich, als könnte er immer noch zubeißen. Warum zeigte ich Tessy nicht einfach meinen Fund? Stattdessen zog ich eine aufgerissene gelbe Schachtel hervor. »Magst du einen Keks?«, fragte ich und hielt ihr die Packung direkt unter die Nase.
Tessy runzelte die Stirn. »Nein, danke, vielleicht später. Also, wo warst du nun *gestern*?«
»Ich war …«, begann ich zu antworten und biss in den Keks, dass die Krümel nur so nach allen Seiten flogen, »… bei meiner Oma …« Ich nuschelte kauend irgendetwas, das ich selbst nicht verstand.
Tessy zuckte mit den Achseln und schaute aus dem Fenster, ob-

wohl es da nichts Besonderes zu sehen gab. Wir fuhren gerade durch ein Industriegelände mit stahlgrauen hässlichen Häusern. Wie merkwürdig öde mir die Stadt plötzlich vorkam. Bei dem Blick durch die zerkratzte Scheibe der Straßenbahn begann ich mich nach dem Geplätscher des Baches und den grün überwachsenen Hügeln des alten Steinbruchs zu sehnen.
Ich dachte an mein Erlebnis in der Höhle wie an einen merkwürdigen Traum. War ich wirklich dort gewesen? Hatte es da unten tatsächlich lebende Wesen gegeben? Und von welchem Tier stammte der Zahn? Von einem Saurier? War das möglich?
Ohne es richtig zu merken, aß ich die ganze Packung leer. Jetzt konnte ich Tessy nicht mal ihren Vielleicht-später-Keks geben. Aber sie beachtete mich ohnehin nicht mehr und blickte die ganze Zeit aus dem Fenster.

Von der Haltestelle bis ins Museum mussten wir nur ein paar Schritte laufen, über die Straße und die Treppen hoch. Trotzdem schaffte es Enrico in der kurzen Zeit, mir in die Hacken zu treten und mich anzurempeln, sodass ich beim Hineingehen gegen die Glastür gedrückt wurde und mir die Nase stieß. Ich sah mich nach Frau Küken um, unserer Klassenlehrerin, aber die war mit Zählen beschäftigt. Sie zählte die Schüler unserer Klasse und musste zweimal von vorn anfangen, wegen dem ganzen Durcheinander, dem Gedränge und Geschubse. Was wollte sie eigentlich tun, wenn einer fehlte? Die Polizei rufen?
Frau Küken sieht übrigens überhaupt nicht so aus, wie sie heißt. Sie ist ziemlich groß und hat pechschwarz gefärbtes Haar mit lila Strähnen drin. Wenn sie überhaupt an einen Vogel erinnert,

dann an einen Raben, der mit einem einzigen Schlag seines Schnabels eine Nuss zerhackt.
Na, jedenfalls tat ich so, als würde ich Enricos Gemeinheiten nicht bemerken, auch wenn mir allmählich klar wurde, dass Enrico sich wahrscheinlich heute rächen wollte – für meinen Hattrick und sein peinliches Versagen beim Fußball.
Im Moment schien er jedoch damit beschäftigt, vor ein paar Mädchen anzugeben. Er stand im Foyer vor einem großen Schimpansenplakat, warf Popcorn in die Luft und fing es mit dem Mund auf oder versuchte es jedenfalls. Leider gibt es in unserer Klasse tatsächlich Mädchen, die über so was kichern und gackern. Manchmal kreischen sie sogar und ich erschrecke jedes Mal, weil ich zuerst denke, es ist was Schlimmes passiert. Auch jetzt flirrte eine grelle Stimme durch den Popcorn-Regen. Tessy und ich wechselten einen Blick. Ich sah ihr an, dass sie von dem albernen Gegacker genauso genervt war wie ich. Tessy kreischt nebenbei bemerkt nie, sie ist überhaupt anders als die anderen Girls in meiner Klasse. Meist trägt sie Jeans und T-Shirt statt Röcken und Mädchenkram. Und sie denkt viel über Hexen und Zauberei nach. Ich glaube, es tut ihr wirklich höllisch leid, dass Jeanne d'Arc auf dem Scheiterhaufen sterben musste. Wäre sie ein Junge, wäre sie wahrscheinlich mein bester Kumpel. Aber sie ist eben ein Mädchen – leider oder auch zum Glück. Ich weiß nicht so genau. In unserer Klasse sind Jungen mit Jungen befreundet und Mädchen mit Mädchen. Das ist Gesetz, obwohl es vielleicht ein bisschen idiotisch ist. Außerdem sind Tessy und ich die Ausnahme von der Regel, weil wir beide in keiner der Cliquen hängen und eher Einzelgänger sind.

Den Ausflug ins Museum hatte unsere Klasse übrigens gewonnen, genauer gesagt: unsere Lehrerin. Man musste nichts weiter tun als bei einem Radiosender anrufen. Meine Lehrerin knackte die Nuss, soll heißen, sie rief zuerst an und sie durfte so viele Besucher in das Naturkundemuseum mitnehmen, wie sie wollte. Unsere Klassenlehrerin unterrichtet Biologie und deshalb gehen wir, wenn wir Wandertag haben, in den Wald oder in ein sumpfiges Gebiet mit Teichen oder in den Zoo oder eben ins Naturkundemuseum.

Im Foyer des Museums kündigte Frau Küken eine Überraschung an, die zu dem Gewinn dazugehörte, und die Überraschung war, dass wir nicht wie sonst allein oder in kleinen Gruppen durch das Museum laufen und schriftlich Fragen beantworten sollten, sondern dass wir eine Führung bekamen.

»Und zwar vom Herrn Museumsdirektor persönlich«, erklärte sie.

Einige murrten und maulten jetzt, weil sie lieber ein Eis als Überraschung wollten oder wenigstens einen Plastikbecher voll Cola.

Frau Küken hob die Hände wie ein Dirigent und rief beschwörend: »Ruu...hee!« Tatsächlich wurde es kurz darauf mucksmäuschenstill, als hätte unsere Klasse einen gemeinsamen Mund, den sie auf Befehl gemeinsam schließen konnte. Vielleicht lag die ungewohnte Stille aber auch an dem Mann in Schwarz, der wie aus dem Boden gewachsen vor uns stand und streng von einem zum anderen blickte.

15

Der Mann trug eine schwarze Hose und ein schwarzes Hemd, nur der Schlips war weiß und glänzte. Er stand stumm da und starrte uns an und nach einer Weile fragte er mit dröhnender Stimme: »Wer von euch hat Mut?«
Niemand meldete sich. Frau Küken kicherte nervös und sagte schließlich: »Na, ich denke, wir haben hier eine Menge Mutige unter uns, Herr Professor Persson, auch wenn es gerade niemand zugeben will.«
Herr Persson runzelte die Stirn und musterte uns weiter, als überlegte er, wen von uns er in eine Stierkampfarena schicken konnte oder in einen Käfig mit hungrigen Löwen oder Tigern. »In die Urzeit zu gehen, erfordert einiges an Mut«, behauptete er. »Denn die Erde wurde einst von gigantischen Monstern beherrscht.« Er machte eine kleine Pause und seine Blicke flogen hin und her, prüfend, als wollte er uns testen. »Dinosaurier«, sagte er und in der eigenartigen Stille schien das Wort zu hallen, »Dinosaurier – das bedeutet ›schreckliche Echse‹. Das klingt ein bisschen übertrieben, meint ihr? Doch wenn man sich die Kralle eines Deinonychus betrachtet oder das gewaltige Gebiss eines Tyrannosaurus oder den Schädel eines Triceratops mit seinen riesigen Hörnern, wird man den Begriff eher für eine Untertreibung halten.«
In seinem schwarzen Hemd, das irgendwie zu groß für ihn schien, und mit seinen nach oben gestylten öligen schwarzen Haaren sah er fast aus wie ein Magier in einem Fantasyfilm oder

wenigstens wie ein Zauberer in der Manege, der Kaninchen aus seinem Zylinder zaubert.
Ich versuchte noch einen Blick mit Tessy zu tauschen, doch sie schaute nicht in meine Richtung, sondern starrte den Museumsdirektor gebannt an.
»Darf ich bitten?«, fragte Herr Persson und reichte Frau Küken seinen Arm, als wollte er mit ihr tanzen.
Einige Mädchen kicherten jetzt und tauschten vielsagende Blicke. Frau Küken lief rot an. Sie tat mir ein bisschen leid, weil man merkte, dass sie verlegen wurde und nicht wusste, wie sie sich verhalten sollte. Aber dann lächelte sie gnädig und hakte sich bei dem Museumsdirektor ein.
Herr Persson und Frau Küken schritten elegant wie ein Königspaar vorweg und unsere Klasse schlurfte träge hinterher. In dem ersten Saal blickte sich Herr Persson kaum nach uns um und plauderte die ganze Zeit mit Frau Küken. Ich fragte mich einen Moment, ob die Führung nur für unsere Klassenlehrerin sein sollte. Vielleicht, damit sie mal im Unterricht etwas Neues zu erzählen hatte.
In den Glaskästen saßen oder standen tote Tiere in Landschaften herum. Wenn man auf einen Knopf drückte, bekam man Geräusche des Urwaldes oder Meeresrauschen zu hören – je nachdem. Ich persönlich kann mit ausgestopften Tieren nicht so viel anfangen. Ich finde, man sieht ihnen zu sehr an, dass sie tot sind. Wenn ein Mensch stirbt, stellt man ihn ja auch nicht in eine Vitrine.
Ich stand vor einem massigen Gorilla und versuchte ihm in die schwarzen Glasaugen zu sehen. Aber der Affe hinter der Scheibe blickte an mir vorbei ins Nirgendwo.

»Na, hast du deinen Verwandten entdeckt?«, fragte eine Stimme hinter mir. Ich drehte mich nicht um. Dieser Möchtegernfußballprofi konnte mich mal.
»Ihr seht euch jedenfalls ziemlich ähnlich. Vor allem, was die Figur betrifft«, fügte Enrico noch hinzu.
»Wenigstens stammt er nicht von einem Stinktier ab, so wie du«, hörte ich eine andere Stimme sagen. Tessy kam zu mir und zupfte mich am Ärmel. »Los, komm! Ich muss dir was zeigen!« Sie zog mich einfach mit sich.
»Der Fettklops und die Hexe. Ihr seid wirklich ein Traumpaar!«, giftete Enrico hinter uns her.
Ich war froh, dass Tessy nichts zu der Bemerkung sagte, sondern mich nur zielstrebig in den nächsten Saal zerrte, als hätte sie Enricos Beleidigung gar nicht gehört.
»Sieh dir das an!«, befahl sie und trommelte mit ihren Fingern auf einem Schaukasten herum, in dem ein paar Steine in einer Spirale angeordnet lagen. »Die sehen aus wie der, den du gefunden hast«, meinte Tessy, als käme sie nicht auf die Bezeichnung der Fossilien.
»Ammoniten«, sagte ich und räusperte mich. Es kam mir komisch vor, dass Tessy so tat, als wüsste sie nicht Bescheid. Vielleicht versuchte sie aber auch nur, mich von dem Ärger mit Enrico abzulenken.
»Ah, hier sind ja schon zwei Fossilienforscher«, meinte Herr Persson, der mit Frau Küken am Arm in den Saal stolzierte. »Willkommen in der Schatzkammer der Vergangenheit!«, rief er laut, als wären wir schwerhörig. Aber wahrscheinlich wollte er nur den Rest der Klasse dazu bewegen, ihm zu folgen.

»Tretet ein, meine Herrschaften, in das Reich der Zeugen der Erdgeschichte! Jedes Fossil ist ein Fenster in die Urzeit! Und es liegt an euch, diese Fenster zu öffnen!«

Tessy guckte beeindruckt.

Nach und nach strömten die Leute aus unserer Klasse plaudernd und Kaugummi kauend in den Saal und der Museumsdirektor winkte sie mit ausgestreckten Armen heran. »Ihr befindet euch hier im Erdaltertum, im Paläozoikum, bei den Ammoniten, auch Ammonshörner genannt, und bei den Trilobiten oder Dreilappkrebsen. Ihr könnt den berühmtesten Fisch der Urzeit in diesem Raum kennenlernen, den Quastenflosser, und ihr werdet dem Dimetrodon begegnen, einem Ursaurier aus der Perm-Zeit. Schon irgendwelche Fragen?«

Tessy meldete sich. »Was genau ist der Ammonit für ein Tier und wie sah es lebendig aus?«

»Schlaue Frage, Mädchen, denn übrig geblieben ist nur die äußere Hülle, das Gehäuse, das im Lauf der Zeit versteinerte. Die Ammoniten gab es etwa 370 Millionen Jahre auf dieser Erde, dann sind sie wie die Saurier zum Ende der Kreidezeit ausgestorben. Wie sie also im Ganzen ausgesehen haben, können wir nur vermuten. Die Weichteile, also den Kopf und die Fangarme, müsst ihr euch dazudenken. Mehr Körperteile hatte das Tier nicht; der Ammonit war ein Kopffüßer. Die Beute wurde festgehalten und ohne Umwege zum Mund geführt – wie es euer Mitschüler dahinten gerade anschaulich demonstriert.«

Enrico lehnte am Türrahmen mit einer Tüte in der Hand und schaufelte Chips in sich hinein. Einige aus der Klasse brachen in Gelächter aus.

»Sorry«, murmelte Enrico kauend. »Ich interessier mich nicht so für Steine und Kadaver.«
»Warum ist der äh … Quastenflosser so berühmt?«, fragte Frau Küken schnell.
Herr Persson starrte noch einen Moment Enrico an, ehe er auf die Frage reagierte. »Der Quastenflosser, meine liebe Frau Küken, ist sozusagen von den Toten wiederauferstanden. Aber lassen Sie uns doch zu ihm hinübergehen.«
Der Museumsdirektor führte uns zu einer hell erleuchteten Vitrine.
Auf einem länglichen Stein war der Abdruck eines Fisches zu sehen, der eine auffällig große Schwanzflosse hatte. Auch die Schuppen waren deutlich zu erkennen.
»Darf ich vorstellen: unser Quastenflosser«, sagte Herr Persson stolz. »Dieses Exemplar ist erstaunlich gut erhalten für seine 380 Millionen Jahre, das müsst ihr doch zugeben, oder? Beachtet bitte den kräftigen Schädel und das hübsche Schuppenkleid.«
»Für mich sieht das aus wie ein ganz normaler Fisch, nur irgendwie ausgestorbener«, meinte Jana, eine von den Kaugummi-Kauerinnen aus unserer Klasse.
Herr Persson ließ seine Zähne aufblitzen, die so weiß glänzten wie seine Krawatte. Ich war mir nicht sicher, ob das ein Lächeln sein sollte.
»Der Quastenflosser ist ganz und gar kein normaler Fisch, junge Dame. Stell dir mal einen See vor, der nach und nach austrocknet. Was passiert mit den Fischen?«
Jana zuckte mit den Achseln. »Sie zappeln vielleicht noch eine Weile, aber dann sterben sie.«

»Richtig. Aber unser Quastenflosser hier ist nicht gestorben. Und warum nicht?«

»Vielleicht gehörte er zu den fliegenden Fischen?«, fragte Leon, der Kleinste aus der Klasse.

»Keine schlechte Idee«, meinte Herr Persson. »Aber nein, er kroch mit seinen kräftigen Flossen über Land und versuchte den nächsten See zu erreichen.«

»Clever«, sagte Leon.

»Ja, nicht wahr?« Herr Persson legte seine Hand auf die Vitrine, als wollte er das Tier streicheln. »Unser Freund hier ist übrigens ein Knochenfisch und gilt als Vorläufer der Amphibien.«

»Aber wie ist der Quastenflosser von den Toten wiederauferstanden?«, fragte Tessy.

»Nun, man hielt ihn für ausgestorben, und zwar vor etwa 60 Millionen Jahren. Doch dann ging 1938 einem Fischer vor der Ostküste Südafrikas ein Quastenflosser ins Netz. Und nach und nach entdeckte man weitere Exemplare, quicklebendig und kein bisschen ausgestorben, zum Beispiel in Vulkanhöhlen der Tiefsee.«

»Erstaunlich«, sagte Frau Küken beeindruckt.

»Die Nachfahren von unserem Freund hier gehören zu den sogenannten Lebenden Fossilien.«

Herr Persson blickte in die Runde und zeigte uns seine Zähne. Diesmal war ich sicher, dass er lächelte.

»Gibt es noch mehr Urtiere, die bis heute überlebt haben?«, fragte ich.

»Selbstverständlich. Zu den bekanntesten gehören wohl die Krokodile, Schlangen und Schildkröten, die es bereits in der Urzeit gab.«

»Vielleicht existieren ja noch irgendwo lebendige Dinosaurier«, sagte Leon mit seiner piepsigen Stimme.
»Das ist vollkommen unmöglich«, sagte Herr Persson. »Leider oder auch Gott sei Dank. Denn wären die Saurier zum Ende der Kreidezeit nicht ausgestorben, würden wir jetzt nicht hier stehen.«
»Wieso das denn?«, fragte Jana empört und produzierte eine tischtennisballgroße Kaugummiblase.
»Nun, das ist nicht so schwer zu ver...« Der Museumsdirektor hob die Augenbrauen, als sein Blick auf Janas Blase fiel, die sie gerade in ihren Mund hineinsaugte. »... nicht so schwer zu verstehen: Erst als die Saurier nicht mehr die Erde beherrschten, konnten sich die Säugetiere durchsetzen und die Macht über unseren Planeten erlangen. Und zu den Säugetieren gehörst du ja auch, wie man unschwer erkennen kann.«
Jana runzelte die Stirn und schmatzte nachdenklich. Offenbar überlegte sie, ob sie jetzt beleidigt sein sollte oder nicht.
Herr Persson zog den Ärmel seines Hemdes ein Stück hoch und blickte auf seine Uhr. »Aber nun lasst uns noch schnell Dimetrodon, dem Ursaurier, einen Besuch abstatten, bevor wir nach der Frühstückspause in das Erdmittelalter eintreten, ins Mesozoikum, in das Zeitalter der Dinosaurier.«
Ein Teil der Klasse blieb zurück und scharte sich um Enrico und seine Chipstüte. Ich muss gestehen, wenn er mein Freund gewesen wäre, hätte ich auch versucht, eine Handvoll Knabberzeug zu ergattern. Aber wie es jetzt aussah, war er mein Feind geworden. Der Gedanke behagte mir ganz und gar nicht. Vor allem, weil ich nun ständig mit einem fiesen Angriff rechnen musste.

Ich hielt mich neben Tessy, die Herrn Persson gerade mit Fragen über Ursaurier löcherte. Sie stellt gerne Fragen, und wenn sie die Antwort hört, fällt ihr gleich eine neue Frage ein. »Dann gab es also zu dieser Zeit nur einen einzigen Kontinent?«, fragte sie gerade.
Herr Persson nickte. »Genau. Man nannte diesen Urkontinent Pangäa. So fand man beispielsweise in Nordamerika die gleichen Fossilien von Ursauriern wie im Thüringer Wald.«
»Im Thüringer Wald?«, fragte Tessy überrascht.
»In Tambach-Dietharz in der Nähe von Gotha graben deutsche und amerikanische Paläontologen Jahr für Jahr nach Fossilien. Mit ganz erstaunlichen Entdeckungen. Das ›Tambacher Liebespaar‹, das sogenannte ›älteste Liebespaar der Welt‹, wurde dort entdeckt. Zwei Ursaurier, die scheinbar verliebt miteinander kuscheln.«
»Und in diesem Augenblick sind sie gestorben?«, fragte Tessy.
Herr Persson runzelte die Stirn und antwortete nicht mehr.
»Und hier haben wir unseren Dimetrodon«, sagte er zu den wenigen Schülern, die ihm gefolgt waren, und zeigte auf das Skelett mit aufgerissenem Rachen.
Ich beugte mich vor und betrachtete die Zähne. Sie waren viel kleiner als der, den ich gefunden hatte, allerdings wirkten sie genauso spitz und scharf.
»Unsere Kammrückenechse hier zeigt euch ihr schönstes Lächeln«, scherzte Herr Persson. »Wie ihr sicherlich unschwer erkennen könnt, hatte dieser Fleischfresser eine Art Segel auf dem Rücken.«
»Wozu brauchte er das Segel?«, fragte Tessy.

In dem Museum gab es ein kleines Selbstbedienungsrestaurant, in dem Tische und Stühle standen und Automaten mit Getränken und Süßigkeiten. An einem Schalter konnte man bei einer dicken Frau in einem weißen Kittel Würstchen kaufen, die in einem großen Topf schwammen. Dazu gab es Ketchup und Senf in kleinen Tüten und ungetoastetes Toastbrot. Ich mag Toastbrot nicht besonders und ungetoastetes Toastbrot hasse ich. Es zerfällt im Mund, bevor man es richtig kauen kann, und es schmeckt wie Pappe. Ich saß allein an einem Vierertisch und quetschte Senf und Ketchup in Ammonitenspiralen auf das butterweiche Brot. Ich hätte mein Meisterwerk gern Tessy gezeigt. Aber sie war noch bei dem Dimetrodon geblieben. Sie wollte eine Zeichnung von dem Skelett des Ursauriers machen. Für Kunst hatten wir als Hausaufgabe auf, Dinge aus dem Alltag zu malen. Ich fand ja nicht, dass ein Dimetrodon ein Ding aus dem Alltag war. Aber Tessy war da wohl anderer Meinung. »Heute ist ja nicht Sonnabend oder Sonntag«, hatte sie gesagt und mit den Achseln gezuckt. »Außerdem: was soll ich denn sonst zeichnen? Einen Kochtopf vielleicht oder ein Bügeleisen?«
Typisch Tessy. Sie riskierte lieber eine schlechte Note, als etwas zu tun, was sie langweilte oder nicht richtig fand.
Enrico lief quer durch den Raum und rammte im Vorbeigehen den Tisch, an dem ich saß. Meine Trinkflasche polterte zu Boden. Ich hob sie auf und blickte mich heimlich nach Frau Küken um. Aber abgesehen von der Verkäuferin in dem weißen Kittel hielt sich kein Erwachsener in dem Bistro auf. Wahrscheinlich trank unsere Lehrerin mit Herrn Persson einen Kaffee oder sie erkundeten bereits gemeinsam das Erdmittelalter.

Statt einen zweiten Angriff zu starten, verschanzte sich Enrico hinter seinen Freunden Dennis und Philipp. Das sah ihm eigentlich überhaupt nicht ähnlich. Ein ungutes Gefühl beschlich mich. Die Mädchen am Nachbartisch tuschelten und kicherten und sahen immer wieder zu mir herüber. Was wussten sie, was ich nicht wusste? Plötzlich flog etwas auf mich zu und ich duckte mich unwillkürlich. Das Etwas knallte gegen das Fenster und ich drehte mich um. Meine Federtasche! Mein Rucksack war weg! Verdammt! Enrico hatte meinen Rucksack geklaut! Als ich aufsprang, kippte der Stuhl um, aber ich kümmerte mich nicht darum.

»Gib ihn mir zurück!«, schrie ich und rannte auf Enrico zu. »Gib ihn mir zurück! Gib ihn mir zurück!«

Aber es war schon zu spät. Wie durch einen Nebelschleier sah ich, dass er etwas in der Hand hielt.

»Was haben wir denn da?«, fragte Enrico verblüfft. »Du klaust? Du beklaust das Museum?« Er hielt den Zahn wie ein Messer in der Hand.

»Das ist meiner!«, schrie ich und sprang auf ihn zu. Plötzlich spürte ich einen heftigen Schmerz im Arm. Mir wurde schwindlig und ich taumelte ein Stück von Enrico weg. Ein Mädchen kreischte. Der Rest der Klasse blieb verdächtig still. Alle starrten mich an, als wäre ich ein Zombie aus einem Horrorstreifen.

Der Zahn steckte in meiner Haut, genauer gesagt in meinem Fleisch, unterhalb der rechten Schulter. Wie ein komischer kurzer dicker Pfeil. Na, wenigstens hatte ich ihn wieder.

Enrico sah immer noch verwundert aus. Er blickte von seiner

erhobenen Hand zu meinem Arm, als könnte er nicht fassen, was er getan hatte. Er tapste einen unbeholfenen Schritt auf mich zu und ich wich zwei Schritte zurück.
»Das ist meiner«, sagte ich.

16

»Ich hab ihn nicht geklaut! Er gehört mir!«
Frau Küken zuckte zusammen. »Colin, das wissen wir doch.« Sie lächelte mir zu. »Professor Persson untersucht den Zahn nur in seinem Labor.«
Ich blickte mich im Büro des Museumsdirektors um. In dem Raum standen hässliche Schränke mit hässlichen Aktenordnern. An der Wand hingen ein paar Landkarten.
»Ich will ihn wiederhaben«, sagte ich und versuchte ruhig zu bleiben. »Und zwar sofort!«
Das Lächeln verschwand aus dem Gesicht der Lehrerin. »Colin, du hast hier einige Unruhe gestiftet und uns in Angst und Schrecken versetzt. Wir mussten wegen dir den Museumsbesuch abbrechen und die Schüler nach Hause schicken. Also, sei vernünftig, Junge.«
Ich blickte auf meinen Arm. Ein Pflaster mit Dinosauriern klebte auf der Einstichstelle. Ich untersuchte den Ärmel meines T-Shirts, fand aber kein Loch. »Okay«, sagte ich. »Es tut mir leid, dass es

so blöd gelaufen ist. Aber …« Ich verstummte. Es hatte wohl keinen Sinn, ihr von Enrico zu erzählen.
»Aber? Du hast den Zahn ins Museum mitgebracht, damit Herr Professor Persson ihn sich ansehen kann, stimmt's? Weil dir ja sicher klar ist, dass er, äh, prähistorisch ist?«
Dazu sagte ich nichts. Ein dumpfer Schmerz pochte in meinem Arm und schoss plötzlich höher, in meinen Kopf hinein. Ich griff mir an die Stirn.
»Geht's dir nicht gut?«
»Doch, doch … nur ein bisschen schwindlig«, murmelte ich.
»Wann hattest du deine letzte Tetanusimpfung?«, fragte Frau Küken streng.
Ich zuckte mit den Schultern.
»Du solltest zum Arzt gehen und dich vorsichtshalber impfen lassen. Heute noch. Wer weiß, welche Bakterien es so in der Urzeit gab.«
Ich musste lachen und spürte kleine Stiche in meinem Kopf, wie von einer Nadel.
»Mit einer Blutvergiftung ist nicht zu spaßen«, meinte Frau Küken und schob die Unterlippe beleidigt vor.
Irgendwie musste ich darüber schon wieder lachen, auch wenn ich nicht genau wusste, warum.
»Was für ein Problem hast du eigentlich mit Enrico?«, fragte sie.
»Gar keins«, antwortete ich. »Er hat ein Problem mit mir.«
Sie seufzte. »Und welches?«
»Das müssen Sie ihn schon selbst fragen, diesen Affenarsch.« Ich erschrak. Der Ausdruck war mir über die Lippen gerutscht, ehe

ich es verhindern konnte. Das war mir noch nie passiert. Nicht in Anwesenheit von Lehrern jedenfalls.
Frau Küken sagte nichts dazu. Sie musterte mich nur besorgt. »Deine Eltern halten sich gegenwärtig im Ausland auf, nicht wahr?«
»Woher wissen Sie das?«
»Deine Mutter hat mich gestern Abend angerufen und es mir erzählt.«
»Meine Eltern sind im Urlaub auf Mallorca.«
»Deine Mutter meinte, du würdest gerade eine schwierige Phase durchmachen.«
»Was?«
»Colin, ich habe deiner Mutter nicht gesagt, dass du gestern nicht in der Schule warst. Aber was, bitte schön, soll, äh, Hyperbronichtitis sein?«
»Hyperbronchiogitis. Keine Ahnung«, gab ich zu. »Ich dachte, Sie fragen nicht nach, wenn es bedeutend genug klingt.«
Frau Küken lachte zum Glück. Sie versuchte die Lippen zusammenzupressen und streng zu gucken, aber das Lachen war stärker als sie.
Ich hörte Schritte auf dem Flur, dann trat Herr Persson ein. Er war rot im Gesicht und trug keine Krawatte mehr. In der Hand hielt er einen dunkelbraunen Holzkasten. An der Art, wie er ihn trug, ahnte ich, was er enthielt.
»Kann ich bitte den Zahn wiederhaben?« Ich streckte meine Hand aus. »Ich hab ihn nicht geklaut. Er gehört mir!«
Herr Persson ignorierte die Geste und meine Worte und setzte sich auf die Ecke seines Schreibtisches. Er öffnete das Kästchen

vorsichtig und blickte auf mich herab. Sein Blick wirkte glasig und ich fragte mich, ob er mich hypnotisieren wollte.
»Colin, richtig?«
Ich nickte.
»Colin, mein Junge, woher hast du diesen Zahn?«
Sein Blick und der Ton seiner Stimme gefielen mir nicht. »Er gehört mir«, sagte ich stur. Der Zahn lag in weiße Watte eingebettet, als würde er in einem Mini-Sarg liegen.
»Das wissen wir bereits. Und wir glauben auch nicht, dass du ihn gestohlen hast. Aber ... Junge, weißt du eigentlich, womit du hier herumspazierst?«
Ich schüttelte den Kopf. »Nicht so genau«, gab ich zu.
»Das dachte ich mir. Allem Anschein nach handelt es sich um den Zahn eines Raubsauriers. Und zwar eines ... eines ...« Herr Persson holte tief Luft. »Tyrannosaurus Rex!«
»Okay«, sagte ich. »Kann ich ihn jetzt wiederhaben?«
Herr Persson stieß ein Lachen aus, das irgendwie verzweifelt klang. Über sein Gesicht lief ein Zucken. Sein Kinn zitterte. »Wenn du ihn gefunden hast, musst du uns sagen, wo!«
»Ich hab ihn geerbt«, sagte ich schnell.
»Ge-erbt?« Herr Persson sah aus, als hätte er das Wort nie zuvor gehört.
Ich nickte. »Von meinem Großvater.«
»Von deinem ...« Herr Persson schien die Luft wegzubleiben.
»Colin wohnt zurzeit bei seiner Großmutter«, mischte sich Frau Küken ein. »Sein Opa soll ... nun ja, er gilt seit längerer Zeit als vermisst. Möglicherweise ist er ...«
Frau Küken holte ein Taschentuch hervor und schnaubte ge-

räuschvoll. Ich betrachtete meine Lehrerin ungläubig. Offenbar hatte meine Mutter ihr bereits unsere ganze Familiengeschichte erzählt.

»Verstehe«, murmelte der Museumsdirektor verwirrt. »Und wie heißt dein Großvater, wenn ich fragen darf?«

»Elias«, antwortete ich. »Elias Wörner.«

Herr Persson rutschte vom Schreibtisch und fuhr sich durch seine ölig glänzenden Haare.

»Kann ich jetzt bitte den Zahn wiederhaben?« Ich war kurz davor, die Hand nach der Schachtel auf dem Schreibtisch auszustrecken, sie zu nehmen und einfach davonzugehen. Wer sollte mich aufhalten?

»Hör zu, Colin«, sagte er und begann unruhig auf und ab zu laufen. »Dieser Fund ist für die Paläontologie von außerordentlicher Bedeutung. Wir würden ihn hier sorgfältig untersuchen und natürlich würde er hervorragend in unsere Sammlung passen. Ich denke, wir können dir auch eine nicht unerhebliche Summe für dein Erbstück bieten und freien Eintritt für dich und deine Familie für ein Jahr, oder sagen wir für *immer*. Na, was meinst du?«

Einen Moment zögerte ich. Vielleicht reichte das Geld ja für eine Playstation und ein paar coole Spiele? Oder wenigstens für den Einbau einer Dusche in das Haus meiner Großmutter?

Aber der Moment dauerte nicht lange. Er war eigentlich sogar extrem kurz.

»Nein«, sagte ich.

»Verstehe.« Herr Persson blieb wie angewurzelt stehen. Er strich sich erschöpft über die Stirn.

»Es ist die einzige Erinnerung, die ich an meinen Opa habe«, sagte ich und schniefte ein bisschen.
Herr Persson nickte, schloss den Holzkasten langsam und schob ihn zu mir. »Pass gut auf ihn auf«, sagte er leise, beinahe drohend.

17

Am Ausgang des Museums wartete Tessy auf mich. Sie sah blass und ernst aus. Als unsere Blicke sich trafen, huschte ein Lächeln über ihr Gesicht.
»Das ... das wäre nicht nötig gewesen«, stammelte ich.
»Was?«
»Dass du hier wartest.«
Tessy zuckte mit den Schultern. »Wir sind Freunde, oder?« Das »oder« klang ziemlich unsicher.
»Klar«, sagte ich schnell.
Tessy sah mich stirnrunzelnd an. »Was machst du nur für Sachen? Was ist das für ein Zahn? Wo kommt der her?«
Ich senkte die Lider und grinste ein bisschen vor mich hin, als hätte ich tatsächlich etwas angestellt. Aber ich war mir keiner Schuld bewusst.
»Na jedenfalls«, sagte sie nach einer Weile, als sie wohl merkte, dass ich nicht antworten würde, »Frau Küken hätte nicht gleich

die Klasse nach Hause schicken müssen, nur weil Enrico mal wieder Mist baut, oder?«

Ich nickte Tessy zu. »Sag mal, was hast du heute gegessen?«, hörte ich mich zu meiner eigenen Überraschung fragen.

»Wie bitte?«

»Was hast du gegessen?«, fragte ich noch einmal. Ich wunderte mich über mich selbst, aber mir fiel auf, wie verlockend Tessy roch, wie eine Pizza, die frisch aus dem Ofen kam.

Sie starrte mich einen Moment sprachlos an. »Hast du Hunger?«, fragte sie schließlich.

Ich schüttelte den Kopf. »Ich will's nur wissen.«

»Als ich aus dem Museum kam, habe ich mir schnell ein Stück Pizza geholt. Da drüben an der Ecke.« Sie zeigte auf die andere Straßenseite. »Willst du auch eins?«

»Nein. Schon okay.« Vielleicht hatte ich ja nur eine Duftwolke aus der Pizzeria in die Nase bekommen.

»Mannomann«, sagte Tessy. »Du bist schon noch ein bisschen durch den Wind, was? Ist ja auch kein Wunder. Zeigst du ihn mir?«

»Was denn?«

»Na, den Zahn.«

Ich blickte mich um und schaute durch die Glastür des Museums. Niemand zu sehen, abgesehen von dem Schimpansen auf dem Poster. Er grinste mich breit an und ich hatte das komische Gefühl, dass er sich dabei am Hintern kratzte. »Lass uns erst mal von hier verschwinden«, sagte ich. Wahrscheinlich würde Frau Küken jeden Moment hier erscheinen und mein Bedarf an Verhören war fürs Erste gedeckt.

In der Straßenbahn roch es eindeutig nach Urin. Aber Tessy schien das nicht aufzufallen, also sagte ich nichts, sondern rückte nur ein Stück näher an sie heran. Der Pizzaduft strömte aus ihrem Haar und überdeckte den Gestank in der Bahn. »Er ist hier drin«, flüsterte ich in ihr Ohr und zeigte ihr den Holzkasten.
»Warum flüsterst du?«, fragte Tessy.
Ich räusperte mich. »Keine Ahnung«, sagte ich, diesmal in normalem Tonfall.
»Spinner!« Tessy grinste mich an. »Nun mach schon!«
Der Holzkasten hatte einen Messingverschluss, der so winzig war, dass ich ihn nicht gleich aufbekam. Aber schließlich ließ sich der Deckel hochklappen.
Und …
»Er ist weg«, sagte ich tonlos. Ich nahm die Watte aus der Schachtel. Nichts.
»Verdammt noch mal!«, brachte ich hervor. »Verdammt noch mal, das war dieser Persson!«
Tessy starrte mich erschrocken an. »Du glaubst …?«
Die Straßenbahn hielt und die Türen öffneten sich. »Tut mir leid, ich muss zurück!«, rief ich und stürmte aus der Bahn.
»Colin!«, schrie Tessy und dann fielen die Türen zu. Ich winkte noch flüchtig. Ihr Gesicht hing blass und fassungslos hinter der Scheibe.
Meine Beine rannten mit mir los wie von selbst. Ich lief die Strecke ununterbrochen in einem hohen Tempo. Tauben flogen vor mir auf und ich hörte ihren Flügelschlag überdeutlich. Eine Katze sprang erschrocken zur Seite und fauchte mich an. Ich überholte eine Straßenbahn, die in der Kurve erbärmlich quietschte.

Das Geräusch schmerzte in meinen Ohren, doch es trieb mich auch an. Es kam mir vor, als wäre ich noch nie so schnell gelaufen.

Im Museum lärmte eine Schulklasse im Foyer und ich rannte an den Schülern der dritten oder vierten Klasse vorbei und teilte der Frau, die die Eintrittskarten verkaufte, kurz mit, dass ich vorhin was vergessen hätte. »Die 6b«, sagte ich nervös. »Die Klasse von Frau Küken.«

Sie musterte mich flüchtig und winkte mich durch.

Im Vorzimmer des Büros des Museumsdirektors saß eine blondgelockte Frau mit grellrot geschminkten Lippen an einem Computer.

»Ich möchte zu Herrn Persson, es ist dringend«, sagte ich.

Sie blickte mich an, als wäre ich eine Fliege, die ihr um den Kopf schwirrte.

»Der Professor Direktor ist in einer Besprechung«, sagte sie. »Aber ich bin seine Sekretärin. Du kannst mir dein Anliegen mitteilen und deine Telefonnummer hinterlassen.« Sie wandte sich wieder dem Computerbildschirm zu, auf dem Strandhotels und das blaue Meer zu sehen waren. »Wenn es wirklich wichtig sein sollte, rufen wir dich eventuell in der nächsten Woche an.«

Ich nickte ihr zu, stürmte auf die Tür des Büros los und riss sie auf.

»Was fällt dir ein!«, kreischte die Frau.

In dem Büro war niemand. Ich umkreiste den Schreibtisch, hob eine Zeitung hoch und schob einen Stapel Papier beiseite. Kein Zahn zu sehen.

Die Sekretärin kreischte jetzt auf dem Korridor herum. Sie schrie

nach Herrn Persson. Das war mir nur recht. Ein bisschen wunderte ich mich allerdings auch. Für wen hielt sie mich? Für einen Einbrecher?
Ein schwacher Duft von Haargel zog durch den Gang. Dann bog Herr Persson um die Ecke und lief mit schnellen Schritten auf uns zu. »Wo brennt's denn?«
»Dieses freche Bürschchen hier ist unbefugt in Ihr Büro eingedrungen!« Sie hob den Arm und zeigte auf mich, als würde ich nicht direkt neben ihr stehen.
Der Parfümgeruch der Frau schlug mir ins Gesicht und ich hielt mir kurz die Nase zu.
Herr Persson musterte mich erstaunt. »Hast du es dir anders überlegt?«
»Anders überlegt?«
»Bringst du mir den Zahn?«
»Den haben Sie doch schon. Und ich will ihn zurück!« Die Mischung aus den beiden Düften verwirrte mich. Es war, als würden zwei Wellen auf einmal über mich schwappen. »Sie *müssen* ihn mir zurückgeben. Sie haben kein Recht ...«
Der Museumsdirektor blickte mich verständnislos an. »Wovon redest du?«
»Soll ich die Polizei rufen?«, fragte die Sekretärin.
»Nein. Nein. Ich muss mit dem jungen Mann hier ein paar Worte wechseln. Es wird nicht lange dauern. Würden Sie den Damen und Herren im Konferenzraum bitte Kaffee servieren und sie um etwas Geduld bitten?«
Die Wangen der Sekretärin färbten sich rosa. »Wie Sie wünschen«, sagte sie frostig.

»Komm, Junge.« Er berührte mich an der Schulter und schob mich vor sich her in sein Büro hinein.
»Was ist passiert, Colin?« Er deutete auf einen Stuhl. »Setz dich.«
Ich blieb stehen. »Das wüsste ich auch gern«, sagte ich und holte tief Luft. »Er ist weg! Der Zahn ist weg!«
Persson fuhr sich fahrig mit der Hand an die Stirn. Dann ließ er sich auf einen Drehstuhl fallen. »Das darf nicht wahr sein.« Er schüttelte den Kopf.
Ich schwieg. Entweder war der Direktor ein talentierter Schauspieler oder er war wirklich nicht der Dieb. Er seufzte schwer, als hätte er Schmerzen, und krümmte sich zusammen. Ich schob ihm die leere Schachtel über den Schreibtisch zu. Er klappte sie auf. Sie war immer noch leer. »Es ist nicht zu fassen. Ein Fund wie dieser ... Ich hab dich gewarnt. Ich hab dir gesagt, dass du auf ihn aufpassen sollst.«
Herr Persson redete über den Saurierzahn, als wäre er ein verloren gegangenes Kleinkind. Es sah nicht danach aus, dass er log. Aber wer sollte den Zahn sonst gestohlen haben? Außer ihm kam niemand infrage.
»Das ist schlimm, Junge, wirklich schlimm. Ein ungeheurer Verlust. Du hättest ihn hierlassen sollen. Wie ich dir gesagt habe. Aber du wolltest nicht hören. Du bist genauso stur wie der alte Elias.«
Ich horchte auf. »Sie kennen meinen Großvater?«
»Natürlich, natürlich. Elias Wörner. Natürlich kenne ich ihn.«
Ich ließ mich nun doch auf den angebotenen Bürostuhl fallen.
»Dein Großvater brachte mir manchmal Fossilien. Er wollte, dass ich sie bestimme, und stellte viele Fragen. Manche Fundstücke konnte ich ihm abkaufen. Nichts Bedeutendes. Kiefer von

Raubfischen aus der Trias-Zeit, eine niedliche kleine Schabe aus dem oberen Karbon und ein paar Ammoniten und Belemniten. Als er das letzte Mal hier war, erzählte er, dass er auf eine neue Fundstelle gestoßen sei ... Er wollte mir nichts Genaues sagen, aber er war sehr, sehr aufgeregt, Colin. Er stieß sogar seinen Kaffee um. Ich bot ihm eine neue Tasse an, aber er lehnte ab. Ich redete auf ihn ein und versuchte, ihm sein Geheimnis zu entlocken. Vielleicht wollte er deshalb so schnell weg.« Herr Persson strich sich nachdenklich durchs Haar. »Wenn ich damals gewusst hätte, dass er ... dass er nicht wiederkommt ...« Er verstummte, senkte den Kopf und starrte ins Leere.

Ich rutschte unruhig auf dem Stuhl hin und her. Die Lehne war so eingestellt, dass man gerade sitzen musste wie ein Soldat. »Wieso kam er an diesem Tag zu Ihnen?«

Herr Persson warf mir einen dunklen Blick zu. »Er wollte Näheres erfahren über einige Saurierfunde der letzten Zeit. Besonders interessierten ihn die Funde im Harz.«

»Im Harz?«

Herr Persson nickte nachdenklich. »Merkwürdigerweise hatte er ein Gespür dafür, wie sensationell die Entdeckung dort war, obwohl das damals noch gar nicht klar war. Nicht so klar wie heute jedenfalls.«

Ich drückte mit dem Rücken gegen die Lehne des Bürostuhls, dass es knackte, doch die Lehne schob mich zurück. »Erzählen Sie es mir ... bitte.«

Ein kleines verschwörerisches Lächeln zeigte sich in seinem Gesicht. »Es hat dich gepackt, nicht wahr? Wie deinen Großvater. Du gehst in seinen Mokassins, wie die Indianer sagen.«

Verwirrt blickte ich auf meine Sneakers hinab. Sie sahen eher schmutzig als indianisch aus.
Herr Persson lachte vor sich hin.
Ich hatte keine Ahnung, wovon er redete und was er an meinen Schuhen so lustig fand.
»Vor einigen Jahren entdeckte man Saurierfossilien in einem Steinbruch bei Oker, das liegt am nördlichen Harzrand«, berichtete Herr Persson. »Die Dinos entpuppten sich als Verwandte der Brachiosaurier, pflanzenfressende Urzeitriesen, die dreiundzwanzig Meter lang und achtzig Tonnen schwer werden konnten. Doch die Saurier im Harz waren viel kleiner und man hielt sie für Jungtiere. Dein Großvater äußerte damals schon seine Zweifel. Warum sollte man nur die Dinokinder finden? Er saß dort, wo du jetzt sitzt, und meinte: ›Vielleicht hat die Gegend, in der sie lebten, ihnen nicht den Raum gelassen, Riesen zu sein.‹ Er glaubte, dass die Evolution sie aus irgendeinem Grund geschrumpft habe. Ich muss gestehen, dass sich das für mich absurd anhörte: eine Gattung von zwergenhaften Riesensauriern? Es klang in meinen Ohren wirklich komisch, aber der alte Herr sollte recht behalten.«
Herr Persson nahm die Holzschachtel vom Tisch und klappte sie auf und zu.
»Vielleicht wusste er damals aber auch schon mehr, als er mir verraten wollte.«
Ich wich seinem forschenden Blick aus. »Wieso waren diese Saurier denn so klein?«, fragte ich rasch.
»Deutschland lag vor 150 Millionen Jahren zu großen Teilen unter Wasser. Es gab ein paar Inseln, auf denen die Nahrung ver-

mutlich immer knapper wurde für diese gigantischen Tiere. Um zu überleben, mussten sie mit weniger Futter auskommen, und dafür mussten sie tatsächlich schrumpfen. Inzwischen sprechen die Paläontologen von einer auf der ganzen Welt einzigartigen Insel-Dinosaurier-Gattung.«

»Fand man auch Saurierspuren?«, fragte ich.

»Ja, die fand man tatsächlich. In dem Steinbruch wurden Fährten von Raubsauriern entdeckt.«

Ich nickte. *Fährten von Raubsauriern*, echote es in meinem Kopf. Ich dachte an die Spur des Sauriers und einen Moment überlegte ich, ob ich Herrn Persson davon erzählen sollte. Allerdings hatte mein Opa auch niemandem etwas erzählt. Abgesehen von meiner Oma. Sie wusste Bescheid und niemand glaubte ihr.

Es klopfte an der Tür und die Sekretärin erschien. »Verzeihung, Chef. Die Kollegen warten …«

»Ich komme!«, rief Herr Persson. »Ich komme sofort.«

Wir erhoben uns und reichten uns die Hände, als hätten wir ein wichtiges Meeting hinter uns gebracht.

»Tut mir leid, dass … dass ich Sie wegen des Zahns verdächtigt habe«, brachte ich hervor.

»Nun, ich muss zugeben, einen Moment habe ich tatsächlich mit dem Gedanken gespielt, ihn dir zu stehlen.« Seine weißen Zähne blitzten kurz auf. »Aber ich musste an deinen Großvater denken. Ich mochte ihn, weißt du? Vielleicht kannst du ja etwas in Erfahrung bringen über … über sein Verschwinden.« Nachdenklich musterte er mich. »Also, Junge, halt mich auf dem Laufenden, und nun ab mit dir.« Er verpasste mir mit zwei Fingern einen Stups in die Rippen.

18

Auf dem Weg zum Haus meiner Großmutter lag ein dicker Geruch. Jedenfalls kam es mir so vor, als ob ich durch den Dunst stapfte wie durch tiefen Schnee. Schon als ich aus dem Bus gestiegen war, hatte ich den Duft nach gebratenem Fleisch wahrgenommen.

Meine Oma sah verschwitzt aus und rot im Gesicht, als sie mich begrüßte.

Ich starrte den Tisch im Flur an, genauer gesagt das, was auf ihm lag.

»Das ist für Elias«, sagte sie. »Er muss doch großen Hunger haben.«

In der Mitte des Tisches stapelten sich Schnitzel und Koteletts, Hähnchenkeulen und Fleischbällchen.

»Du wirst ihm das Essen bringen«, bestimmte meine Großmutter, als würde mein Opa im Zimmer nebenan sitzen. »Ich bin sicher, dass du ihn findest.«

Ich schwieg.

Eine dicke bläulich schimmernde Fliege landete auf dem riesigen Fleischberg. Vielleicht hatte meine Oma recht. Vielleicht konnte ich meinen Großvater wirklich finden. Vielleicht war sie aber einfach nur verrückt. Doch so verrückt kam sie mir gar nicht vor. Sie musterte mich aufmerksam und in ihren Augen lag ein seltsamer Ausdruck, als wüsste sie mehr, als sie mir sagen konnte.

Es war schon spät am Nachmittag, als ich aufbrach. Nach ein paar Schritten drehte ich mich um. Meine Oma stand an der Tür ihres Hauses und winkte mir nach. Ich hob kurz die Hand und spürte, dass mein Arm schmerzte. Die Stelle, in der der Zahn des Sauriers gesteckt hatte, brannte. Aber es war kein schlimmer Schmerz, eher ein sanftes Pochen, als könnte ich meinen Herzschlag in der Wunde spüren.

Ich begann zu laufen und verfiel in einen pulsierenden Rhythmus, der sich in meinem ganzen Körper ausbreitete. Die Fleischbrocken in dem Rucksack auf meinem Rücken klatschten schmatzend aneinander. An den Geruch hatte ich mich mittlerweile gewöhnt. Schon bald bog ich vom Weg ab und rannte in den Wald hinein. Meine Beine schienen zu wissen, wohin sie laufen mussten. Sie sprangen mit mir über den Bach und durch die Büsche. Ich dachte gar nicht mehr darüber nach, wie ich am besten zum Steinbruch kam. Wie eine Melodie im Radio hörte ich meine Schritte und das Knacken von Geäst. Ein Schwarm Mücken begleitete mich und ich nahm ihr Surren wahr, als sie mich angriffen. Doch ich machte mir nicht die Mühe, nach ihnen zu schlagen. Ich wollte nur dort sein. *Dort.*

Ich wusste, dass sich etwas verändert hatte, dass etwas neu war. Etwas in mir.

Leichtfüßig wie ein Tier lief ich über den Waldboden. Ich stolperte kein einziges Mal. Kein Zweig schlug mir ins Gesicht. Die Bäume standen stumm da, wie sonst auch, aber ich fühlte mich mit ihnen verbunden. Der Duft ihrer Rinde erschien mir seltsam vertraut. Ihre Äste lagen wie ein Dach über mir. Ich war nicht allein. Ein Eichhörnchen kletterte eine Fichte hinauf; ein Zapfen

fiel und streifte meine Wange. Eine Maus huschte durchs Laub und eine Eidechse jagte einer Heuschrecke nach. Ich warf einen Blick zurück und sah das Eichhörnchen lächeln.
Als ich wieder auf den Bach stieß, folgte ich seinem Lauf. Die Mücken sirrten um meinen Kopf; ich hielt mich an der Seite des Gewässers wie an der Seite eines Freundes, den ich schon lange kannte, und lief ohne Unterbrechung weiter, bis ich den alten Steinbruch erreichte.

Kurze Zeit später kletterte ich den Schlund hinab, der zu den Höhlen der Anderswelt führte. Diesmal brauchte ich keine Taschenlampe. Ein bisschen Tageslicht fiel durch die Zweige und Blätter, mit denen ich den Einstieg verdeckt hatte. Es kam mir vor, als könnte ich viel besser sehen als beim letzten Mal. Ich wunderte mich jetzt über die Probleme, die ich bei meinem ersten Abstieg gehabt hatte. Die in den Fels geschlagenen Stufen erschienen mir nun beinahe bequem. Ich lauschte den Steinen nach, die in die Tiefe fielen, und versuchte abzuschätzen, wie weit es noch hinabging. Beim Klettern nahm ich einen sonderbaren Geruch wahr, den der Fels verströmte. Es war wie ein Duft von weit, weit her, kaum wahrnehmbar, aber ich kannte ihn aus der Schule, aus dem Chemielabor: Es roch nach Schwefel.
Als ich die Stelle erreichte, an der die Stufe fehlte und mein Fuß ins Leere trat, stieß ich mich von der Felsmauer ab und ließ mich fallen. Mit einem dumpfen Plumps kam ich auf und deutlich erkannte ich ein Tier, das erschrocken vor mir davonhuschte. Es sah aus wie schwarz lackiert mit leuchtend gelben Flecken: ein Feuersalamander!

Ich lachte leise vor mich hin und dachte an meinen Großvater. »Hier habt ihr euch also versteckt«, flüsterte ich und dann folgte ich dem Salamander durch den Felsspalt in die zweite Höhle. Ich musste auf allen vieren kriechen. Auf der anderen Seite blieb ich auf dem kalten, feuchten Boden gekauert hocken und starrte in das Dunkel hinein. Ich beschloss, die Taschenlampe nur im Notfall zu benutzen. Mit einem Lichtschein würde ich womöglich nur auf mich aufmerksam machen. Also hockte ich regungslos da und wartete darauf, dass sich meine Augen an die Dunkelheit gewöhnten. Ich hörte das Rauschen des Wassers und ein Flattern über mir, mein Herz klopfte schneller, aber ich bewegte mich nicht. Von der Höhlendecke tropfte es und die beklemmende Luftfeuchtigkeit ließ mich schwer atmen.

Ganz von fern, aus einer weiteren Höhle, drang ein Ton in mein Ohr, den ich nicht einordnen konnte. Es klang, als würde jemand mit heiserer Stimme versuchen zu singen. Ein quakender Laut antwortete dem Sänger, dann war es still. Ein übler Geruch stieg mir in die Nase: salzig wie Fisch und faulig, irgendwie lebendig. *Du bist hier nicht allein,* dämmerte es mir. Plötzlich hörte ich ein Geräusch ganz in meiner Nähe: Ein Knurren brach drohend aus der Finsternis. Und ich konnte eine Bewegung erkennen – der Felsblock am anderen Ende der Höhle schien in die Höhe zu wachsen. Oder etwas, das sich hinter dem Fels versteckt hatte, richtete sich auf.

Es war riesig, so viel sah ich, und es war weiß.

19

Mein Herz krampfte sich zusammen. Die Wunde an meinem Arm begann heftig zu pochen. Ich bewegte mich nicht. Ich konnte mich nicht bewegen. Das Entsetzen lähmte mich. Langsam kam das Wesen auf mich zu. Seine Füße schleiften schwer über den Höhlenboden.

War das ein Traum? Das musste doch ein Traum sein! Ich musste nur warten, auf das Erwachen warten. Aber ich erwachte nicht. Das Wesen war echt.

Vor mir stand ein leibhaftiger Dinosaurier.

Deshalb war mein Großvater also nicht zurückgekehrt. Dieses Vieh hatte ihn getötet, in Stücke gerissen. Aufgefressen.

Ich wollte die Augen schließen, aber ich konnte nicht. Ich starrte dem Tier entgegen. Es kam näher und näher an mich heran. Der Saurier stapfte wie in Zeitlupe auf mich zu, als hätte er alle Zeit der Welt. Sein Körper war massig wie ein Felsen, doch seine Arme wirkten wie kleine Stummel an seinem gewaltigen Leib. Sein riesiger Kopf beugte sich hinab und fuhr suchend hin und her. Er schnaubte und sein Atem streifte mich. Der Gestank aus seinem Maul war unbeschreiblich. So ähnlich roch höchstens eine mit verdorbenem Fleisch und Fisch gefüllte Mülltonne, die in der prallen Mittagssonne stand. Die Augen des Dinosauriers wirkten seltsam matt und leer. Er schien mich nicht zu sehen. Aber er musste mich riechen. Nein, nicht mich! Das Fleisch!

Der Rucksack klemmte zwischen meinen Beinen. Schieb ihn

weg!, befahl eine Stimme in meinem Kopf. Schieb den Rucksack so weit weg wie möglich!
Aber ich konnte mich nicht rühren.
Er war einfach zu nah.
Die Nüstern des riesigen Dinosauriers bewegten sich zuckend. Ich sah, dass er die Luft einsog. Den Duft nach gebratenem Fleisch aufnahm.
Die Steaks sind nicht für dich!, schrie ich ihn in Gedanken an. Einen Moment überlegte ich, ob er sich erschrecken würde, wenn ich ihn tatsächlich anbrüllte.
Aber ich verwarf den Gedanken sofort wieder. Ein Tyrannosaurus Rex, der vor einer ängstlich zitternden Stimme erschrickt ... Ein Tyrannosaurus ...?
Ja, so sah er aus. Jedes Kind, das schon mal in einem Saurier-Buch geblättert hatte, kannte diese Gestalt. Nur die Farbe stimmte nicht. Dieser hier war weiß. Nicht weiß wie Schnee, eher weiß wie ein schmutziger Eisbär. Wie ein ziemlich schmutziger Eisbär. Und mit seinen Augen stimmte auch irgendetwas nicht. Und mit seiner Größe. Für einen T-Rex war er eigentlich zu klein. Doch er ging gebückt, den Kopf eingezogen. Möglicherweise war er größer, als es den Anschein hatte.
Der Saurier schnupperte. Sein Maul war nur noch eine Handbreit von meinem Rucksack entfernt. Sein Kopf bewegte sich hin und her und auf einmal streifte sein Unterkiefer meinen Fuß. Das Tier hielt in der Bewegung inne. Er blickte mit seinen leeren Augen in meine Richtung, aber ich war sicher, dass er mich nicht sah.
Doch er wusste jetzt, dass ich da war!

Ich dachte an meine Eltern. Das heißt, ich sah sie vor mir wie auf einem Bild. Meine Mutter lächelte und mein Vater sagte etwas. Aber ich konnte ihn nicht verstehen. Das Bild verblasste und nun schimmerte ein anderes Gesicht kurz auf. Tessy, ernst und bleich, hinter der Scheibe der Straßenbahn. Ich wünschte jetzt, ich hätte mich von ihr verabschiedet. Dann sah ich meine Großmutter. Sie trug ihr Nachthemd und ihre plüschigen Hausschuhe und nickte mir zu, als wäre alles in Ordnung. Nichts war in Ordnung!

In meinem Fuß begann es zu kribbeln und mechanisch bewegte ich die Zehen. Es ging also doch. Ich konnte mich bewegen. Aber was nützte mir das?

Da hörte ich das Geräusch von vorhin wieder, das heisere Singen und auch die quakende Antwort. Die Töne klangen jetzt lauter und näher.

Der Saurier hob den Kopf. Langsam drehte er sich in die Richtung, aus der die Geräusche kamen.

Ich zog meinen Fuß an mich, als wäre er aus Blei, und nahm den Rucksack auf die Schuhspitze. Mit einer jähen Kraftanstrengung kickte ich ihn weg. Er flog quer durch die Höhle und prallte gegen einen Felsblock.

Der Tyrannosaurus brüllte. Sein Schrei hallte als Echo zwischen den Wänden. Der Saurier warf den Kopf hin und her, als wüsste er nicht, in welche Richtung er sollte. Dann stürzte er plötzlich los, rammte den Felsen und schnappte sich den Rucksack mit den Zähnen.

Ohne ihn aus den Augen zu lassen, schob ich mich langsam rückwärts, bis ich die feuchte Höhlenwand hinter mir spürte.

Kiesel knirschten unter meinen Füßen, als ich die Beine anzog. Mein Herz hämmerte, ich zitterte und ich atmete so heftig, als hätte ich einen Tausendmetersprint hinter mir. Der Saurier ließ den Rucksack fallen und wandte sich zu mir um.
Er hatte mich gehört!
Die Entfernung zu dem Durchschlupf, der zu dem Schacht nach draußen führte, betrug nicht einmal einen halben Meter. Aber der Gedanke an Flucht erschien mir sinnlos. Er würde schneller sein als ich. Wenn ich versuchte zu fliehen, würde er mich mit einem einzigen Tritt, mit einem einzigen Biss töten.
Ich stellte mich tot. Ich hielt den Atem an, presste mich an die Wand, die Beine umklammernd, und rührte mich nicht. Er konnte mich nicht sehen. Vielleicht war das meine einzige Chance. Doch dann musste ich Luft holen. Ich hörte das Geräusch selbst. Das Geräusch meines eigenen Atems.
Das Schnauben, das aus seinen Nüstern kam, klang wütend. Er schwang den Kopf dicht über dem Boden hin und her. Er suchte mich. Schritt für Schritt kam er näher. Ich musste etwas tun, ihn irgendwie aufhalten.
Ich nahm einen Stein und schleuderte ihn gegen die Wand auf der gegenüberliegenden Seite. Der T-Rex zögerte nur einen Moment. Dann stapfte er weiter auf mich zu.
Ich konnte ihn nicht stoppen, das wurde mir jetzt klar. Und für einen Fluchtversuch war es zu spät. Er stand nun direkt vor mir.
Was wohl Museumsdirektor Persson zu diesem Fund sagen würde, sauste es mir wirr durch den Kopf. Der Saurier beugte sich zu mir herunter. Wieder stand ich wie angenagelt da und

hielt den Atem an. Sein Maul war leicht geöffnet und ich konnte seine Zähne erkennen. Sie waren spitz und gebogen. Lang wie Dolche. Rasiermesserscharf? So genau wollte ich es gar nicht wissen. Er schob seinen Schädel an meinen verletzten Arm und mir fiel das Pflaster ein, das *blutdurchtränkte* Pflaster. Er roch mein *Blut*, was sonst. Würde er meinen Arm zuerst fressen? Oder würde er mich vorher töten? Ein tiefes Grollen kam aus seinem Rachen. Doch der Laut mischte sich immer deutlicher mit dem heiseren Singsang. Auch diese Töne klangen jetzt ganz nah.
Ich bewegte mich nicht. Nur mit den Augen forschte ich umher. Mein Blick fiel auf die Füße des anderen Wesens. Mehr konnte ich nicht sehen. Es war kein Saurier, so viel stand fest. Ich erkannte schmutziges, mit Schlamm besudeltes Fell. Irgendein Säugetier auf zwei Beinen also. Vielleicht ein Affe? Oder ein Yeti? Indessen erschien mir alles möglich.
»Colin?«, fragte eine heisere Stimme.
Ich traute meinen Ohren nicht. Vermutlich eine Halluzination. Konnte man Halluzinationen auch hören? So musste es wohl sein.
»Colin?« Die Stimme krächzte jetzt. Die Halluzination war ziemlich hartnäckig.
»Ja.« Der Laut aus meinem Mund klang seltsam, dünn wie ein Hauch.
Das Grollen aus dem Innern des Sauriers dröhnte wie ein aufziehendes Gewitter.
Das zweite Wesen stieß ein warnendes Zischen aus, wie eine Schlange.
Der Saurier hob mit einem Ruck seinen Kopf.

Er wandte sich dem unbekannten Geschöpf zu und tappte von mir fort. Vielleicht würde der T-Rex ja das andere Säugetier fressen? Aber der Saurier schlurfte hinter den größten Felsblock der Höhle und ließ sich dort schwerfällig nieder.
Ich starrte das Wesen mit den Fellfüßen an. Es war mein Opa.

20

»Colin, mein Junge, um Gottes willen, was suchst du denn hier?« Die Stimme meines Großvaters klang rau und fremd, als hätte er lange nicht mehr gesprochen. Seine Augen lagen in tiefen Höhlen, seine Stirn war zerfurcht, quer über seine linke Wange lief eine tiefe Narbe. Er trug einen struppigen grauen Bart, den ich nicht an ihm kannte, und auf seinem Kopf sprossen nur vereinzelt ein paar farblose Locken. Seine Kleidung war schlammverkrustet, ein Ärmel hing von der Schulter in Fetzen herab und die Hose hatte Risse und ausgefranste Löcher.
Ich konnte nicht antworten. Ich saß immer noch wie erstarrt an die Wand gepresst. Mein Großvater streckte vorsichtig die Hand nach mir aus und berührte meine Wange, als wollte er prüfen, ob ich echt war. »Colin, mein Lieber, bist du in Ordnung?«, fragte er und half mir auf die Beine. Meine Knie fühlten sich weich an, aber immerhin gelang es mir zu stehen.
»Das ist ein … ein Tyrannosaurus, oder?«, flüsterte ich schließ-

lich und starrte zu dem Felsen hinüber, hinter dem der Saurier sich verborgen hielt. Nur der lange dicke Schwanz schaute hinter dem Gestein hervor und schlug unruhig hin und her.

»Du brauchst keine Angst zu haben«, sagte Elias. »Nicht mehr jedenfalls. Er hätte dich töten und fressen können, aber er hat es nicht getan. Du bist unverletzt, darauf kommt es ...« Seine Stimme versagte und er schwieg eine Weile. »Und jetzt weiß er, dass du zu mir gehörst und unter meinem Schutz stehst.«

Ich nickte, obwohl ich nicht verstand, was das alles zu bedeuten hatte.

»Der Tyrannosaurus ist der Wächter der ersten Höhle«, erklärte mein Großvater. »Er ist alt und blind, ein Albino, ein Außenseiter, aber ein guter Wächter.«

Ich blickte meinen Opa immer noch an wie eine Erscheinung. »Wieso ... wieso bist du hier?«, stammelte ich. »Alle suchen dich! Was machst du in dieser Höhle? Wo ... wo warst du die ganze Zeit?« Ich schluckte. Meine Zunge und mein Hals fühlten sich auf einmal schrecklich trocken an. Passierte das hier tatsächlich? Mein Großvater kam mir genauso unwirklich vor wie der Dinosaurier. Aber er stand hier. Er sprach mit mir. Er berührte mich, drückte meine Schulter. Ich starrte ihn an, als fürchtete ich, dass er plötzlich doch noch verschwand. Dass er mich allein ließ. Allein mit dem Saurier.

In seinen Augen zeigte sich ein warmes Leuchten. »Colin, du warst schon damals ein neugieriger kleiner Junge. Und jetzt bist du ein neugieriger großer Junge, wie mir scheint. Habe ich dir nicht vor langer Zeit gesagt, dass die Feuersalamander sich nur verstecken?«

»Das hast du«, gab ich verwirrt zu.
»Siehst du, mein Enkelsohn. Ich bin ihnen nur gefolgt und habe dabei eine neue Welt entdeckt. Eine Welt, die mich nicht mehr loslässt. Ich habe das Gefühl, hierher zu gehören und vielleicht sogar gebraucht zu werden. Und so ein alter Knacker wie ich muss sich entscheiden, was er mit seinen letzten Lebensjahren noch anfangen will. Ich habe mich entschieden und leiste den Feuersalamandern ein bisschen Gesellschaft, wenn man so will.«
»Aber der Salamander da drüben scheint mir recht riesig und außerdem ist er seit 65 Millionen Jahren ausgestorben.« Der Saurier schnaubte plötzlich und ich zuckte zusammen.
»Richtig«, sagte mein Großvater. »So steht es jedenfalls in den Büchern. Und dir steht es frei zu gehen. Es steht dir frei, dies hier für einen Traum zu halten. Einen Traum, den man kurz nach dem Erwachen schon wieder vergessen hat.«
Ich schwieg eine Weile. Dann schüttelte ich den Kopf. »Ich habe nach dir gesucht. Und jetzt, wo ich dich gefunden habe, soll ich gleich wieder verschwinden?«
Elias seufzte. »Dass es hier unten gefährlich ist, brauche ich dir wohl kaum zu sagen, oder? Sogar sehr gefährlich. Du hättest nicht herkommen dürfen. Ich habe nur mit Mühe überlebt. Bis heute jedenfalls, und was morgen sein wird, weiß ich nicht. Aber ich bin alt. Es ist nicht so schlimm, wenn ich hier unten sterbe. Aber du ... Du bist ein Kind.« Er musterte mich besorgt.
»Aber kein *kleines* Kind«, sagte ich trotzig und sah mich neugierig um. »Gibt es noch weitere Höhlen und weitere ... Tiere?«
Statt zu antworten, hob mein Großvater den Kopf und schnüffelte. »Was riecht hier eigentlich so lecker?«

Ich zeigte auf den Rucksack, der wie ein verletztes Tier auf dem Boden lag. »In den Plastikdosen dort ist Fleisch. Oma hat es für dich gebraten. Irgendwie wusste sie, dass ich dich finden würde.«

Elias schnaufte amüsiert. »Louise hatte schon immer einen sechsten Sinn. Dann wollen wir erst mal essen, ehe ich dir die Welt unter der Welt zeige.«

»Heißt das, du schickst mich nicht zurück?«

»Erst mal heißt das nur, dass ich Hunger habe. Und du?«

Mein Magen knurrte laut und vernehmlich.

»Und unser Freund da drüben ist sicher auch enttäuscht, dass er dich nicht fressen durfte. Also: Hast du schon mal einen Saurier gefüttert?«

Der Tyrannosaurus tauchte hinter dem Felsblock auf. Er hob seinen mächtigen Schädel und drehte ihn in unsere Richtung.

»Siehst du? Er wartet schon auf dich.« Mein Großvater öffnete einen von den reichlich verbeulten Plastikbehältern und nahm zwei große Hähnchenkeulen heraus. »Versuch es mal damit.«

Ich schluckte schwer. »Meinst du nicht ... er möchte ... lieber etwas ... Lebendiges?«

»Keine Sorge. Er ist ein Aasfresser. Meistens jedenfalls.«

Die Keulen waren fettig und meine Hand zitterte. Ich fürchtete, dass mir die Fleischbrocken aus den Fingern rutschen würden. Mein Großvater begann eine Melodie zu singen, genauer gesagt: Aus seinem Mund kamen heisere Laute, die aber irgendwie beruhigend klangen. Langsam bewegte ich mich auf den Dinosaurier zu. Der Duft des gebratenen Fleisches stieg mir in die Nase und mein Magen knurrte schon wieder. Unter Aas stellte ich mir eigentlich etwas anderes vor.

Der Saurier beugte sich zu mir und öffnete sein Maul. Irgendetwas Rotes hing zwischen seinen Zähnen. Ich vermied es, genauer hinzusehen, und schob ihm erst die eine, dann die andere Keule ins Maul – als würde ich Schulbücher in mein Schließfach legen, nur *viel* vorsichtiger. Und auch ein bisschen hastiger.

Dann ging ich rückwärts – und so langsam, wie ich gekommen war – zu meinem Großvater. Der Dinosaurier kaute und ich hörte die Knochen in seinem Maul knacken.

»So«, sagte Elias. »Jetzt hast du einen Tyrannosaurus zum Freund.«

»Und das bedeutet?«, fragte ich.

»Es bedeutet, dass er dich nicht töten wird.«

Ich seufzte erleichtert.

21

»Aber … aber wie ist das möglich?«, stammelte ich.

»Was?«, fragte mein Opa zerstreut. Um ihn herum lagen Hähnchenknochen und er aß mit Hingabe die letzten Fleischbällchen. »Deine Oma ist wirklich die beste Köchin, die ich kenne. Fehlt bloß die Himbeersoße«, murmelte er und lachte in sich hinein. »Bist du auch wirklich satt, mein Junge?«

Ich nickte unbestimmt und warf einen Blick zu dem Tyrannosaurier, der hinter dem Gesteinsblock zu schlafen schien. Sein Schwanz bewegte sich nicht mehr und etwas wie ein Schnarchen war zu hören. »Wie ist das möglich, dass dieser T-Rex hier lebt?«

Elias wischte sich die fettigen Hände an seiner Hose ab. »Wie ist es möglich, dass es *dich* gibt?«, fragte er zurück und zwinkerte. »Wieso sitzen wir beide jetzt hier – du und ich?«

Ich zuckte mit den Achseln. »Keine Ahnung. Es hat sich so ergeben.«

»Genau«, sagte mein Großvater. »Es hat sich so ergeben. Das Leben selbst ist das Wunder, mein Junge – ganz egal, ob du eine Ameise bist, ein Mensch oder ein Dinosaurier.« Elias zwinkerte mir zu. »Und ein gutes Mahl gehört zu einem guten Leben, für den T-Rex genauso wie für dich und mich«, meinte er und strich sich über den Bauch. »Aber wie heißt es so schön: Nach dem Essen sollst du ruhn oder tausend Schritte tun. Komm mit mir oder kehre um. Du weißt, wo der Ausgang ist. Noch ist es nicht zu spät.«

Statt zu antworten, sprang ich auf und griff nach dem Rucksack. Der Hammer rutschte durch eines der größeren Löcher, die der Saurier in den Stoff gebissen hatte, und polterte auf den felsigen Höhlenboden. Ich bückte mich und hob ihn wieder auf.

»Sieh an«, sagte Elias und erhob sich. »Du besitzt den Schlüssel. Ich habe mich schon gefragt, wo er stecken mag.«

»Was für einen Schlüssel?«

»Der Geologenhammer in deiner Hand. Wo hast du ihn gefunden?«

»Oma Louise hat ihn mir gegeben. Er lag in der Kammer, in dem Koffer mit den Fossilien.«
Mein Großvater schlug sich mit dem Handballen gegen die Stirn. »Die Kammer, natürlich! Ich habe mich schon die ganze Zeit gefragt, wo ich den Hammer gelassen habe.« Er nickte langsam und sah mich prüfend an. »Jetzt wird mir einiges klar, Junge. Nur mit dem Schlüssel konntest du den Eingang in die Anderswelt finden. Aber ... Aber das erklärt längst noch nicht ...«
Elias kam ganz dicht an mich heran und blickte mir tief in die Augen. »Du brauchst keine Taschenlampe«, stellte er fest. »Du kannst mich doch gut erkennen, oder?«
»Ja, na klar!« So nah, wie er vor mir stand, war er nicht zu übersehen.
»Was siehst du an der Felswand dort?« Die Stelle, auf die er zeigte, lag in einer Nische im Dunkel, und auf den ersten Blick konnte ich nichts Besonderes entdecken.
Ich zuckte mit den Schultern. »Nichts eigentlich.«
»Nichts? Sieh genau hin.«
»Na ja, nichts. Nur ein paar Weberknechte.« Genau genommen war die ganze Wand mit Weberknechten übersät, als würden sie dort eine Versammlung abhalten.
»Weberknechte«, wiederholte mein Großvater zufrieden. »Du siehst sie also, obwohl es in der Ecke finster ist und ihre dürren Beine beinahe unsichtbar sind.«
Ich nickte.
»Und kannst du mich auch gut riechen?«, fragte er.
»Na ja«, wich ich aus. Ich wollte nichts Unhöfliches sagen.

»Was ich meine: Hat sich dein Geruchssinn irgendwie verändert in letzter Zeit?«
Ich dachte an Tessy, die nach Pizza duftete, und an die Straßenbahnsitze, die nach Urin stanken. »Kann schon sein.«
»Und dein Geschmackssinn? Ist das Salz jetzt salziger, der Zucker süßer und der Pfeffer schärfer?«
Ich überlegte einen Moment, dann nickte ich.
»Fühlst du dich müde?«, fragte mein Opa weiter.
»Nein, überhaupt nicht!« Langsam begann ich mich über das seltsame Verhör zu wundern. »Ich war noch nie so wach!«
»Kann es sein, dass du vor Kurzem gebissen worden bist?«
»Gebissen?«
»Von einem Tier, meine ich.« Mein Großvater streifte den schlafenden Tyrannosaurus mit einem Blick.
»Nein. Das heißt ...« Mir fiel der Zahn wieder ein. »Doch ... also nicht direkt.« Unwillkürlich legte ich die Hand auf die Stelle mit der Wunde.
»Zeigst du mir den Biss?«
»Es ist eher ein Stich gewesen.« Ich krempelte meinen Ärmel hoch und pulte das Pflaster von meiner Haut.
»Der Wandernde Zahn«, sagte Elias mit Ehrfurcht in der Stimme. »Der Wandernde Zahn hat dich gebissen. Deshalb wurdest du nicht angegriffen.« Er deutete mit dem Kinn auf den schlafenden Saurier.
»Als ich das erste Mal hier unten war, habe ich diesen riesigen Zahn gefunden«, erklärte ich.
Mein Großvater nickte und in seinen Augen funkelte es. »Bei mir war es ähnlich. Ich fiel in die Dunkelheit und verletzte mich.

Zunächst dachte ich, ich hätte mich mit dem Geologenhammer selbst verwundet, dann glaubte ich, es wäre ein Felssplitter, der in meinem Handballen steckte. Doch schließlich erkannte ich, dass ich gebissen worden war: von einem einzelnen Zahn aus dem Rachen eines Dinosauriers, und die Welt veränderte sich von einem Moment zum nächsten.«
»Der Wandernde Zahn«, murmelte ich verwirrt. »Du meinst, der Stich in meinen Arm war …« Gar nicht Enricos Schuld?, dachte ich. »War … gar kein Zufall?«
Elias schüttelte den Kopf. »Manche Fossilien besitzen magische Kräfte. Und einige ganz besondere Fossilien besitzen ganz besondere Fähigkeiten. Natürlich ahnt das niemand … da draußen, wo du lebst. Und wenn ich es nicht selbst gesehen hätte, würde ich es auch nicht für möglich halten. Doch der Wandernde Zahn ist so etwas wie der König unter den Fossilien.«
»Aber er ist verschwunden«, murmelte ich kleinlaut. »Kurz nach dem Stich war er nicht mehr da.«
Elias lächelte. »Das ist seine Art. Er bleibt nie lange an gleicher Stelle oder bei demselben Träger. Auch in der Draußenwelt ist er nicht gerne. Er scheut das Tageslicht. Vielleicht hat er sich irgendwo verborgen, wo du nicht nach ihm suchst, und du hast ihn bereits, ohne es zu ahnen, in die Anderswelt zurückgebracht. Hat der T-Rex sich nicht deinen Rucksack geschnappt?«
Ich nickte.
»Na also«, sagte mein Großvater zufrieden. »Der T-Rex und der Wandernde Zahn sind eng miteinander verbunden. Und wenn der Saurier deinen Rucksack aufgebissen hat, wollte er vielleicht nur dem Zahn helfen, nach Hause zu kommen.«

»Aha«, sagte ich, obwohl das in meinen Ohren ziemlich märchenhaft klang.
Elias deutete auf das Werkzeug in meinen Händen. »Das Blut, das damals aus meiner Wunde kam, als der Wandernde Zahn mich gebissen hat, tropfte auf den Geologenhammer und etwas von der magischen Kraft des Zahns steckt jetzt in ihm. Er ist kein gewöhnliches Arbeitsgerät mehr, sondern ein *Schlüssel*, der die Fähigkeit besitzt, Wände zu öffnen, aber wenn es sein muss, kann man ihn auch als Waffe zur Verteidigung nutzen.«
Plötzlich knirschte es laut und in der grauen Felswand auf der gegenüberliegenden Seite begann sich ein Riss zu bilden. Der T-Rex erhob sich schwerfällig und stieß ein drohendes Knurren aus. Mein Großvater nahm mir den Geologenhammer aus der Hand und stellte sich vor mich. Langsam wurde der Riss größer und die beiden Wände trennten sich. Ein quakendes Bellen ertönte. Mein Opa ließ den Hammer sinken und antwortete mit einem heiseren Singsang. Dann tauchte ein grünes Gesicht in dem Spalt auf und große Augen blickten neugierig zu mir herüber. Es war ein Dinosaurier mit einem Entenschnabel!
»Das ist ein Edmontosaurus«, sagte mein Großvater freundlich lächelnd, als würde er mir seinen Nachbarn vorstellen. »Er wohnt nebenan mit seiner Familie und den anderen Hadrosauriern. Das Weibchen ist gerade am Brüten. Und wahrscheinlich haben wir ihnen zu viel Lärm gemacht. Die Hadros sind recht sensibel, musst du wissen. Ich werde sie besser warnen, dass wir sie gleich besuchen kommen.« Mein Opa hob den Kopf und stieß einen kurzen Trompetenton aus. »Jetzt habe ich sozusagen bei ihnen angeklopft«, erklärte Elias.

Der Edmontosaurus sah nicht gerade erfreut aus.
»Er antwortet gar nicht«, sagte ich leise.
»Das muss er auch nicht«, erwiderte mein Opa. »Ich wohne in seinem Revier und brauche keine Erlaubnis. Du allerdings schon. Aber keine Sorge, die Entenschnabelsaurier sind Pflanzenfresser und freundliche Wesen.«
»Du wohnst mit ihnen zusammen?«, fragte ich erstaunt.
»Genau. Die Hadros waren so nett, mich bei sich aufzunehmen. Dafür passe ich manchmal auf ihre Eier auf. Aber komm, ich zeige dir alles.«

22

Mein Großvater führte mich durch den Spalt in der Felswand. Mir war zumute, als sollte ich gleich den Mond oder den Mars betreten, und ich hielt mich so nah wie möglich hinter ihm. Was würde mich hier noch alles erwarten, wenn der Tyrannosaurus Rex in dieser Welt nur eine Art Vorzimmer-Saurier war?
Zuerst spürte ich die Wärme, die uns entgegenschlug, eine dunstige schwüle Wärme, wie in einem Gewächshaus im Botanischen Garten. Und so ähnlich grün sah es auf den ersten Blick auch aus. Nur dass wir uns am Rande eines Urwaldes befanden. Der Entenschnabelsaurier war davongelaufen, als wir uns ihm näher-

ten. Nun blieb er regungslos zwischen zwei geduckten Bäumen stehen. Halb verdeckt von einem fächerförmigen Blatt blickte er zu uns herüber und ich starrte ihn an, als wäre er ein Außerirdischer. Schließlich verschwand er im Dickicht der Farne, Büsche und Bäume.

Ich hörte das Rascheln von Blättern, ein Zirpen und Sirren. Alles kam mir unerhört fremd vor. Träumte ich? In einem Traum ist schließlich alles möglich, auch das völlig Unmögliche. Doch wenn mir im Traum in den Sinn kam, dass ich das alles nur träumte, müsste ich dann nicht spätestens jetzt erwachen?

Aber ich erwachte nicht.

Dann war es auf einen Schlag still. Mein Großvater begann leise zu singen, es war eher ein Aneinanderreihen von Lauten, ein gleichmäßiger Ton, besänftigend wie ein Wiegenlied. »Jetzt wissen sie hoffentlich, dass du keine Gefahr für sie bist«, sagte er leise.

Etwas schnatterte quakend und ich ahnte, dass es der Edmontosaurus war, der seiner Familie oder wem auch immer von mir berichtete. Die surrenden Urwaldgeräusche waren wieder zu hören. Etwas sauste an meinem Kopf vorbei und ich duckte mich erschrocken. Doch dann sah ich, dass es eine riesige Libelle war, die einen Moment in der Luft zu stehen schien, ehe sie weiterflog.

»Ein fremdes Wesen ist hier selten ein Freund«, klärte mich Elias auf. »Obwohl die Besuche sich in Grenzen halten.«

»Besuche? Besuche von Menschen?«

Mein Großvater lachte. »Du bist der erste Mensch hier, Junge. Mal abgesehen von meiner Wenigkeit. Und ich will schwer hoffen, dass das so bleibt.« Seine Miene verfinsterte sich plötzlich. »Es wäre eine Katastrophe, wenn sie uns entdecken würden.« Er musterte mich prüfend.

»Von mir ... von mir erfährt niemand etwas«, stotterte ich. »Das würde mir sowieso kein Mensch glauben«, fügte ich hinzu. Abgesehen von Tessy vielleicht, dachte ich.

Meine Antwort schien ihn zu beruhigen. »Deswegen bin ich hier«, sagte mein Großvater ernst. »Ich will ihnen helfen, unentdeckt zu bleiben. Ich setze alles daran, unser Versteck so geheim zu halten, dass die Menschen uns nicht finden, ja, dass sie gar nicht erst auf die Idee kommen, hier wonach-auch-immer zu suchen. Hast du die Warnschilder draußen am Steinbruch gesehen?«

Ich nickte.

»Hier wird schon lange nicht mehr gesprengt. Aber wenn ein stürmischer Wind ein Schild umwirft, steht es am nächsten Tag wieder – wie durch Zauberei.« Mein Opa zwinkerte mir zu. »Natürlich sorge ich auch dafür, dass keines der Tiere aus der Anderswelt entwischt. Stell dir mal das Gesicht des Försters vor, wenn er einem Entenschnabelsaurier begegnen würde!«

Ich lächelte und blickte mich um. Von den Tieren war nichts zu sehen. Überall wuchs Farn, sogar die Palmen hatten Farnbüschel. Auch die großen fächerförmigen Blätter der anderen Bäume boten einen guten Sichtschutz.

»Anderswelt«, murmelte ich und drehte mich einmal um mich selbst. Ich konnte es noch immer nicht fassen – ich befand mich tatsächlich in einer vollkommen anderen Welt.

»Deine Großmutter hat diesen Namen gewählt«, erklärte Elias.

»Eines Tages fragte sie mich nach einem meiner Besuche: ›Gehst du jetzt wieder in die Anderswelt?‹ Und da blieb mir nur übrig zu nicken.«

»Wieso halten sich die Saurier ausgerechnet hier versteckt?«, fragte ich.

Mein Großvater holte tief Luft und stieß sie mit einem Pfeifen wieder aus. Ein flötender Ton aus dem Dickicht antwortete ihm.

»Nun ja, ich habe da so eine Art Theorie«, sagte er und sah mich an, als müsste er in meinen Augen forschen, ob ich wirklich schon bereit war ihm zu glauben. »Vor vielen Millionen Jahren, zum Ende der Kreidezeit, muss etwas ihre Vorfahren aus ihrer gewohnten Umgebung vertrieben haben.« Elias hob einen großen Palmwedel hoch und schlüpfte unter der Pflanze hindurch. Er wartete, bis ich ihm folgte. »Nehmen wir mal an, dass es das Klima war. Es wurde immer kälter da draußen, immer ungemütlicher. Stell dir vor, du bist unterwegs und wirst vom plötzlich einbrechenden Winter überrascht, von Schnee und Eiseskälte, und dir frieren die Füße so, dass es richtig wehtut. Wohin würdest du dann gehen?«

Ich zuckte mit den Schultern. »Irgendwohin, wo es warm ist«, sagte ich. »In eine Pommesbude oder ins Kino oder so.«

»Genau«, meinte mein Großvater, als wäre damit alles gesagt.

Ich tappte unsicher vorwärts und spürte Moos unter meinen Füßen, in das ich mit jedem Schritt ein Stück einsank. Vor uns erstreckte sich ein Gewirr von Farnwedeln, Sträuchern und schweren Zweigen, an denen fleischige mondfarbene Blüten wuchsen.

»Ich verstehe nicht ganz«, gab ich zu.

»Die Pommesbuden der Vorfahren unserer Anderswelt-Saurier

hießen Vulkane oder genauer gesagt Kraterhöhlen«, behauptete Elias. »Es gab aktive und erloschene Vulkane und dann solche, die sozusagen schliefen. Sie waren noch nicht vollständig erloschen, brachen aber auch nicht mehr aus. Soll heißen, in den Tiefen unserer Höhle fand sich noch eine lange Zeit Magma. Womöglich gab es auch heiße Quellen. Die Tiere konnten hinausgehen, nach Nahrung suchen und schließlich in ihr beheiztes Quartier zurückkehren und vielleicht sogar ein schönes Dampfbad nehmen – wer weiß? Über die Intelligenz der Urzeitwesen weiß die Wissenschaft heute immer noch herzlich wenig. Aber offenbar haben es einige von ihnen geschafft, sich dem Leben in Höhlen anzupassen. Dabei schleppten die Saurier Samen von Pflanzen mit in ihren Bau und irgendwann bildete sich eine eigenständige Höhlenvegetation. Durch einige Felsspalten dringt etwas Licht und anfangs war ich erstaunt darüber, mit wie wenig Helligkeit die Pflanzen hier unten auskommen. In den dunkelsten Ecken brachte ich noch nach und nach ein paar Laternen und Lampen an, um den Wuchs der schwächeren Gewächse ein bisschen zu unterstützen. Die Pflanzen hier haben zwar eine gewisse Ähnlichkeit mit denen auf der Erde, sind aber von anderer Art – irgendwie widerstandsfähiger. Außerdem ist Vulkanasche ausgesprochen nährstoffreich. Dazu kommt, und das ist nicht zu unterschätzen, die Düngung durch die Höhlenbewohner – na, du verstehst mich schon.« Elias lachte kurz auf. »Die Evolution hat dann nicht nur dafür gesorgt, dass die Pflanzen mit weniger Licht auskamen, sondern auch dafür, dass die Saurier im Lauf der Zeit schrumpften und nicht mehr so viel Nahrung benötigten.«

»So wie bei den zwergenhaften Riesendinos auf dieser Insel … irgendwo im Harz?«, fragte ich.
Mein Großvater drehte sich völlig überrascht zu mir um und zog die Augenbrauen hoch. »Na, sieh mal einer an, du kennst dich ja richtig gut aus«, wunderte er sich. »Lass mich raten – warst du vielleicht im Museum, bei Professor Persson, dem alten Schlawiner?«
Ich nickte, obwohl ich nicht wusste, was genau ein alter Schlawiner ist.
»Verdammt!«, sagte mein Opa plötzlich und packte mich hart am Arm – zum Glück war es der unverletzte. »Persson ist der Letzte, der etwas über die Anderswelt erfahren darf!«
»Okay, okay«, sagte ich erschrocken. »Er weiß nichts davon.«
Mein Großvater ließ mich los und räusperte sich verlegen. »Versteh mich nicht falsch, Junge. Er ist ein netter Kerl, meistens jedenfalls. Ich mag ihn. Wir hatten wirklich einige interessante Begegnungen. Aber … Weißt du, was ein Fundamentalist ist?«
Ich wich einem mit Dornen besetzten Zweig aus. »So was Ähnliches wie ein Terrorist?«
»Nun ja, so weit würde ich nicht gehen, obwohl … Was ich sagen will: Persson ist besessen. Ein Fanatiker. Für ein gutes, also ich meine, ein *richtig* gutes Fossil würde er, nun sagen wir mal, seinen Enkel opfern, falls er einen hat.« Er zwinkerte mir zu. »Für einen lebenden Saurier würde er vermutlich seine Seele dem Teufel verkaufen, wenn das mal reicht.«
Ich spürte einen Luftzug über mir, doch als ich hochschaute, sah ich nur die zerklüftete Höhlendecke, an der ein paar Fledermäuse hingen. An einigen Stalaktiten waren kleine Lämpchen

angebracht, in denen ein sanfter Feuerschein glimmte. Dann hörte ich ein Rauschen in der Luft und diesmal sah ich eine Art Mini-Pelikan mit Fledermausflügeln über uns schweben.
»Ich nenne ihn Piet«, sagte mein Großvater, der meinem Blick gefolgt war. »Er ist der kleinste unserer Pteranodons, aber auch der schnellste. Die größeren Flugsaurier schicken ihn ganz gern vor, wenn sie sich nicht sicher sind, wer sich nähert: Ist es Freund oder Feind?«
»Wovon ernährt er sich?«, fragte ich etwas misstrauisch.
»Nun von zartem Menschenfleisch«, antwortete mein Großvater prompt und prustete, als er mein Gesicht sah. »Von Fischen natürlich.«
»Habt ihr hier denn Wasser?«
»Ja, zwei, drei kleine Tümpel, kaum größer als Pfützen, und einen Höhlensee. Er ist nicht besonders groß, dafür aber recht tief. Willst du ihn sehen?«
Ich nickte.
»Gut. Aber erst zeige ich dir ...«
Plötzlich raschelten Blätter und Äste knackten. Mein Großvater zog mich zur Seite, aber ich war nicht schnell genug. Das Wesen, das auf den Hinterbeinen angestürmt kam, prallte direkt mit mir zusammen. Erschrocken schrie ich auf und fiel rückwärts. Ein geschupptes, blau-braunes Echsengesicht mit einem langen knallroten Ding auf dem Kopf beugte sich über mich und trompetete mir lautstark ins Gesicht. Mein Großvater trompetete zurück. Dann stemmte er sich gegen das Tier, das ihm bis zur Schulter reichte, und drängte es von mir weg. Wie ein Pferd trabte der Saurier auf allen vieren davon.

Elias half mir auf die Beine. Mein Herz klopfte wie verrückt und beruhigte sich erst allmählich wieder.
»Sie sind alle etwas nervös im Moment«, sagte Elias. »Wahrscheinlich halten sie dich für einen Eierdieb.«
Zu meinem Erstaunen spürte ich, dass ich rot wurde. Als hätte ich tatsächlich geplant, den Entenschnabelsauriern ihren Nachwuchs zu klauen.
»Das war übrigens ein Parasaurolophus«, sagte mein Großvater. »Seine Vorfahren waren ziemlich große Entenschnabelsaurier in der Kreidezeit. Er ist etwas eingebildet, wegen seines hübschen Schädelkamms. Wenn er sich gestört fühlt, zögert er nicht, es auch zu zeigen. Aber das hast du ja gemerkt.«
»Nicht so schlimm«, murmelte ich, obwohl mir von dem unerwarteten Angriff schwindlig geworden war. Ich schob mich dicht hinter meinen Opa, für den Fall, dass der Parasaurolophus zurückkommen würde.
Vor einem Gebüsch blieb Elias stehen; er sah sich nach mir um und legte den Zeigefinger auf den Mund. Dann machte er eine Abwärtsbewegung mit der Hand. Ich nickte. Wir gingen in die Hocke und Elias schob behutsam den Strauch auseinander. Ein Entenschnabelsaurierweibchen saß auf einem Nest, das aussah wie ein kleiner Vulkankrater, und brütete. Es wandte den Kopf und starrte uns mit großen Augen an. Aus seinem Schnabel kam ein wütendes Fauchen. Mein Großvater antwortete in einem monotonen Singsang. Aber das Saurierweibchen ließ sich nicht davon beeindrucken und krächzte noch einmal. Hinter einem Baumstamm erschien der Kopf des männlichen Edmontosauriers. Das Tier stieß einen kurzen warnenden Laut aus.

Mein Opa stimmte noch einmal seinen beruhigenden Wiegenlied-Ton an. »Rückzug«, flüsterte er mir zu.
»Jetzt hast du gesehen, warum sie so nervös sind«, sagte er eine Weile später. »Wir hatten einigen Ärger mit Oviraptoren. Und jetzt sind die Jungtiere kurz vor dem Schlüpfen.«
»Ovi...?«
»Oviraptoren. Eierdiebe. Unangenehme Kerle. Flink und dreist. Ziemlich hässlich. Na ja, oder sagen wir: merkwürdig. Sie sehen aus wie eine Mischung aus Vogel Strauß und Nashorn.«
»Ich wusste gar nicht, dass Saurier so brüten wie Vögel«, sagte ich verwundert. »Sind sie nicht zu schwer dafür?«
»Nun, Eier von Dinosauriern sind keine Hühnereier. Sie haben eine extrem dicke Schale. Du könntest dich auf das Nest stellen und darauf herumhüpfen, ohne dass etwas passiert. Mal abgesehen von dem Ärger, den du bekommen würdest.«
»Kann ich mir vorstellen«, sagte ich und grinste. Ich fragte mich gerade, ob in den schnabelförmigen Rachen Zähne wuchsen, als ich einen Flügelschlag hörte. Etwas rauschte an meinem Kopf vorbei. Der kleine Flugsaurier ließ sich auf Elias' Schulter nieder und beäugte mich neugierig.
»Ich war dabei, als er schlüpfte«, sagte mein Großvater stolz. »Seine Mutter kam erst angerauscht, als der Kleine schon da war. Und Piet hatte ein Problem bei der Geburt. Er bekam die Schale einfach nicht aufgehackt. Sein Eizahn war nicht ausgebildet genug. Also habe ich ein bisschen nachgeholfen. Vermutlich hält er mich für seinen Papa.« Der Pteranodon knabberte zutraulich an Elias' löchrigem Hemdkragen herum.
»Dann habe ich also einen Flugsaurier zum Onkel?« Vorsichtig

streckte ich die Hand nach ihm aus. Piet hob den Kopf und hackte nach mir. Oder versuchte es wenigstens.
»Wahrscheinlich ist er hungrig«, meinte Elias. »Gehen wir zum See?«

Auf dem Weg durch das Dickicht wurde ich das Gefühl nicht los, dass wir beobachtet wurden. Piet saß wie festgewachsen auf der Schulter meines Großvaters und stieß laute krächzende Schreie aus. Eine Zeit lang kreisten drei größere Flugsaurier über unseren Köpfen, als wollten sie sich überzeugen, dass mit ihrem kleinen Artgenossen alles in Ordnung war. Sie kreischten kurz und Piet antwortete ihnen. Die drei Flieger drehten ab und segelten mit stolz gereckten Köpfen davon.
Ansonsten war es erstaunlich still. Obwohl ich aus den Augenwinkeln hin und wieder eine Bewegung wahrnahm. Sobald ich mich umwandte, war nichts mehr zu sehen, nur Farn und Halme, komische knorrige Bäume, von denen struppige Lianen hingen. Manchmal bewegte sich ein Ast, das war alles. Einmal hörte ich ein Knacken hinter mir und ich drehte mich blitzschnell um. Für den Bruchteil einer Sekunde sah ich geschuppte Reptilienhaut und einen Blick aus gelben Augen. Dann schloss sich der grüne Vorhang aus Farnwedeln wieder.
»Du musst Geduld haben«, sagte Elias. »Sie werden sich schon noch an dich gewöhnen. Falls du wiederkommst, meine ich.«
»Klar komme ich wieder«, sagte ich laut, um das Krächzen des Flugsauriers zu übertönen.
»Draußen halten sie mich für tot«, sagte mein Großvater unvermittelt.

Mir fiel nicht ein, was ich dazu sagen sollte. Es war keine Frage, also musste ich auch nicht antworten. Oder? Ich stieg umständlich über ein Gewirr dorniger Zweige hinweg.
»Aber das ist auch besser so«, sagte Elias. »Niemand sucht nach einem Toten.«
»Oma Louise deckt für dich den Tisch«, sagte ich. »Jeden Tag und zu beinahe jeder Mahlzeit. Sie wartet darauf, dass du zum Essen kommst.«
»Ja«, sagte mein Opa leise. »Ich weiß. Hin und wieder habe ich sie ja besucht. Am späten Abend, wenn es bereits dunkel war. Ich habe versucht, es ihr zu erklären ... Aber sie ist ... vergesslich geworden. Jedes Mal musste ich ihr die gleiche Geschichte erzählen.«
Schwarz wie Tinte lag auf einmal der See vor unseren Füßen. Doch unterhalb der Wasseroberfläche konnte ich Lichtflecke erkennen. Der kleine Flugsaurier war still geworden. Aufmerksam beugte er sich vor und beobachtete das Wasser. Er beachtete mich nicht und ich konnte ihn in aller Ruhe betrachten. Majestätisch saß er auf der Schulter meines Opas. Der dünne Knochenkamm auf seinem Kopf, der beinahe genauso lang war wie sein Schnabel, sah aus wie eine Krone. Mit seinen Flügelfingern hielt er sich vertrauensvoll an Elias fest. Ich musste daran denken, wie ich früher, als kleiner Junge, auf den Schultern meines Opas geritten war. Jetzt war ich zu groß und zu schwer dafür. Merkwürdig, ich fühlte einen Stich im Herzen – ich war eifersüchtig auf Piet.
Die Lichtflecke in dem See wurden größer und ich erkannte einen blaugrün schillernden Fisch. Ich spürte, dass sich neben

mir der Körper des Flugsauriers spannte. Dann schoss er im Sturzflug hinab. Mit seinem Fang im Schnabel tauchte er wieder auf und ließ sich etwas entfernt am Uferrand nieder. Prinz Piet wollte seine Beute nicht teilen.

Ein dunstig schlammiger Geruch ging von dem See aus und ich versuchte, nur durch den Mund zu atmen. Die Luft schmeckte nach Algen. Ich sah einen weiteren Fisch unter der Wasseroberfläche. Er war größer als der erste und er glitt behäbig durch das dunkle Gewässer, als gäbe es für ihn keinen Feind. Piet bemerkte ihn ebenfalls. Er folgte der Schwimmbewegung mit dem Schnabel, schien jedoch satt zu sein.

Mein Großvater schnalzte mit der Zunge und der Pteranodon schlug ein paarmal wie zur Probe mit den Flügeln, bevor er zu uns geflogen kam. Gerade wollte er sich auf der Schulter meines Opas niederlassen, als aus der Ferne ein durchdringend schallender Ton erklang.

Elias packte mich am Arm, zögerte und lauschte.

Der Ruf ertönte ein zweites Mal.

Ich sah, wie mein Großvater von einer Sekunde zur anderen blass wurde. Nur die Narbe auf seiner Wange färbte sich lila.

»Bitte nicht«, flüsterte er heiser. »Nicht jetzt.«

Der Flugsaurier flatterte mit hektischen Bewegungen in die Höhe und kreiste nervös über unseren Köpfen.

»Was ist los?«, fragte ich bestürzt.

Aber Elias starrte in das Dickicht und antwortete nicht.

23

Ich spürte, dass mein Mund trocken wurde vor Angst. Ich wollte meinen Großvater noch einmal fragen, was hier vor sich ging. Aber meine Zunge fühlte sich an wie ein vertrocknetes Blatt.
Elias blickte sich nach allen Seiten um, dann zog er mich mit sich. Wir steuerten auf eine Nische in der Felswand zu, als plötzlich etwas durch die Büsche brach.
Das Wesen hatte ein Schildkrötengesicht und auf seinem Papageienschnabel wuchs ein Horn. Ruckartig drehte es den Hals. Seine großen starren Augen schienen nach etwas Ausschau zu halten. Nach einer Beute?
»Nur ein Oviraptor«, flüsterte mein Großvater erleichtert. Er ließ mich los, und ehe ich mich versah, stellte er sich dem Tier in den Weg. Erst jetzt bemerkte ich, dass der Saurier ein Ei bei sich trug. Obwohl er Krallen an seinen Vorderläufen hatte, hielt er es geschickt, und man sah ihm an, dass er ein Profidieb war.
Elias stieß ein lautes Gebrüll aus, das dem grollenden Getöse des Tyrannosauriers verblüffend ähnelte, und der Oviraptor ließ seine Beute erschrocken fallen und rannte auf seinen zwei langen kräftigen Beinen ins Gebüsch. Mein Großvater lief ihm ein Stück nach und ich hob das Ei auf. Ohne darüber nachzudenken, was ich tat, schaukelte ich es wie ein Baby. Es ähnelte einem Straußenei, nur war es länger und schmaler und hatte braune Flecken auf der Schale.

Auf einmal hörte ich ein Schnaufen und dann den Trompetenton, den ich schon kannte. Der Saurier mit der roten Röhre auf dem Kopf galoppierte auf mich zu. Er stellte sich auf die Hinterbeine und ich machte mich darauf gefasst, dass er mich wieder umwerfen würde. Doch er nahm mir nur vorsichtig das Ei aus den Händen. Er schnupperte daran, drehte und wendete es, und schließlich schnaubte er zufrieden und watschelte davon wie eine Riesenente.

»Sie sind intelligent«, stellte ich überrascht fest.

Elias nickte mir beiläufig zu. Sein Gesicht hatte jetzt wieder eine normale Farbe. Nur auf seiner Stirn sah man noch eine Spur von Schweiß.

»Vielleicht ist es besser, wenn du jetzt gehst«, sagte er unvermittelt. »Und vielleicht ist es besser, wenn du nicht wiederkommst.«

Ich schluckte. Ich sollte *gehen*? Jetzt schon? »Besser für *wen*?« Ich gab mir Mühe, nicht gekränkt zu klingen, aber ich hörte den Ärger in meiner Stimme selbst.

»Besser für dich. Für mich. Für alle. Für die Familie, meine ich.« Er wich meinem Blick aus und streckte Piet seinen Arm entgegen, damit das fliegende Reptil auf ihm landen konnte.

»Aber ... Aber *wieso*? Opa, ich will hier noch nicht weg! Wieso schickst du mich zurück?«

»Glaub mir, mein Junge, es ist zu gefährlich. Vorhin hätte auch ein anderes Tier aus dem Busch brechen können.« Seine Stimme klang wieder heiser und erstickt. Er hustete.

»Was für ein Tier?«, fragte ich.

Mein Großvater hustete erneut. Seine Narbe trat jetzt deutlich sichtbar hervor.

»*Was* für ein *Tier?*«, wiederholte ich hartnäckig.
Elias hob die Hände, als müsste er sich ergeben oder sich gegen etwas wehren, das größer war als er.
»Ich verspreche dir, ich passe schon auf mich auf«, sagte ich. »Immerhin habe ich den Weg in die Anderswelt gefunden und ich habe *dich* gefunden. Was soll ich jetzt zu Hause?«
Mein Großvater hatte aufgehört zu husten. Er sah mich an. Sein Mundwinkel zuckte. »Colin«, sagte er leise. »Bitte versteh doch. Ich habe meine Gründe.«
In seinen Augen sah ich, wie ernst es ihm war.
Trotzig kickte ich einen Stein ins Gebüsch. »Versteh schon«, murmelte ich widerwillig. Aber du kannst mich nicht daran hindern, wieder herzukommen, fügte ich in Gedanken hinzu.

Den Weg zurück lief ich im Dauerlauf. Es war dunkel und es regnete. Die Wege durch den Wald waren schlammig und der Matsch spritzte in alle Richtungen. Aber es störte mich nicht. Es fiel mir kaum auf. Ich dachte nur an die Saurier. Und an meinen Großvater. Und an das unbekannte Tier. An die Welt unter der Welt.
Als ich schließlich auf Asphalt lief, fuhr ein Wagen langsam an mir vorbei. Ich sah dem Auto nach wie einem fremden Wesen. Es kam mir plötzlich komisch vor, dass es so etwas wie Autos gab.
Der Wagen hielt. Ein Mann beugte sich aus dem Fenster. »Reichlich früh für einen Spaziergang, was?«
Ich wollte einfach weiterrennen. Ich hatte keine Lust auf ein Gespräch. Erst da bemerkte ich die Uniform. Polizei. Aha.

»Ich jogge nur«, sagte ich knapp.
»Um vier Uhr morgens?«
Ich zuckte mit den Achseln. »Ist das ein Verbrechen?«
»Wollen wir frech werden, Bürschchen?«
Wieso wir?, dachte ich einen Moment verwirrt.
Der Polizist stieg aus dem Wagen und strahlte mir mit einer Taschenlampe ins Gesicht. »Wie heißen wir denn?«, fragte er. »Und wie alt sind wir?«
Ich nahm an, dass er seinen eigenen Namen genauso gut kannte wie sein Alter. Also nannte ich nuschelnd meinen Namen und behauptete, ich sei sechzehn. Ich hoffte, dass die Dunkelheit mich älter aussehen ließ.
In dem Streifenwagen saß noch ein zweiter Polizist. Sein Kopf lehnte an der Scheibe. Er schlief.
»Und was tragen wir da bei uns?«, lautete die nächste Frage.
Ich schwieg. Auch wenn der Rucksack kaputt war, sah er immer noch aus wie ein Rucksack.
Der Polizist lief einmal um mich herum. »Was hast du mit dem Werkzeug vor, das dir da aus der Tasche schaut?«
»Nichts«, antwortete ich.
»Fahrraddiebstahl?«
Ich schüttelte den Kopf.
»Einbruch?«
Ich schüttelte den Kopf.
»Vielleicht bist du ja auch der lang gesuchte Hühnerdieb?«
Ich antwortete nicht.
»Oder bist du etwa der Wilderer, der hier nachts heimlich auf die Jagd geht?«

Ich konnte mir ein Lächeln nicht verkneifen. Sah ich aus wie ein Jäger?
Der Mann holte tief Luft. »Ich kann dich auch mit aufs Revier nehmen, wenn dir das lieber ist.«
Ich schüttelte den Kopf.
»Wir rufen dann deine Eltern an, dass sie dich abholen können.«
»Meine Eltern sind auf Mallorca. Ich wohne bei meiner Oma«, berichtete ich wahrheitsgemäß.
Der Polizist runzelte die Stirn.
»Kann ich jetzt bitte nach Hause?«, fragte ich. »Meine Oma wartet bestimmt schon.«
Der Polizist lachte. Aber es war kein fröhliches Lachen. Der zweite Uniformierte rekelte sich auf dem Fahrersitz und blinzelte uns an. »Was ist denn hier los?« Seine Stimme klang schlaftrunken. »Komm schon, Christopher, steig ein. Feierabend für heute.«
»Lass dich nicht noch mal erwischen ... allein ... mitten in der Nacht ...« Christopher drohte mir mit der Taschenlampe. Dann stieg er in den Streifenwagen und knallte die Tür zu.
Ich blickte dem Auto nach wie einem Wesen von einem anderen Planeten.

Meine Oma schlief unter ihrer Wolkendecke. Ich stand eine Weile neben dem Doppelbett, das für sie allein viel zu groß war, und lauschte ihrem Atem. Sie schnarchte leise und friedlich.
Es schien ihr gut zu gehen. Ich war froh, dass sie nicht auf mich gewartet hatte.
Ich stieg zur Dachkammer hinauf. Erst in meinem Zimmer fiel mir

auf, dass ich mich kein bisschen müde fühlte. Ich fragte mich, was mein Großvater jetzt gerade tat. Vielleicht bewachte er die Eier der Entenschnabelsaurier oder er ging mit Piet spazieren.
Ein süßer Duft stieg mir in die Nase. Ich fand einen angebissenen Schokoriegel in der Schublade meines Nachtschranks und aß ihn.
Eine Weile lauschte ich einem gleichmäßigen Ticken – bis ich darauf kam, dass es die Standuhr im Wohnzimmer meiner Großmutter war. Es klang so nah, als würde ich wie das siebente Geißlein im Uhrenkasten hocken.
Ich wollte das Licht ausschalten, aber dann fiel mir auf, dass ich es gar nicht angeschaltet hatte. Na klar, ich konnte ja im Dunkeln sehen.
Ich war merkwürdig geworden. Merkwürdig wie meine Oma. Merkwürdig wie mein Opa. Merkwürdig wie meine Eltern, die extra auf eine Insel fliegen mussten, um sich nicht scheiden zu lassen.
Es lag also an der Familie. Und nicht an mir.
Vielleicht hatte die Evolution sich nicht genug Mühe gegeben mit uns.
Oder sie gab sich zu viel Mühe. Und wir gehörten zu einer neuen Spezies.
Zur Spezies der merkwürdigen Art.

24

Zum Frühstück hatte meine Oma für drei gedeckt und drei Eier gekocht.
Ich achtete kaum noch darauf. Die Eier gab es, weil Wochenende war. Sie kamen mir irgendwie zu klein vor.
»Was ist eigentlich aus den Hühnern geworden?«, fragte meine Oma.
»Welchen Hühnern?«, fragte ich zurück.
»Geht es den Hühnern gut?«
Ich sägte das Ei in der Mitte durch und Eigelb sickerte über die Schale.
»Ich wollt', ich wär ein Huhn. Ich hätt nicht viel zu tun«, sagte ich in einem Rap-Rhythmus. Weiter wusste ich nicht. Meine Mutter sang das Lied manchmal, wenn sie in der Küche stand und kochen musste.
Louise schien das für eine Antwort zu halten. Jedenfalls fragte sie nicht noch einmal nach den Hühnern. Sie fragte mich auch nicht, wo ich gewesen war, oder nach dem Fleisch, das sie mir mitgegeben hatte.
Und das war auch gut so, denn ich durfte ihr nichts sagen, ihr nicht einmal Grüße von Elias bestellen.
»Du hast das Ei genau so gekocht, wie ich es mag«, sagte ich traurig.
Meine Großmutter stutzte einen Moment und musterte mich. Vielleicht verriet mich ja meine Stimme.

Es klopfte leise an der Tür. Dann war es wieder still und ich dachte, ich hätte mich verhört oder ein Specht pochte gegen einen Baum. Doch dann klopfte es noch einmal, laut und energisch diesmal.
»Da kommt sie ja«, sagte meine Großmutter.
»Wer?«, fragte ich ahnungslos. Ich konnte mir nicht vorstellen, wer uns hier draußen besuchen sollte.
Doch meine Oma guckte nur verwirrt.
Ich sprang auf und stürzte zur Tür.
»Brötchen«, sagte Tessy und hielt mir eine Tüte entgegen. Sie rang nach Luft, als wäre sie den ganzen Weg bis hierher gerannt.
Ich schaute sie groß an. Dann nickte ich zögernd, nahm ihr die duftende Tüte ab und ließ sie ein.
»Frau Küken hat mir gesagt, wo du zu finden bist«, sagte Tessy in einem komisch munteren Tonfall. »Ich hab gestern Abend versucht, dich anzurufen, aber deine Oma meinte, du bist unterwegs, um deinem Opa das Essen zu bringen.« Erst jetzt bemerkte Tessy meine Großmutter, die reglos vor ihrem Frühstücksei saß.
»Guten Morgen!«, rief sie ihr zu. »Danke für die Einladung.«
»Einladung?« Offenbar erinnerte sich meine Oma nicht mehr so richtig, was sie am Telefon gesagt hatte. Oder sie erinnerte sich im Moment nicht daran, was das Wort Einladung bedeutete.
»Tessy geht in meine Klasse«, erklärte ich. Ein Teil von mir freute sich, Tessy zu sehen. Der andere Teil hätte sie am liebsten vor die Tür gesetzt. Was wollte sie hier?
Meine Großmutter hob einen Teelöffel und betrachtete sich darin, wie in einem Spiegel. »Ich stehe auf dem Kopf«, stellte sie fest.

»Das sieht nur so aus«, erklärte Tessy und setzte sich zu ihr, als wäre es die normalste Sache der Welt. »Das kommt durch die Wölbung. Wenn man den Löffel umdreht, ist alles wieder richtig herum.« Sie zeigte es meiner Oma und Louise lächelte und flüsterte: »Zauberei. Das ist Zauberei, oder?«
Einen Moment fürchtete ich, Tessy würde lachen oder die Augen verdrehen. Aber sie zuckte nur mit den Schultern. »Durchaus möglich«, sagte sie nachdenklich. »Vielleicht ist es Löffelmagie.«

Nach dem Frühstück liefen wir in den Wald und ich steuerte auf den Bach zu, der im Sonnenschein glitzerte. Tessy hockte sich ans Ufer und hielt beide Hände ins Wasser. »Warum hast du mir nicht gesagt, dass du bei deiner Oma wohnst?«, fragte sie, ohne mich anzusehen.
»Ist nur vorübergehend«, nuschelte ich.
Tessy warf mir einen Blick zu und ich merkte, dass sie mit meiner Antwort nicht so viel anfangen konnte. Doch sie fragte nicht weiter und angelte nach einem Stein, der mit Algen bewachsen war. »Er hat Haare«, sagte sie verwundert und setzte den Stein vorsichtig, als könnte er kaputtgehen, in den Bach zurück. »Der Strom kämmt ihn, siehst du?«
»Mhm«, gab ich von mir und starrte auf das grüne Seegras hinab, das sich im fließenden Wasser wellte. Tessy kauerte da und ich spürte, dass sie etwas erfahren wollte, vielleicht darüber, was mit mir los war. Aber es kam mir vor, als wäre sie weit weg. Ich dachte immer nur an die Saurier, an meinen Großvater, an die Anderswelt. Wovor hatte Elias bloß solche Angst gehabt?

Nach einer Weile erhob sich Tessy und wir gingen weiter und folgten dem Lauf des Baches. »Dieser Herr Persson stellt Fragen über dich«, sagte Tessy unvermittelt.
»Fragen? Was denn für Fragen?«
»Tja, es geht wohl um den Zahn, den du gefunden, äh, geerbt hast.«
»Er ist verschwunden«, murmelte ich. »Der Museumsdirektor hatte ihn nicht.«
Tessy nickte. »Ich weiß. Nachdem du aus der Straßenbahn getürmt bist, bin ich nach Hause gefahren und habe im Museum angerufen. Aber du warst schon wieder weg und der Direktor in einer Besprechung. Aber Persson hat mich später zurückgerufen und wollte wissen, was ich über den Saurierzahn weiß und ob ich die Fundstelle kenne.«
»Er glaubt das mit dem Erben nicht«, stellte ich fest.
»Sieht ganz so aus. Und Frau Küken, die alte Plaudertasche, hat ihm verraten, wo du vorübergehend wohnst.«
Automatisch drehte ich mich um und musterte die Gegend. »Ich kann hier niemanden gebrauchen«, sagte ich barsch. Dann stieg ein sanfter Schrecken in mir auf, als ich merkte, wo wir uns befanden. Ohne darüber nachzudenken, hatte ich Tessy zum alten Steinbruch geführt. Der Felsen mit der Spur des Sauriers lag nur wenige Schritte entfernt. »Hörst du? Niemanden!«, sagte ich.
Tessys Schweigen kam mir wie eine Frage vor und ich ahnte, was sie von mir wissen wollte. Aber ich blieb stumm. Jedenfalls nicht diesen Persson, dachte ich und sprach es nicht aus. Wenn ich so weitermachte, hatte ich bald gar keinen Kumpel mehr in der Klasse. »Danke«, sagte ich unbeholfen.

»Wofür?«, fragte Tessy.
»Dafür, dass du mich warnst.«
»Keine Ursache«, sagte sie ironisch. »Was für eine schöne Landschaft!«, rief sie plötzlich übermütig. Der Bach plätscherte vor unseren Füßen und die mit Gras bewachsenen Hügel des Steinbruchs lagen vor uns. Mit einem Satz sprang sie auf die andere Seite des Baches, streckte mir die Zunge heraus und begann zu rennen.
Ein paar Sekunden blickte ich ihr nach, ehe ich begriff, dass sie mich herausforderte. Und auf einmal liefen meine Beine wie von selbst mit mir los. Meine Augen wurden zu Schlitzen. Da vorne rannte sie, sie lief vor mir davon und ich musste sie einholen. Ihr rotes Haar flatterte im Wind, ein kleiner schwarzer Rucksack hüpfte auf ihrem Rücken und ein süßlicher Duft nach Seife oder Parfüm stieg mir in die Nase. Tessy warf einen Blick über die Schulter und ein spöttisches Lächeln huschte über ihr Gesicht.
Ich sprang über einen morschen Baumstamm und preschte durch die Uferböschung. Tessy war schnell. Sie spielte als einziges Mädchen in der Klasse Fußball, und wie ich wusste, wurde sie in ihrem Verein meist als Stürmerin eingesetzt. Aber ich spürte eine merkwürdige Wut im Bauch, die mich vorantrieb. Klar, es war nur ein Spiel. Doch mein Herz wummerte und ich spürte auch die Verletzung wieder, die Stelle, in die sich der Wandernde Zahn gebohrt hatte. Ich musste sie einholen! Musste die Beute fangen und zur Strecke bringen!
Der Abstand zwischen uns wurde geringer. Ich hörte Tessy keuchen und streckte den Arm nach ihr aus. Meine Fingerspitzen streiften ihr Haar, aber ich war noch nicht dicht genug. Auf ein-

mal fühlte ich einen dicken Ast unter mir federn und ich nutzte ihn wie ein Sprungbrett, stieß mich ab und flog auf Tessy zu. Im nächsten Moment fühlte ich die Beute unter mir zappeln. Ich hörte einen gellenden Laut und erst allmählich begriff ich, dass es Tessy war, die schrie. Erschrocken sprang ich von ihr weg. Dann beugte ich mich zu ihr und versuchte ihr hochzuhelfen. Doch Tessy schlug nach meiner Hand. »Sag mal, spinnst du?!« Auf ihrer Stirn war ein roter Strich zu sehen. Blut quoll daraus hervor. Offenbar hatte sie sich an einem Ast verletzt.
»Es ... es tut mir leid«, stammelte ich. Wieder streckte ich ihr die Hand hin, aber sie ignorierte mein Angebot.
»Was ist bloß mit dir los, Colin?«, schrie sie. Sie rappelte sich auf, tastete nach ihrer Stirn und betrachtete das Blut an ihren Fingern.
»Ich weiß nicht«, hörte ich mich sagen. »Es hängt irgendwie mit dem Zahn zusammen und ...« Und mit den Sauriern in den Höhlen, dachte ich.
»Und?«, fragte Tessy. Sie verschränkte die Arme und starrte mich an.
Ich schluckte und blickte zu dem Felsen mit der Saurierfährte hinüber. Vielleicht sollte ich ihr den Abdruck zeigen? Nichts weiter, nur diese Spur. Es würde sie zumindest von meinem blödsinnigen Verhalten ablenken.
»Und?«, fragte sie noch einmal. Jetzt klang das Wort noch wütender.
Ich zuckte mit den Schultern. Ich durfte nichts verraten. Niemandem. Nicht einmal ihr. Außerdem: Woher wollte ich wissen, dass ich ihr trauen konnte? Vielleicht hatte Frau Küken sie ge-

schickt oder sogar dieser Persson. Mir fiel wieder ein, wie sie ihn im Museum angesehen hatte, den Herrn Professor. Mit welcher Bewunderung ...
»Und? Und gar nichts«, sagte ich kalt. »Ich bin nun mal, wie ich bin.«
»Du hast dich verändert«, sagte Tessy leise und zu meiner Verwunderung sah ich, dass ihr Tränen in die Augen stiegen. »Du bist nicht mehr du.«
Ich schüttelte den Kopf. »Unsinn. Das bildest du dir ein.« Wieso müssen Mädchen nur immer so schnell heulen?, dachte ich. Wäre ich ein Kavalier, würde ich ihr jetzt ein sauberes Taschentuch reichen und alles wäre wieder in Butter. Aber ich bin kein Kavalier und ich hatte an jenem Vormittag kein Taschentuch dabei, nicht einmal ein schmutziges. Trotzdem: Ich wollte ihre Tränen nicht länger ansehen.
Also wischte ich mit dem Ärmel meiner Jacke behutsam in ihrem Gesicht herum. Allerdings verschmierte ich Schmutz und Blut dabei nur. Tessy zog die Nase hoch und schluchzte noch ein bisschen, doch dann lachte sie zum Glück.
»Wenn ich dir etwas zeige, wirst du es dann für dich behalten?«, hörte ich mich zu meiner Überraschung fragen.
Tessy starrte mich an, schließlich nickte sie.
»Schwöre es! Schwöre, dass du niemandem etwas sagst.«
»Ich schwöre.«
»Beim Leben von Jeanne d'Arc«, diktierte ich, doch dann fiel mir ein, dass die Jungfrau von Orleans schon ein paar Jahrhunderte tot war. »Und bei allem, was dir heilig ist«, ergänzte ich deshalb.

Tessy nickte.
Ich winkte ihr, dass sie mir folgen sollte, und führte sie zu dem Felsen mit der Spur des Sauriers. Vor dem Gesteinsblock zögerte ich einen kurzen Moment, aber nach einem Blick in Tessys neugieriges Gesicht wusste ich, dass es zu spät für einen Rückzieher war. Nervös fegte ich ein paar Zweige und Blätter von der Fährte.
Tessy schwieg eine Weile – andächtig, wie mir schien. »Kannst du dir das vorstellen«, wisperte sie. »Hier, wo wir jetzt stehen, haben einmal echte Dinosaurier gelebt.«
»Ja«, sagte ich und lächelte. »Das kann ich mir vorstellen.«

Eine Stunde später saßen wir an der Haltestelle und warteten auf den Bus, der Tessy nach Hause bringen würde. Ich war erleichtert und traurig zugleich, erleichtert, dass sie wieder ging, und traurig aus dem gleichen Grund. Allein durch die Gegend zu streifen, machte mir nichts aus, aber zu zweit war es im Wald und im Steinbruch irgendwie cooler.
»Du kannst auch noch bleiben«, sagte ich halbherzig. »Meine Oma würde sich sicher freuen, wenn du mit uns Mittag isst.« Und eine dritte Portion ist ja immer übrig, fügte ich in Gedanken hinzu.
»Wo ist eigentlich dein Großvater?«, fragte Tessy unvermittelt, als ahnte sie, was in mir vorging. »Frau Küken behauptet, er wäre verschwunden, und deine Oma erzählt, du würdest ihm Essen bringen.«
Ich nickte, als würde beides stimmen. Und irgendwie stimmte ja auch beides.

»Meiner Großmutter darfst du nicht alles glauben«, sagte ich vorsichtig und überlegte, wie ich das Thema wechseln konnte. Einen Moment fürchtete ich, dass Tessy die Wahrheit erriet. Tessy war einfach zu schlau, sie stellte zu viele Fragen, und wenn sie nicht bald von hier verschwand, würde sie meinem Geheimnis auf die Spur kommen. Dem Geheimnis der Anderswelt.
»Der Bus kommt«, sagte ich erleichtert, obwohl noch nichts zu sehen war. Die Straße lag leer vor uns. Aber ich konnte den Bus schon hören und ich konnte ihn riechen. Und schließlich bog er schnaufend um die Ecke.

25

Bei jedem Knacken im Wald blieb ich stehen und drehte mich um. Ich sah Eichhörnchen, zwei Rehe und einen Hasen. Keine Spur von Herrn Persson oder überhaupt einem Menschen. Die wenigen Wanderer, deren Stimmen der Wind manchmal zu mir herüberwehte, nutzten die offiziellen Wege, auf die ich selbstverständlich keinen Fuß mehr setzte. Ich versuchte, Tessys Warnung ernst zu nehmen. Persson wusste jetzt, dass ich bei meiner Oma wohnte, und er spionierte mir offenbar nach. Ich musste vorsichtig sein. Ich durfte niemanden zu der Fährte des Sauriers führen. Ich durfte die Anderswelt nicht gefährden. Das Sicherste wäre gewesen, wenn ich den Steinbruch mit dem Saurierfelsen eine Zeit lang mied. Aber ich konnte unmöglich in meiner Dachkammer sitzen und Däumchen drehen. Ich musste wieder hinunter. Ich musste wissen, was dort passierte. Woher stammte die Narbe im Gesicht meines Großvaters? Was war ihm geschehen? Welche Wesen gab es sonst noch da unten? Wie riskant war es in der Tiefe der Höhlen? Schwebte mein Großvater etwa in Lebensgefahr?

Es kam mir vor, als geschah das erste Mal etwas Sensationelles in meinem Leben, mal abgesehen von meiner Geburt, meine ich. Aber an die konnte ich mich ja nicht mehr erinnern.

Ich ging einen Umweg, für alle Fälle. Das letzte Stück robbte ich auf dem Bauch liegend durch das Unterholz an den Felsen mit der Spur des Sauriers heran. Ich wich einem Dornenbusch aus und walzte Brennnesseln platt; es brannte auf meinen Händen, aber das interessierte mich nicht.

Als ich endlich den Schacht hinunterkletterte, merkte ich, dass etwas aus meinem Rucksack rann, den ich nur notdürftig geflickt hatte. Das Mittagessen für Elias! Offenbar saß der Deckel auf der Plastikschüssel nicht mehr fest. Der Duft des Essens stieg mir in die Nase. Es hatte Kartoffelsuppe mit Tomaten, Ei, Bohnen, Äpfeln und Birnen gegeben. Meine Oma hatte alles zusammen so lange gekocht, bis von den einzelnen Bestandteilen nicht mehr viel zu erkennen war. Ich fühlte, wie mir ein paar Tropfen von der Flüssigkeit über den Rücken in den Hosenbund sickerten. Die Suppe war sogar noch warm. Als ich am Boden des Schachts ankam, setzte ich den Rucksack ab, holte die Schüssel heraus und drückte den Deckel wieder fest. Dann nahm ich das Steak aus dem Beutel, das ich aus dem Tiefkühlfach in der Küche

geklaut hatte. Es war noch immer eiskalt, aber nicht mehr gefroren, jedenfalls nicht vollständig, und ich hoffte, der T-Rex würde es nicht verschmähen.
Als ich mich durch den Spalt in seine Höhle zwängte, hörte ich ihn leise, in einem gleichmäßigen Rhythmus schnauben. Augenblicklich stand ich still und presste mich an die Felswand. Mein Herz hämmerte. Ohne den Schutz meines Großvaters, so wurde mir plötzlich klar, würde der Saurier mich als Eindringling betrachten, als Feind oder einfach als Beute. Was sollte er mit einem winzigen Steak? Wie viel fraß ein T-Rex? Sicher bekam er zu wenig Nahrung hier unten. Er musste hungrig sein, *sehr* hungrig. Meine Knie begannen zu zittern. Ich dachte daran, meinen Opa zu rufen, vielleicht war er ja in der Nähe. Und wenn nicht? Dann lenkte ich die Aufmerksamkeit des Tyrannosaurus auf mich.
Aber vielleicht schlief er und ich kam unbemerkt an ihm vorbei. Ich versuchte, möglichst kein Geräusch zu machen, und hob mein Bein, das sich irgendwie fremd anfühlte. *Der erste Schritt … der zweite Schritt … der dritte … Schr…* Geröll knirschte unter meinen Füßen. Erschrocken zog ich mich an den Fels zurück, doch von der Höhlenwand bröckelte Gestein, als ich sie mit der Schulter streifte. Ich sah den weißen Leib des T-Rex halb verdeckt hinter einem Felsblock. Er atmete tief und regelmäßig. Aber das musste ja nichts bedeuten.
Ich wartete ein paar Sekunden, die mir wie Stunden vorkamen. Dann schlich ich weiter, mit dem frostharten Steak in der einen Hand und dem Geologenhammer in der anderen, und versuchte den Durchgang zur nächsten Höhle zu erkennen. An einer Stelle der Felswand hingen Lianen. Die Ranken sahen seltsam aus, wie

riesige eingequetschte Spinnenbeine – dort musste irgendwo der Riss sein, hinter dem der Urwald begann. Ich hoffte nur, dass mein Schlüssel funktionieren und die Wand sich öffnen würde. Mein Herz schlug bis zum Hals. Ich hob den Geologenhammer und zielte auf ein Lianenblatt. Das Blatt zitterte. Und zitterte noch einmal. Ich spürte eine Bewegung im Raum und dann streifte mich ein Lufthauch. Ich bekam eine Gänsehaut. Etwas atmete hinter mir. Ein leises Knurren ertönte. Blitzschnell drehte ich mich um und warf dem Tyrannosaurus das Steak vor die Füße.

Ich starrte direkt in die leeren Augen des Sauriers. Ich rührte mich nicht. Noch immer hielt ich den Geologenhammer über meinem Kopf. Doch ich wusste, dass ich unfähig war, ihn als Waffe zu gebrauchen. Ich stand da wie zu Eis erstarrt. Elias hatte mich gewarnt, aber ich ... Langsam beugte sich der T-Rex zu mir herab. Ich spürte seinen Atem. Ich versuchte, einen klaren Gedanken zu fassen. Ich versuchte, überhaupt irgendetwas zu denken. *Zu spät*, war alles, was in meinem Kopf hämmerte. *Zu spät*. Der Saurier blies mir ins Gesicht; ich spürte etwas Feuchtes auf der Wange.

Der T-Rex schnaubte ein zweites Mal. Plötzlich senkte er den Kopf und schnupperte an dem Steak herum. Er fraß es mit einem einzigen Bissen. Das Eis knackte zwischen seinen Zähnen.

Viel zu schnell hörte er auf zu kauen. Er hob den Kopf, streckte den Hals und kam wieder so nah an mich heran, dass ich das Schuppenmuster seiner Haut deutlich erkannte. Er riss seinen Rachen ein Stück auf und ich erhaschte einen Blick auf die Reste des zermalmten Fleisches. Der Geruch, der seinem Maul entströmte, nahm mir einen Moment den Atem. Seine Zunge war hellblau und dick wie eine Python und sie schubste jetzt etwas zwischen seinen Zähnen hindurch. Ein Klumpen Eis fiel auf den Boden und zersplitterte.

Unwillkürlich lachte ich. Der Laut aus meinem Mund klang allerdings eher wie ein Schluchzen. Aber es ist doch eindeutig ein Lachen, beschloss ich schnell, und ich spürte, dass mich die Angst losließ. Ich konnte mich wieder rühren. Mein Herz beruhigte sich allmählich und schlug schon fast normal. »Verstehe«, murmelte ich und ließ den Geologenhammer sinken. »Tiefkühlkost ist nicht so dein Fall.«

Der Saurier schob seinen Schädel jetzt so dicht an mich heran, dass er mich für einen Augenblick an der Wange berührte. Er schnupperte. Wollte er riechen, ob ich essbar war? Aber ich wich nicht zurück. Seine schuppige Haut fühlte sich nicht so rau und kalt an, wie ich erwartet hatte. Sie war beinahe weich und beinahe warm.

»Die Suppe ist rein vegetarisch, nix für Saurier, die Fleisch mögen. Sie ist für Elias«, erklärte ich ihm hastig. Meine Stimme klang irgendwie piepsend, wie die einer Maus. »Weißt du, wo ich Elias finden kann?«

Der Saurier schaukelte leicht mit dem Kopf. Dann zog er sich ein Stück zurück.

Es kam mir fast vor, als reagierte er auf das, was ich gesagt hatte. Vielleicht erkannte er den Namen meines Großvaters am Klang?

Meine Beine fühlten sich noch immer an, als wären sie aus Gummi. Trotzdem wagte ich es jetzt, dem Saurier den Rücken zuzudrehen und den Hammer erneut zu heben. Kurz entschlossen hieb ich in die Ranke hinein. Ein rötlicher Saft spritzte aus der Pflanze und beinahe sofort wurde der Riss in der Wand unter der schmierigen Flüssigkeit sichtbar. Es knirschte laut und vernehmlich. Die Wand schob sich auseinander, der Schlüssel passte also. Ich warf einen Blick über die Schulter. Der T-Rex hatte sich wieder neben seinen Felsblock gelegt.

Wie bei meinem letzten Besuch schlug mir tropischer Dunst entgegen. Ich blickte in das Dickicht, das vor mir lag. Blätter raschelten und Zweige bewegten sich, aber hier gab es keinen Wind, der dafür verantwortlich war. Links von mir sah ich eine hellgrüne Schuppenhaut aufblitzen und auf der rechten Seite bemerkte ich für einen Moment zwischen den Blättern ein gelbes Auge, das mich anstarrte. Ein Entenschnabelsaurier? Oder das Wesen, von dem Elias gesprochen hatte? Beobachtete es mich? Ich wusste es nicht und konnte nur hoffen, dass es nicht so war. Ich hörte ein Schnauben ganz in meiner Nähe. Es klang tief und leise, wie eine Warnung. Von welcher Seite kam das Geräusch? *Weiter*, dachte ich, geh einfach *weiter*.

Zunächst erschien mir der Dschungel undurchdringlich, aber ich wusste ja, dass es hier Wege gab. Einer von ihnen würde mich zu Elias führen. Also schlüpfte ich zwischen Farnbüscheln hindurch, die so groß waren wie ich, und sah mich um. Sollte ich seinen Namen rufen? Aber es war auf einmal so merkwürdig still. Ich lauschte angestrengt auf das bedrohliche Schnauben. Doch ich hörte nur ein Knacken und dann ein leises Fiepen, wie von einem Vogelbaby.

Schweiß lief mir über das Gesicht und ich wusste, dass das nicht nur von der Wärme kam. Mein Großvater hatte mich gewarnt, vor einer Gefahr, die ich nicht kannte. Ich fühlte mich beobachtet, ohne zu wissen, von wem. Es gab hier keinen Himmel, keine Sonne, keinen Tag, keine Nacht. Ohne Elias fühlte ich mich fremd und allein. Was suchte ich hier? Ich hätte auch mit Tessy in die Stadt fahren können, ins Kino gehen oder sie zu einem Eisbecher einladen, als Entschädigung für mein merkwürdiges Verhalten. Welches Eis mochte sie wohl am liebsten? Gerade als ich an knallrote saftige Erdbeeren auf weißem Vanilleeis dachte, hörte ich ein Rauschen in der Luft und dann das Schlagen von Flügeln. Es war Piet, der kleine Pteranodon, der direkt auf mich zusteuerte, als hätte er nach mir gesucht. Ich sah, dass sein Kehlsack mit irgendetwas gefüllt war, mit etwas, das noch zappelte. Ohne Scheu ließ er sich auf meiner Schulter nieder und ich spürte seine Krallen, die durch den Stoff meiner Jacke und meines T-Shirts drangen. Aber ich hielt still und lächelte ihm zu. »Na, kleiner Onkel? Wo hast du deinen Papa Elias gelassen?«, fragte ich. Piet öffnete den Schnabel und ich bemerkte einen hin und her schlagenden Fischschwanz in seinem Kehlsack. Ich wusste nicht, ob er mir seine Beute präsentieren oder mir etwas mitteilen wollte und es nicht konnte. Mit einem gurgelnden Laut stieg er ein kurzes Stück in die Höhe, er zog einen Kreis um mich und sah sich immer wieder mit den Flügeln schlagend nach mir um. Endlich begriff ich und rannte ihm nach.

26

Etwas stimmte nicht. Mir fiel sofort auf, dass mit meinem Großvater etwas nicht in Ordnung war. Er saß zusammengekrümmt an einen Baum gelehnt, als hätte er Schmerzen.

Die Edmontosaurier beugten sich über ihr Nest und ließen gedämpft quakende Töne hören, die gleichermaßen beunruhigt und erfreut klangen.

Piet landete mit einem schrillen Quieken auf Elias' Schulter und mein Großvater blickte sich zu mir um. Er nickte mir lächelnd zu. Es kam mir vor, als hätte er mich erwartet.

»Sie schlüpfen«, sagte er leise. Sein Gesicht sah ungesund grau aus, aber seine Augen leuchteten. Ich ließ mich dicht neben ihm nieder und blickte zu ihm auf.

»Du bist wieder da«, stellte er fest. Seine Stimme klang weder vorwurfsvoll noch überrascht. Er streifte mich nur mit einem flüchtigen Blick, dann konzentrierte er sich wieder auf die Eier der Hadrosaurier. Kleine Risse zeigten sich auf der Schale und mein Großvater griff nach meinem Arm und drückte ihn. »Das ist es«, flüsterte er. »Das ist das Wunder, mein Junge. Das Leben, das aus der Hülle bricht. Dafür lohnt es sich, an diesem Ort zu sein.«

Auf den Eiern hatten sich Muster gebildet, die aussahen wie Spinnennetze.

Elias atmete schwer, als hätte er einen Waldlauf hinter sich. Durch seinen Körper ging ein Zittern.

Vielleicht ist er einfach nur aufgeregt, versuchte ich mich zu beruhigen. Aber die Narbe auf seiner Wange schimmerte rot, als wäre sie wieder aufgerissen.
Irgendetwas musste geschehen sein während meiner Abwesenheit.
Eines der Eier bewegte sich. Es schaukelte heftig hin und her, als würde sein Insasse verzweifelt nach dem Ausgang suchen. Dann platzte die Schale plötzlich mit einem leisen Knacken. Eine geschuppte feuchte Haut wurde sichtbar. Und als Nächstes starrte ein kleines schwarzes Auge in die Welt.
»Cool!«, entfuhr es mir und der männliche Edmontosaurus blickte zu mir hinüber und fauchte wütend. Meine Anwesenheit schien ihm überhaupt nicht zu behagen. Es war wohl Zeit, dass ich mich zurückzog. Aber immerhin sah ich noch, wie der Kopf des Saurierbabys mit dem Schnabel voran aus der Schale brach. Der kleine Dinosaurier reckte seinen Hals und schüttelte sich. Ein Stück Schale rutschte von seinem Entenschnabel. Dann begann das Jungtier sich aus dem Ei zu befreien. Ich wäre gern noch geblieben, doch der erwachsene Edmontosaurus fauchte nun ein zweites Mal in unsere Richtung. Elias zupfte mich am Ärmel und zog mich mit sich. »Lassen wir sie in Ruhe«, flüsterte er mir zu. »Sie müssen sich auf ihren Nachwuchs konzentrieren.«
Eine Weile liefen wir schweigend durch das Dickicht. Piet begleitete uns und flog zwischen unseren Schultern hin und her. Elias hielt sich die Seite und einmal ächzte er kurz und presste die Lippen zusammen. Er schien ein Stöhnen zu unterdrücken und ich musterte ihn besorgt.

»Ich habe dir zu essen mitgebracht«, sagte ich. Neben einem Busch mit violetten, nach Honig duftenden Blüten legten wir eine Pause ein. Elias ließ sich umständlich auf dem Boden nieder, während ich die Schüssel und einen Löffel aus dem Rucksack holte. »Lass es dir schmecken.«
Der kleine Flugsaurier beugte sich neugierig über den Eintopf und schüttelte dann enttäuscht den Kopf.
Mein Großvater bestand darauf, dass ich auch etwas aß, bevor er sich über die Suppe hermachte. Mir schien, dass ein Schmerz ihn durchzuckte, als er sich zu mir wandte.
»Was ist los?«, fragte ich schließlich, als er aufgegessen hatte. »Bist du verletzt?«
»Nur eine Prellung«, sagte Elias. Er holte tief Luft, als wollte er noch etwas Wichtiges hinzufügen, aber dann stieß er sie nur geräuschvoll zwischen den Lippen aus.
»Was ist passiert?«, fragte ich hartnäckig.
Mein Großvater seufzte. »Er hat sich eines von den Jungtieren geholt, einen kleinen Parasaurolophus. Ich habe noch versucht, mich ihm in den Weg zu stellen. Doch er hat mich auf seine Hörner genommen und gegen einen Baum geschleudert.« Elias sprach schnell und leise und ich war mir nicht sicher, ob ich ihn richtig verstanden hatte.
»*Wer* ...? Von *wem* redest du?«
»Von *ihm*. Von ... Er ist ein Carnotaurus.« Elias sah mich an, als wäre damit alles gesagt.
»Ein Carno... *was*?«, fragte ich.
»Er sieht aus wie der Leibhaftige persönlich«, murmelte mein Großvater und starrte in den Busch.

»Du meinst, wie ein Teufel?«
Mein Großvater nickte. »Auf seinem bulligen Schädel sitzen zwei Hörner. Er versteht es, sie einzusetzen, das muss man ihm lassen.« Elias versuchte zu lächeln.
Mir lief eine Gänsehaut über den Rücken. Ich dachte an Erdbeereis. Vielleicht war es noch nicht zu spät, von hier zu verschwinden. Ich konnte mit dem nächsten Bus in die Stadt fahren, Tessy anrufen, mich mit ihr in einer Eisdiele treffen ...
»Ich habe dich gewarnt«, sagte mein Großvater, als ahnte er, was in mir vorging. »Ich habe dir gesagt, dass du nicht hierher zurückkommen sollst.«
Plötzlich erklang ein lang gezogener Trompetenton und etwas, das sich anhörte wie Hufgetrappel. Dann brach ein wuchtiger Körper aus dem Dickicht und Piet flog erschrocken auf. Mit einem Satz sprang ich hinter meinen Großvater und starrte über seine Schulter. Doch nun erkannte ich den roten röhrenförmigen Schädelkamm. Es war der Parasaurolophus, der mich bei meinem ersten Besuch umgeworfen hatte. Der Saurier rannte brüllend auf allen vieren an uns vorbei, ohne sich um uns zu kümmern.
»Er trauert um seinen Sohn«, erklärte Elias und drehte sich zu mir um. »Der Carnotaurus hat sein Junges gefressen.«
Das schauerliche Geheul entfernte sich rasch. Offenbar raste der Vater des getöteten Jungtiers wie besessen vor Schmerz durch das Dickicht.
»Sie empfinden Trauer und Wut, genau wie wir«, sagte mein Opa leise. »Aber er wird bald neue Junge haben. Auch seine Brut wird in Kürze schlüpfen.«
Ich dachte an das Ei mit den braunen Punkten, das der Oviraptor

klauen wollte, und nickte. Ein bisschen schämte ich mich jetzt dafür, dass ich versucht hatte, mich hinter Elias zu verstecken. »Gibt es häufiger Ärger mit diesem …«
»Carnotaurus?« Mein Großvater deutete auf seine Narbe. »Dies ist ein Geschenk von ihm. Aber er hat sich auch schon Wunden von mir eingefangen. Wir sind sozusagen alte Bekannte.«
Ich stieß ein Lachen aus, aber es klang nicht besonders fröhlich. »Was meinst du, wo sich der Carnotaurus jetzt aufhält?« Unwillkürlich blickte ich mich nach allen Seiten um.
»Oh, ich denke, er wird nach Hause gelaufen sein. Er bewohnt seine eigene Höhle, ganz für sich allein. Ich habe sie noch nie betreten und würde auch niemandem raten, es zu tun.«
»Wieso bist du dir so sicher, dass er nicht mehr in der Nähe ist?«
Elias zuckte mit den Achseln. »Ich bin mir nicht *so* sicher. Doch eigentlich kommt er nur heraus, wenn er Hunger hat. Im Grunde folgt er lediglich seinem Instinkt, wenn er uns jagt.«
Ich schluckte. »Uns?«
Mein Großvater schwieg eine Weile. »Sie haben mich bei sich aufgenommen«, sagte er dann. »Also gehöre ich zu ihnen, irgendwie. Manchmal fühle ich mich selbst schon wie ein alter Saurier. Ich kämpfe den gleichen Kampf wie sie, den gleichen Kampf ums Überleben.«
»Dabei könntest du gemütlich zu Hause im Schaukelstuhl sitzen, Tee trinken und Pfeife rauchen, so wie andere Opas«, sagte ich mit leichtem Spott.
Elias lächelte schief. »Genau. Ich könnte den ganzen Tag hin- und herwippen und auf den Tod warten.«
»So habe ich das nicht gemeint«, sagte ich erschrocken.

»Aber ich meine das so«, sagte Elias ruhig. »Ich kämpfe lieber. Vielleicht kann ich ja den einen oder anderen Saurier retten. Vor dem Carnotaurus und vor den Menschen, die sich im Schaukelstuhl zu Tode langweilen und nur auf eine Sensation wie diese warten – damit sie wieder etwas haben, das sie zerstören können.«
Ich schwieg und versuchte mir vorzustellen, was passieren würde, wenn man die Anderswelt entdeckte. Ich dachte an Scharen von Journalisten, mit Kameras und Fotoapparaten bewaffnet. Die wären wohl zuerst da. Dann würde vielleicht die Polizei kommen und danach womöglich sogar die Armee, die die Saurier in Käfige und später in Zoos sperrte oder vielleicht sogar tötete. »Das darf nicht passieren«, flüsterte ich.
»Deshalb bin ich hier«, sagte mein Großvater. Er legte seinen Arm um mich. »Hier ist etwas ganz Einmaliges entstanden, Colin. Vielleicht ist dies der Beginn eines neuen Kreislaufs des Lebens. Soweit ich es vermag, will ich die Anderswelt schützen. Und vielleicht kannst du später einmal, wenn ich nicht mehr bin, mein Werk fortsetzen, Junge.«
Plötzlich huschte etwas an uns vorbei und verschwand im Unterholz.
Ich starrte dem Tier nach. Hatte ich richtig gesehen? Ein Glucksen saß in meiner Kehle und ich prustete.
»War das ein Huhn?«, fragte ich verblüfft.
Mein Großvater lachte leise. »Die Lieblingsspeise unseres T-Rex«, erklärte er knapp. »Aber ich kann nicht verhehlen, dass ich die Eier zum Frühstück ebenso genieße, und ab und zu ein gebratenes Hähnchen.«

»Deshalb hat Louise nach den Hühnern gefragt«, murmelte ich. »Du hast sie von zu Hause mitgenommen, stimmt's?«
Elias nickte. »Leider war der Vorrat aus unserem Garten etwas dürftig und so musste ich unterwegs noch ein paar stibitzen, jedenfalls in der ersten Zeit. Inzwischen haben sich die Vögel an das Höhlendasein gewöhnt und vermehren sich prächtig. Sogar die Oviraptoren begnügen sich gelegentlich mit Hühnereiern und so werden die Gelege der Saurier nicht mehr ganz so oft geplündert.«
»Und die paar Hühner genügen den Sauriern?«, fragte ich zweifelnd.
»Nun, die meisten der Tiere, die hier unten leben, sind Pflanzenfresser. Die Flugsaurier ernähren sich hauptsächlich von Fischen. Aber die Nahrungssuche für die großen Fleischfresser ist in der Tat ein Problem. Das Wild, das ich von draußen mitbringe, mal ein Kaninchen, mal ein verendetes Reh von der Landstraße, genügt gerade mal für den Tyrannosaurier. Der Carnotaurus streift also stets hungrig durch die Gegend und nimmt sich, was er kriegen kann.« Elias warf mir einen besorgten Blick zu.
Eine Schar wohlgenährter brauner Hühner rannte plötzlich panisch flatternd durch die Büsche, als würden sie gejagt.
Mein Großvater reckte misstrauisch den Kopf. »Normalerweise halten sie sich gar nicht in dieser Gegend ...« Er verstummte. Lauschte. Ich sah, wie seine Augen glasig wurden. Dann packte er mich hart am Arm und zog mich hinter ein dichtes Büschel Farn.

27

»Nicht bewegen«, flüsterte mir Elias zu.
Aber ich kauerte ohnehin wie erstarrt auf dem Boden. Arme, Beine, Hals, Kopf – nichts rührte sich. Nicht einmal der kleine Finger. Ich leistete mir keinen einzigen Wimpernschlag. Dafür klopfte mein Herz umso schneller.
Ich versuchte, in dem Dschungel etwas zu erkennen, und lauschte. Blätter bewegten sich und raschelten, ein Ast knackte. Aber da war noch ein anderes Geräusch. Leise, aber deutlich genug: Was immer dort im Wald für ein Wesen lauerte – ich konnte es *atmen* hören.
Der Saurier, der plötzlich aus dem Dickicht brach, war unbeschreiblich hässlich. Auf seinem massigen Schädel saßen zwei Hörner über heimtückisch blickenden gelben Augen. Seine Schuppen wölbten sich und sahen aus wie Beulen. Seine Vorderläufe waren so kurz, dass sie wie verstümmelt wirkten. Er riss sein Maul auf und brüllte ohrenbetäubend. Ich bemerkte rosa Fleischfetzen, die zwischen seinen Zähnen hingen.
Seine stämmigen Beine waren kaum zwei Meter von uns entfernt, als er mit einem Mal stehen blieb. Seine Nüstern bewegten sich. Hatte er uns etwa gewittert? Wir müssen hier verschwinden, dachte ich.
Er wandte den Kopf und es kam mir so vor, als würde er mir direkt in die Augen starren. Ich rührte mich nicht. Ich wagte nicht einmal die Lider zu senken. Wirmüssenhierverschwinden, surrte

es weiter in meinem Hirn. Aber ich wusste nicht mehr, was die Worte bedeuten sollten.
Mein Großvater flüsterte etwas, doch ich achtete nicht darauf. Ich konnte nur den Saurier betrachten, der wie im schlimmsten Albtraum direkt auf mich zustapfte. Plötzlich spürte ich eine Bewegung neben mir und bemerkte aus den Augenwinkeln, wie Elias aufsprang und mit den Armen fuchtelte.
Der Dinosaurier schlug verärgert mit dem Schwanz und brüllte. Ich sah eine endlose Reihe spitzer Zähne aufblitzen. Mein Großvater schrie.
Ich versuchte den Kopf zur Seite zu drehen. Ich wollte wissen, was mit Elias los war. Aber mein Hals blieb steif, als hätte er einen eigenen Willen. Der Carnotaurus senkte drohend sein Haupt und richtete seine Hörner auf mich. Ich *konnte* ihn nicht aus den Augen lassen.
Da nahm ich einen Flügelschlag wahr und im nächsten Moment sah ich Piet, der den dicken Hals des Carnotaurus umkreiste, als wäre er nur ein Baumstamm. Jäh schleuderte der Saurier seinen Schädel herum und schnappte nach dem Flugsaurier. Er verfehlte ihn um Haaresbreite und ich fühlte die Hand meines Großvaters, die meinen Arm so heftig drückte, dass es wehtat.
Der Carnotaurus stapfte dem Pteranodon nach. Mit einem Ruck streckte er sich, um Piet mit seinem Maul zu fangen. Doch dann verschwand sein Schädel blitzschnell in einem Busch und er tauchte mit einem Huhn zwischen den Zähnen wieder auf. Das Federvieh war für den Raubsaurier wohl nicht mehr als ein halber Happen, dennoch lief er mit seiner Beute ungestüm davon und tauchte in das Dickicht.

Mir war heiß geworden, der Schweiß lief mir nur so von der Stirn ins Gesicht. Ich rang nach Luft und erst jetzt fiel mir auf, dass ich den Atem angehalten hatte. »Hat er dich erwischt?«, fragte ich keuchend.
Mein Großvater schüttelte den Kopf, aber es schien ihm nicht gut zu gehen. Er hielt sich die Seite und hustete. Seine Narbe war wieder dunkelrot angelaufen. Piet umkreiste uns nervös und klapperte mit seinem Schnabel, als würde er noch vor Schreck zittern.
»Piet!« Mein Großvater hob seinen Arm in die Höhe und der kleine Pteranodon landete auf ihm. Er balancierte bis zur Schulter meines Opas und schmiegte sich an Elias wie ein verschmuster Welpe. Mein Großvater hustete und lachte, doch allmählich hörte das Husten auf und er lachte nur noch.
»So, jetzt kennst du ihn«, sagte er schließlich schlicht.
Ich nickte und wollte etwas antworten. Aber in meinem Mund fehlte die Spucke.
Angestrengt versuchte ich durch die Farnbüschel hindurch etwas zu erkennen.
Carnotaurus – wo bist du?, dachte ich. Als ich mir den Schweiß aus dem Gesicht wischte, spürte ich, dass ich zitterte. Irgendetwas sagte mir, dass er noch in der Nähe war. Vielleicht war es die Stille. Es war zu still. Man müsste doch seine Tritte hören, sein Brüllen, wenigstens ein Schnaufen.
»Sein Anblick hat dir die Sprache verschlagen, was?« Mein Großvater redete leise und dicht an meinem Ohr, aber es kam mir viel zu laut vor. »So ging es mir auch, als ich ihm das erste Mal begegnet bin.«

»Was ist, wenn er zurückkommt?«, brachte ich heraus.
Elias runzelte die Stirn. »Das wollen wir nicht hoffen. Schließlich hat er ja jetzt etwas zu fressen. Aber vorsichtshalber sollten wir uns zurückziehen.«
Kaum hatte er seinen Vorschlag ausgesprochen, als ein gewaltiges Brüllen ertönte. Ganz in unserer Nähe. Mir stockte der Atem.
»Verdammt!«, fluchte mein Großvater. Er packte mich und versuchte mich mit sich zu ziehen. Doch ich kauerte wie erstarrt hinter den Farnwedeln und hielt Ausschau nach dem Carnotaurus. Wo steckst du? Zeig dich!, pochte es in mir.
»Colin! Komm, Junge!«, schrie Elias.
Wie ein bockiges Kind schüttelte ich den Kopf. Ich wollte ihn sehen. Ihm in die teuflischen Augen sehen.
Elias rüttelte mich an der Schulter, als wollte er mich aufwecken, und ein Teil von mir wusste, dass ich tun musste, was er sagte, dass wir fliehen mussten. Der andere Teil lauschte fasziniert dem schauerlichen Gebrüll, das sich uns immer mehr näherte. Schon sah ich den gewaltigen Schädel über den Baumwipfeln auftauchen. Mit seinen Stummelarmen drückte der Saurier zwei Stämme auseinander und wieder kam es mir vor, als blickte er direkt auf mich hinab. Er hat es *auf mich* abgesehen! Ganz allein *auf mich*! Ein komisches Lächeln schob sich auf meine Lippen. Da verpasste Elias mir eine Ohrfeige. Ich hörte ein Klatschen, meine Wange brannte und ich öffnete den Mund, um mich über die grobe Behandlung zu beschweren, doch mein Großvater zerrte mich einfach mit sich. Immerhin schienen meine Beine wieder zu funktionieren. Hektisch zog Elias mich durch das Gewirr von Pflanzen. Ich hatte keine Ahnung, wohin er wollte, und staunte

über die Kraft, die von ihm ausging. Das Gebrüll verfolgte uns und ich blickte mich wieder und wieder um. Immer wenn ich das teuflische Gesicht des Carnotaurus auftauchen sah, fühlte ich das Entsetzen, und immer wenn es im Grün der Blätter verschwand, spürte ich einen merkwürdigen Stich der Enttäuschung. »Los! Hier lang! Komm schon!«, hörte ich meinen Großvater direkt in mein Ohr brüllen.

Vor einer Felswand mit dicht ineinander verschlungenen Lianen blieben wir schließlich nach Atem ringend stehen. Hektisch griff ich in die Schlingpflanzen und riss an ihnen, als könnte ich so das Hindernis einfach aus dem Weg schaffen. Wir kamen nicht weiter! Wir saßen fest! Wir saßen in einer Sackgasse fest!

Ganz gemächlich stapfte der Carnotaurus auf uns zu, als wüsste er, dass es jetzt keinen Grund mehr gab, sich zu beeilen. Es kam mir vor, als würde er auf uns hinabgrinsen, auf die zwei Menschlein, die in der Falle hockten. Würde er erst mit uns spielen, wie die Katze mit der Maus? Oder würde er uns gleich fressen? Der gelbe Blick des Sauriers traf mich und wieder schien es mir, als hätte er es vor allem auf mich abgesehen. Er sah mir direkt in die Augen und knurrte.

Piet flatterte über unseren Köpfen und einen Moment wünschte ich mir nichts sehnlicher, als fliegen zu können. Mein Großvater tastete die Felswand ab, als suchte er nach einem Notausgang. Schließlich schob er ein dichtes Büschel Ranken zur Seite wie einen Vorhang und in der Mauer wurde eine runde Öffnung sichtbar. »Schnell, Colin!«, rief er keuchend. »Rein mit dir!«

Elias schob und stieß mich durch das Loch in der Wand. Ich unterdrückte ein Stöhnen, als ich mich in den engen Gang zwängte.

Es war kühl und dunkel hier drinnen und man konnte sich nur auf allen vieren vorwärtsbewegen. Ich blickte mich nach meinem Großvater um, aber er war nicht zu sehen. Wo blieb er? Warum folgte er mir nicht? Ich rief nach ihm und lauschte. Ich hörte das Scharren von Krallen im Geröll und das wütende Knurren des Sauriers. »Elias!« Einen kurzen Augenblick kam es mir vor, als hörte ich eine Antwort. Aber dann begriff ich, dass es nur der Hall meiner Stimme war.

Der Carnotaurus brüllte. Ich spürte die Panik wie eine Welle durch meinen Körper laufen. Wo steckte mein Großvater? Hatte der Carnotaurus ihn etwa ...? Mühselig drehte ich mich in dem engen Gang um und begann zurückzukriechen. Scharfkantige Steinchen bohrten sich in meine Handflächen und ich stieß mir den Kopf an einem Felszacken, da sah ich meinen Großvater endlich auftauchen. »Vorwärts!«, rief er mir zu. Ich wollte ihn fragen, wo er gewesen sei, doch stattdessen biss ich die Zähne zusammen, wendete und kroch wieder in die andere Richtung.

Nach ein paar Metern erreichten wir eine Stelle, an der die Höhle breiter und höher war. Immerhin gelang es mir nun, mich aufrecht hinzusetzen.

Elias musterte mich besorgt. »Geht es dir gut? Du bist ganz blass, Junge.« Er fühlte meinen Puls und strich mir über die Stirn.

»Bestens«, krächzte ich und räusperte mich, »... keine Sorge.«

Es war eisig in dem Höhlenarm und ich zitterte plötzlich. Mein Großvater nahm meine Hände zwischen seine und wärmte sie.

»Ich fürchtete schon, du hättest einen Schock«, sagte er.

»Und ich dachte, der Carnotaurus hätte dich geschnappt«, sagte ich bibbernd. »Wo warst du denn so lange?«

»Ich habe auf Piet gewartet«, erklärte Elias.
Erst jetzt sah ich zu meinem Erstaunen, dass Piet uns gefolgt war. Mit eingeklappten Flügeln watschelte er umständlich auf Elias zu und kletterte auf seinen Schoß.
Ich nickte. Alles klar. Mein Großvater war verrückt. Genau wie ich.
Eine Weile saßen wir schweigend beieinander. Ab und zu schlotterte ich noch vor Kälte, aber irgendwann hörte das Zittern auf.
Elias holte tief Luft. »Wenn dieser verdammte Carnotaurus nicht wäre, hätte ich Louise längst zu mir geholt«, sagte er leise und streichelte Piets Kopf.
Ich räusperte mich etwas verlegen. »Sie vermisst dich.«
»Glaub mir, mein Junge, sie fehlt mir auch, und ich habe oft ein schlechtes Gewissen ihretwegen. Aber ... trotz aller Gefahren ... die Anderswelt ist jetzt mein Zuhause, verstehst du?«
Ich sah Piet an, der einen Flügel über Elias' Brust ausgebreitet hatte, und nickte. »Was hat den Carnotaurus so wütend gemacht?«
»Vielleicht der Hunger«, meinte Elias. »Hunger macht jedes Lebewesen nervös und aggressiv.«
»Aber ich hatte das Gefühl, also ... Sein Angriff galt uns beiden, aber er meinte ... er meinte *mich*!«, brachte ich verwirrt heraus.
Mein Großvater überlegte einen Moment. »Möglicherweise hat er dich gewittert. Du bist für ihn ein Fremder, ein Eindringling, also ein Feind.«
Wir schwiegen, und ich lauschte angestrengt in den Gang hinein, durch den wir gekrochen waren. Der Carnotaurus brüllte nicht mehr.

»Es ist gut, dass du gerade jetzt bei Louise wohnst und ihr Gesellschaft leistest«, wechselte Elias nach einer Weile das Thema. »Während der Phase des Brütens und des Schlüpfens habe ich keine Zeit, sie zu besuchen.«
Unwillkürlich dachte ich an den Teller, den meine Oma für Elias auf den langen Tisch im Flur stellte und den sie nach dem Essen unbenutzt wieder abräumte. »Wieso nicht?«
»Nun, gerade jetzt habe ich hier ein paar Aufgaben ...« Elias kraulte dem kleinen Pteranodon den Nacken. »Hin und wieder bewache ich das eine oder andere Nest, wenn die Eltern auf Nahrungssuche sind, manchmal besorge ich auch Futter für die Jungtiere. Die Babys warten in ihren Nestern und reißen ihre Schnäbel auf, wenn sie hungrig werden.«
»Wie Vögel?«, fragte ich.
Elias nickte. »Ich bin einfach für sie da, wenn sie mich brauchen. Und sie sind für mich da.«
Gedankenverloren streckte ich die Hand nach Piet aus, um ihn zu streicheln. Drohend öffnete er den Schnabel, ließ es aber zu, dass ich seinen Kopf kurz berührte. »Ich kann das alles kaum glauben«, sagte ich, eher zu mir selbst als zu meinem Großvater. »Also ich meine: *Das alles hier* ... Manchmal weiß ich nicht, ob ich träume oder wach bin. Hier leben *Saurier*. Ich sehe es mit eigenen Augen und trotzdem ... Also mal angenommen, einer aus meiner Klasse würde von Sauriern erzählen, die unter der Erde leben, dann würde ihn die ganze Schule für vollkommen verrückt halten. Sie würden über ihn lachen, ihn mobben und für alle Ewigkeit zum Außenseiter machen.«
Elias nickte. »Und gerade das ist vielleicht unser Glück. Die

Leute glauben nicht mehr an Wunder. Wie sollten sie auch. Wenn sie von der Arbeit nach Hause kommen, setzen sie sich vor ihre Fernsehapparate und schauen anderen Leuten beim Leben zu. Für Entdeckungen bleibt keine Zeit. Aber eigentlich ist das schon lange so. Nehmen wir zum Beispiel den Plesiosaurier in einem gewissen See in Schottland. Tausende Leute haben ihn gesehen, es gibt Berichte von Ärzten und Mönchen, von Fischern und Naturwissenschaftlern und sogar von einem Nobelpreisträger für Chemie. Trotzdem glaubt die Welt nicht, dass Nessie, das Ungeheuer von Loch Ness, tatsächlich existiert.«

»Du meinst, Nessie ist ein Saurier?«

»Nein. Es ist nicht nur *einer*. Ich denke, dass wir es hier mit einer Gruppe von Plesiosauriern zu tun haben, von denen nur alle paar Jahre oder Jahrzehnte einer zum Vorschein kommt. Nach einem Volksglauben sollen die Schlangenhalsechsen in riesigen Höhlen unter einem Berg leben.«

»Sie verstecken sich nur«, sagte ich. »Wie die Feuersalamander.«

»Genau«, sagte mein Großvater und lachte. »Sie verstecken sich. Und deshalb ist der Carnotaurus so wütend. Du hast sein Versteck gefunden.«

Plötzlich nahm ich Geräusche wahr, die klangen, als ob jemand einen schweren Stein über sandigen Boden schob. Es knirschte und knarrte, und dann polterten Brocken und rollten uns vor die Füße.

Piet hob beunruhigt den Kopf und fiepte ängstlich.

Ich fühlte eine Gänsehaut über meinen Rücken laufen und dachte sofort an den zornigen Carnotaurus, obwohl ich wusste, dass er es gar nicht sein konnte.

Wie aus dem Nichts tauchte auf einmal das staubbedeckte Gesicht eines kleinen stämmigen Sauriers aus dem Dunkel auf. Das Tier musterte uns mit starrem Blick und stieß einen schrillen Laut aus.
Mein Großvater antwortete mit einer Art Schnurren. Piet dagegen klapperte warnend mit dem Schnabel. Offenbar war ihm irgendetwas an dem Ankömmling unheimlich: vielleicht die großen Augen oder die breite schaufelförmige Schnauze.
Das Höhlentier scharrte unruhig im Geröll und ich bemerkte, dass es die Füße eines Vogels besaß. Trotzdem machte es keinen ungefährlichen Eindruck. Sein ganzer Körper wirkte muskulös wie der eines Pitbulls und sein schuppiger Panzer glänzte metallisch wie eine Ritterrüstung. Es bleckte die Zähne und duckte sich, als wollte es jeden Augenblick auf uns zuspringen.
Ich hob die Arme schützend vors Gesicht. An Flucht war nicht zu denken.

28

»Tut mir leid«, sagte mein Großvater und ich brauchte einen Moment, ehe ich begriff, dass er mit dem Saurier sprach und nicht mit mir. »Ich kann euch gerade nicht beim Graben helfen. Ich muss unseren Gast noch ein bisschen betreuen. Später fasse ich mit an, versprochen.« Elias unterstrich seine

Worte mit ein paar Handbewegungen. Und als hätte der Saurier ihn verstanden, schnaubte er kurz und verschwand.
Ich nahm die Arme herunter und blickte dem Tier entgeistert nach. »Graben?«, fragte ich. »Was soll das heißen?«
Mein Großvater lächelte. »Nun, es gibt hier eine Gruppe von Vogelfußsauriern, die Gänge ausheben, und sie sind sehr geschickt darin. Sie haben sich sozusagen auf den Höhlenbau spezialisiert. Der Gang, in dem wir gerade hocken, ist eines der Schlupflöcher für den Nachwuchs. Zu klein für den Carnotaurus. Zuerst versorgten die Vogelfüßler nur ihre eigenen Jungen, aber nach und nach nutzen auch die anderen die Neubauten zum Schutz für ihre Kinder. Wenn es uns gelingt, ausreichend Schutzräume zu schaffen, bleiben die Dinosaurierbabys wenigstens in der ersten Zeit unbehelligt.«
»Cool!«, sagte ich bewundernd. Aber in mein Staunen mischte sich noch ein anderes Gefühl. Irgendwie ärgerte es mich, dass mein Opa mich als Gast bezeichnete, als gehörte ich eigentlich nicht hierher. Und noch mehr ärgerte mich, dass er sich von mir offenbar daran gehindert fühlte, weiter an dem Unterschlupf für die Jungtiere zu bauen.
»Ich kann mit euch graben!«, platzte ich heraus und zog den Geologenhammer aus meinem demolierten Rucksack.
Mein Großvater betrachtete mich zweifelnd. »Nett von dir, Colin, wirklich ... Aber ... Du musst zurück. Sonst macht sich Louise Sorgen. Oder schlimmer noch: Sie fangen an, nach dir zu suchen.«
Ich zuckte mit den Achseln. »Wer soll sich schon die Mühe machen, nach mir zu fahnden? Meine Eltern sonnen sich auf Mal-

lorca. Oma scheint sich über gar nichts zu wundern, über meine Anwesenheit genauso wenig wie über meine Abwesenheit. Und da Wochenende ist, wird man mich auch nicht in der Schule vermissen.«

»Es ist harte Arbeit«, sagte mein Opa zögernd.

»Aber einige der Jungtiere sind bereits geschlüpft! Sie brauchen so schnell wie möglich einen Schutzort vor dem Carnotaurus!«

Mein Großvater lachte plötzlich. »Oje, Junge, mir scheint, der Wandernde Zahn hat dich infiziert!«

Ich guckte ihn fragend an.

»Du und ich – wir tragen den Urzeit-Virus in uns. Und ich kann dir versichern, dass es kein Mittel dagegen gibt.«

»Mir geht's gut«, fiel mir dazu nur ein. »Fangen wir jetzt an zu graben?«

»Na schön«, gab Elias schließlich nach. »Einen Versuch ist es wert.« Dabei sah er nicht mich, sondern mein Werkzeug an, als würde er sich von dem Hammer mehr versprechen als von mir. Ich konnte es ihm nicht einmal übel nehmen; schließlich hatte ich das letzte Mal gebuddelt, als ich im Sandkasten saß.

Mein Großvater lief gebückt voraus, der Flugsaurier watschelte ihm nach wie ein Pinguin und ich folgte ihnen. Bald wurde der Gang wieder eng wie ein Schlauch und ein Stück mussten wir sogar auf dem Bauch liegend kriechen. Aber dann wölbte sich die Höhlendecke unversehens in die Höhe, sogar hoch genug, dass wir stehen konnten. Fünf Saurier waren mit dem Graben beschäftigt und schon über und über mit Staub und Geröll bedeckt. Sie benutzten tatsächlich ihre Schnauzen als Werkzeuge. Eine

Weile stand ich einfach nur da und sah ihnen fasziniert zu. Kleine Steine flogen uns um die Ohren. Mein Großvater scherte sich nicht darum, sondern zog einen Spaten aus einer Felsnische.
Ich warf den Rucksack in eine Ecke und packte mein Werkzeug mit beiden Händen. Elias lächelte kurz, als er mich so sah. »Na dann los, du Höhlenmensch!«
Die arbeitenden Saurier waren so beschäftigt, dass sie für uns kaum Interesse zeigten. Wie es schien, kannten sie Elias nicht nur, er gehörte zu ihnen. Und Piet und ich gehörten zu Elias.
An der Stelle, an der wir gruben, war das Gestein weniger hart, als ich befürchtet hatte. Manchmal war es regelrecht porös, sodass man teilweise allein mit der Hand Felsplatten und Geröll aus der Wand lösen konnte. Sogar Piet hackte mit seinem Schnabel ohne Probleme ein paar Steinchen aus dem Weg.
»Höchstwahrscheinlich gab es hier früher schon einmal einen Hohlraum«, mutmaßte Elias. Ich nickte ihm zu, holte aus und schlug die Spitze des Hammers in das Gestein. Ein paar Brocken lockerten sich und rutschten mir vor die Füße.
Nach einer halben Stunde Arbeit sah ich auf einmal ein bekanntes Muster in der Wand. Die Spirale ... Das Fossil, das man im Mittelalter für eine zusammengerollte, versteinerte Schlange gehalten hatte. Ein Ammonit! Und was für einer! Er musste mindestens einen Durchmesser von einem halben Meter haben. Ich schielte zu meinem Großvater hinüber. Ohne aufzusehen, arbeitete er nur ein paar Schritte neben mir. Ich beschloss, den Ammoniten ganz allein freizulegen. Ich wollte Elias beweisen ... Ja, was eigentlich? Dass ich nicht nur ein Gast war, der betreut werden musste, wie ein Kleinkind im Kindergarten?

Vorsichtig schob ich mit den Händen Geröll beiseite, lockerte Steine und strich andächtig über das Millionen Jahre alte Fossil. Es kam mir vor, als hätte ich einen Schatz entdeckt. Etwas unglaublich Wertvolles. Ich musste nur zugreifen, es nur herausholen aus seinem steinernen Verlies. Und ich musste schnell sein. Ich wollte die Verblüffung im Gesicht meines Großvaters sehen, wenn ich mit dem Riesenammoniten vor ihm stand.
Stück für Stück, Zentimeter für Zentimeter befreite ich das Fossil aus der Felswand. Es ließ sich bereits bewegen, aber ich nahm mich zusammen, um es nicht einfach mit Gewalt herauszureißen und es dabei vielleicht zu beschädigen.
Wie viel würde mein Monsterbaby wohl wiegen?
Endlich gab es nach und es schien mir beinahe entgegenzukommen. Mir trat der Schweiß auf die Stirn und meine Fingerknöchel bluteten, aber ich fühlte keinen Schmerz. Ich sah nur das Fossil und fühlte die Kälte des Steins und sein Gewicht. Den Riss, der sich in der Felswand gebildet hatte, nahm ich nur flüchtig wahr und achtete nicht weiter darauf. Den Brocken über mir, der wie eine riesige Nase aus dem Gestein ragte, streifte ich mit einem gleichgültigen Blick. Millimeter für Millimeter zog ich meinen Fund aus dem Fels heraus.
Der Ammonit sah mich an wie ein großes versteinertes Auge.
Von irgendwoher hörte ich ein Knirschen. Und dann hörte ich meinen Großvater meinen Namen schreien.
»*Colin!!!*« Mein Großvater brüllte und sprang im gleichen Moment. Etwas über mir geriet ins Rutschen – so viel bekam ich noch mit. Und dann bekam ich nichts mehr mit.

Als ich wieder zu mir kam, hörte ich ein Ächzen, das ich nicht einordnen konnte. Wo befand ich mich? Was war passiert?
Ich spürte etwas Hartes über mir. Meine Hände tasteten automatisch und meine Fingerkuppen folgten einem Spiralmuster. Ich lag unter ... unter dem Ammoniten! Die Höhle ... Ich war in einer Höhle ... In was für einer Höhle? Mein Großvater ... Mein Großvater wohnte hier. Oder?
»Elias?«, fragte ich, und als ich mich bewegte, zuckte ein stechender Schmerz durch meinen Kopf.
Aus irgendeinem Grund, den ich nicht verstand, stemmte sich mein Großvater gegen die Höhlenwand. »Junge!«, keuchte er. »Alles in Ordnung?«
Ich antwortete nicht. Ungläubig starrte ich zu ihm hinauf. Was machte er da? Doch dann begriff ich es: Ein Meteorit war vom Himmel gefallen und mein Opa hatte ihn aufgefangen. Der Gesteinsbrocken hing direkt über mir wie ein Planet in der Warteschleife.
»Komm da weg!«, befahl Elias mit gepresster Stimme. »Hörst du? Schnell!«
Ich hörte. Aber ich rührte mich nicht. Ich konnte nicht. Der Meteorit stürzte wie in Zeitlupe auf mich zu. Es war ganz klar: Der riesige Brocken würde meinem Großvater aus den Armen rutschen, in die Erde einschlagen und alles Leben vernichten. Er würde mich zermalmen wie eine Ameise. Ich lag da wie betäubt. Es kam mir vor, als wäre ich dabei, zu versteinern; ich verwandelte mich in ein Fossil. Irgendein Paläontologe würde mich eines Tages so finden; er würde erst meinen kleinen Finger freilegen und mich dann vollständig ausgraben. Ein sensationeller

Fund: ein versteinerter Mensch. Erschlagen von einem Meteoriten. Jedes Museum würde sich um mich reißen.
Dann sah ich die Vogelfüße. Sie rannten auf mich zu und umringten mich. Ich dachte an die Hühner meiner Oma. Sie waren verschwunden. Sicher hatten sie sich verlaufen. Und jetzt tauchten sie wieder auf, versammelten sich hier, damit ich sie nach Hause brachte.
»Komm schon, Junge!«, schrie Elias.
Offenbar war ihm wichtig, dass ich die Hühner schnell nach Hause brachte.
Vielleicht hatte er auch etwas dagegen, dass ich versteinerte.
»Ist ja gut, ich komme«, sagte ich mit schwerer Zunge. Im Schneckentempo schob ich den Ammoniten beiseite und kroch dann Zentimeter um Zentimeter unter dem Meteoriten hervor, der dicht über mir schwebte. Dabei hämmerte es in meinem Kopf und meine Hände und Füße fühlten sich fremd und kalt an, als gehörten sie jemand anderem.
Wie betäubt blickte ich mich um und erst dann sah ich: Es waren gar keine Hühner. Es waren Saurier. Und sie stemmten sich gemeinsam mit meinem Opa gegen das Ding aus dem Weltall. Anscheinend wollten sie verhindern, dass die Welt vernichtet wurde.
»Gute Arbeit, Jungs«, sagte ich und taumelte auf meinen Großvater zu. Doch irgendwie wollten meine Füße in eine andere Richtung als ich. Ich hob die Hände, die einem fremden Jungen gehörten, und klatschte für Elias und seine Helfer Beifall. Von dem Geräusch wurde mir schwindlig und ich musste mich setzen. So saß ich auf einem Felsblock und sah zu, wie Elias und die

Saurier den Meteoriten fallen ließen, sah zu, wie das Ding aus dem All in den Ammoniten einschlug. Alles kam mir ungeheuer logisch vor. Mein Großvater rettete die Welt vor ihrem Untergang. Und ich war Zeuge.
Die Erde drehte sich vor lauter Freude, das spürte ich ganz deutlich. Sie drehte sich schneller und schneller um die Sonne und gleichzeitig wirbelte der Mond um uns herum. Ich saß im Zentrum. Im Mittelpunkt der Erde. Und Saurier kamen zu mir und sahen mich an. Wie aus weiter Ferne. Und doch ganz nah. So nah, dass ich ihren Atem spürte auf meiner Haut.

29

Als ich die Lider schwerfällig hob, blickte ich in das Gesicht meiner Oma.
»Wie heißt du, Fränzchen?«, wollte sie von mir wissen.
»Colin«, sagte ich. »Ich heiße Colin.«
Meine Oma nickte. »Richtig«, sagte sie und strahlte mich an. »Und wo befindest du dich?«
Ich schaute mich um. Ich lag in einem Bett. Eine weiße Daunendecke bauschte sich um mich wie eine Wolke. Ich lag in dem Doppelbett im Schlafzimmer meiner Großmutter, und zwar auf Elias Seite. Wie war ich hierhergekommen?
»Auf dem Planeten Erde«, sagte ich.

Meine Großmutter runzelte kurz die Stirn. »Richtig«, meinte sie dann. »Du bist ein bisschen krank«, erklärte sie mir. »Elias hat dich nach Hause gebracht. Du hast eine ... Gehirnverschüttelung.«
»Schon klar«, sagte ich und griff an meinen Kopf. Ich trug einen Verband. Etwas pochte in meinem Schädel. Es war ein gleichmäßiges Hämmern, als würde jemand in meinem Hirn nach Fossilien graben.
Louise nahm meine Hand und tätschelte sie. »Dir ist ein Felsen auf den Kopf gefallen.«
»Ein Meteorit«, verbesserte ich sie. »Es war ein Meteorit. Er kam direkt aus dem Weltall. Aber Elias hat ihn aufgefangen und die Welt gerettet. Zusammen mit den ...« Ich sprach nicht weiter. Ich sollte nichts sagen über die Saurier. Es war geheim. »Topsecret«, murmelte ich.
»Ach so«, sagte meine Oma ratlos. »Hast du Hunger?«
»Ich weiß nicht«, antwortete ich. »Glaube nicht.« Da wo der Hunger sitzen sollte, hockte nur die Übelkeit. Aber es war nur eine kleine Übelkeit, nicht der Rede wert.
»Kein bisschen Hunger?«, fragte meine Oma enttäuscht.
»Ein Tee wäre schön«, sagte ich. »Ein warmer Tee und ein paar Kekse?«
Louises Augen begannen zu leuchten. »Kommt sofort«, sagte sie.
Ich richtete mich im Bett auf und sah ihr nach. In der Ecke des Zimmers saß ein Mann in einem Sessel. Ein Mann in Schwarz.
»Hallo, Colin«, sagte Herr Persson.
Ich starrte ihn an. Es war mir peinlich, nur mit einem Schlafanzug bekleidet vor einem Museumsdirektor zu sitzen, der einen

schwarzen Anzug und eine gestreifte Krawatte trug. Außerdem hielt ich es für möglich, dass ich träumte oder mir einbildete Herrn Persson zu sehen. Schließlich war mir etwas auf den Kopf geknallt. »Sind Sie echt?«, fragte ich deshalb.

»Ich denke schon«, antwortete der Besucher.

Ich nickte.

»Du fragst dich sicher, was ich hier zu suchen habe?«

Ich nickte wieder.

»Nun, ich war gerade in der Nähe und ich dachte, ich schau mal vorbei.«

Diesmal nickte ich nicht. Es klang zu sehr nach einer Lüge.

»Kleiner Scherz«, gab Herr Persson zu. »Nun, ich will ehrlich zu dir sein, junger Freund. Wie es aussieht, versuche ich deinem Geheimnis auf die Spur zu kommen. Oder dem Geheimnis deines Großvaters. Dem Rätsel seines Verschwindens, meine ich. Deine Oma erzählte, er wäre hier gewesen. Elias, der alte Haudegen, hätte dich nach Hause gebracht.«

Ich zuckte mit den Achseln. »Davon weiß ich nichts.«

»Mhm«, machte Herr Persson und deutete auf meinen Verband. »Was ist passiert?«

»Ich kann mich nicht erinnern. Ich glaub, ich hab mir den Kopf gestoßen.«

Herr Persson lächelte schief. »Den Kopf gestoßen, so so. Weißt du es nicht etwas genauer? Wo warst du?«

Ich zuckte mit den Achseln. »Ich erinnere mich nicht.« Topsecret, dachte ich. Der Gedanke war so laut in meinem angeknacksten Hirn, dass ich Angst hatte, ich würde ihn aussprechen. Topsecret! Topsecret! Ich biss mir auf die Zunge.

»Du hast nicht zufällig nach Fossilien gegraben? Vielleicht zusammen mit deinem Opa?«
»Keine Ahnung. Echt.«
»Nehmen wir mal an, es war so. Möglicherweise habt ihr ja einen weiteren Zahn eines Tyrannosaurus Rex gefunden oder sogar einen Kiefer oder gleich den ganzen Schädel?« Herrn Perssons Stimme wurde immer lauter. Er sprach in meine Richtung, aber es kam mir vor, als würde er zu sich selbst sprechen. Also sagte ich nichts.
»Du willst nicht mit mir reden, stimmt's?«
Ich sagte nichts.
»Wo habt ihr den Zahn des Raubsauriers gefunden, Colin? Du und dein Großvater ... Ihr seid einer gewaltigen Entdeckung auf der Spur, richtig? Das habe ich im Blut, mein Junge.« Das Gesicht des Museumsdirektors war rot angelaufen. »Ihr könnt euer Geheimnis nicht für alle Ewigkeit hüten. Also vertraut einem Fachmann wie mir, vertraut mir, und wir werden eure Entdeckung in würdiger Form der Weltöffentlichkeit präsentieren.«
Ich presste die Lippen zusammen. Das Hämmern in meinem Kopf wurde stärker. Wennduwüsstest, wennduwüsstest ... pochte es.
»Ich glaube, es wäre besser, wenn Sie jetzt gehen«, meinte meine Oma, die mit einem Tablett in den Händen an der Tür stand und den Eindringling skeptisch musterte. »Sind Sie der Herr Schornsteinfeger? Der Junge braucht etwas Ruhe, wissen Sie?«
Der Museumsdirektor erhob sich und verbeugte sich leicht. »Persson mein Name. Professor Persson vom Naturkundlichen Museum. Wir haben uns bereits bekannt gemacht, Verehrteste.

Sie ließen mich liebenswürdigerweise in Ihr Haus, erinnern Sie sich?«

Meine Großmutter seufzte und stellte das Tablett mit dem dampfenden Tee auf den Nachttisch. »Eine hübsche Krawatte tragen Sie.« Louise streckte die Hand aus und berührte den blau-weiß gestreiften Schlips. »Mögen Sie das Meer?«

»Gewiss doch, meine Dame.« Herr Persson winkte mir zu. »Erhol dich gut, Colin. Ich komme ein anderes Mal wieder.«

»Ein netter Mensch, dieser Herr Schornsteinfeger«, sagte meine Großmutter ein paar Augenblicke später, als wir den Tee zusammen tranken, der nach Zimt und Paprika schmeckte. »Möchtest du noch einen Keks, Fränzchen?«

30

Drei Tage später ging ich wieder in die Schule.

Meine Oma schrieb einen langen Entschuldigungszettel in einer hübschen schnörkligen Schrift, die kein Mensch lesen konnte, auch meine Klassenlehrerin Frau Küken nicht. Aber die Beule auf meinem Kopf war deutlich zu erkennen und abgesehen von Enrico stellte niemand Fragen.

»Bist du gegen 'nen Laternenmast gelaufen oder hat dich ein Bus gestreift? Oder hattest du etwa Ärger mit deiner Freundin Tessy? Hat sie dich verhext? In ein Einhorn oder so?«

Ich ignorierte ihn. Sah einfach durch ihn hindurch, als wäre er nicht da.
Und irgendwie war es wirklich so: Ich nahm ihn kaum wahr. Seine Blödeleien prallten an mir ab. Ich hörte seine Worte zwar und wusste, was sie zu bedeuten hatten und was von mir erwartet wurde, aber unmittelbar nachdem er sie ausgesprochen hatte, vergaß ich sie auch schon.
Vielleicht lag das daran, dass ich nicht richtig anwesend war. Ich saß zwar neben Tessy im Klassenzimmer und starrte auf die Tafel und auf den Mund des Lehrers, wenn er gerade sprach. Ich kritzelte auch irgendwas in meine Hefte. Aber ich hatte das Gefühl, dass ich mich in Wirklichkeit ganz woanders befand. Nur meine Hülle saß hier noch herum. Der Rest von mir leistete meinem Großvater Gesellschaft. Ich hörte ihn sprechen und ich sah, wie das Ei des Hadrosauriers aufplatzte. Mein Opa hatte recht: Es war ein Wunder – und ich durfte dabei sein. Ich lebte längst mit Elias unter der Erde, ich lebte längst in der Anderswelt. Und ich wollte nur eins: so schnell wie möglich dorthin zurück.
»Was ist mit dir los?«, fragte Tessy in der ersten großen Pause.
»Ich hatte eine leichte Gehirnerschütterung«, antwortete ich.
»Das meine ich nicht«, sagte Tessy. »Du wirkst so ... abwesend.«
Ich dachte darüber nach, wie ich ihr meinen Zustand erklären sollte. Aber ich konnte ihr nicht sagen, was mit mir los war. Nicht einmal ihr. »Ich bin im Wald über eine Wurzel gestolpert und auf den Kopf gefallen«, wiederholte ich die Lüge, die ich schon den anderen erzählt hatte. »Es geht mir wieder gut. Aber ich bin noch ab und zu müde.«

Tessy seufzte. Ich sah, dass sie noch etwas sagen oder fragen wollte, aber dann zuckte sie nur mit den Schultern und ging weg.
In der zweiten großen Pause saß ich allein an einem Vierertisch im Speisesaal und schlang mein Essen – Königsberger Klopse mit einer ziemlich schleimigen Soße – so schnell wie möglich hinunter. Nicht weil ich hungrig war, sondern weil ich keine Lust hatte, Gespräche über das Fernsehprogramm des gestrigen Abends über mich ergehen zu lassen oder darüber zu diskutieren, ob der mädchenhafte Sänger einer bekannten Boygroup nun schwul war oder nicht. Meinetwegen konnte die ganze Band schwul sein, es interessierte mich nicht die Bohne. Außerdem musste ich sowieso schneller essen, seit mein Geschmackssinn sich verändert hatte. Allein schon der Geruch von Milchreis oder Fischstäbchen weckte einen kaum zu bezwingenden Brechreiz in mir. Wenn ich die schleimige Soße auf meinem Teller roch, würgte es mich. Noch schlimmer ging es mir nur auf dem Schulklo. Seit der Stich des Saurierzahns mein Leben durcheinandergebracht hatte, konnte ich die Toilette nur noch mit angehaltenem Atem benutzen.

Nach der Schule wartete Enrico auf mich. Auf dem Bürgersteig parkten ein paar Autos von Eltern, die ihre Kinder abholten. Enrico stellte sich mir so in den Weg, dass ich entweder über die Autos klettern oder umkehren musste. Er lächelte mir finster entgegen, und als ich ihn fast erreicht hatte, setzte er eine Was-machst-du-*jetzt*-Alter-Miene auf. Aber ich schritt einfach durch ihn hindurch. Natürlich funktionierte das nicht. Enrico fiel auf

den Hintern, also musste ich ihn wohl umgerannt haben. Er schrie mir etwas nach. Aber es waren nur die üblichen Flüche und Ausdrücke, nichts von Bedeutung. Ich hörte sie und vergaß sie im selben Moment. Indem ich seine Beschimpfungen ignorierte, war es fast so, als würden sie wie ein Bumerang zu ihm zurückkehren, als würde er mit »Loser! Loser! Spast! Spast! Wichser! Wichser!« sich selbst meinen.
Er hörte nicht auf zu brüllen. Doch ich lief einfach weiter und sah mich nicht nach ihm um.
Allerdings tat mein Kopf nach dem ganzen Geschrei wieder weh. Vielleicht war ich ja doch noch zu angeschlagen für Bruchrechnung, Maße und Gewichte, für Substantive, Adjektive und Pronomen und für Enricos Generve sowieso.
Mir fiel ein, dass es für mein Problem eine einfache Lösung gab. Die Ärztin in der Praxis war freundlich und ich musste nicht einmal lange warten. Sie sah sich meine Beule an und murmelte ein paar Fachausdrücke, die ich nicht verstand. Dann schenkte sie mir den Rest der Woche und einen eckigen Kaubonbon, der sich allerdings als recht zäh erwies. Als ich meine Jacke holte, spuckte ich ihn in einen schwarzen Plastikeimer im Wartezimmer. Die Aufschrift »Nur für Regenschirme« entdeckte ich zu spät.

Meine Großmutter erwartete mich schon, als ich am Nachmittag nach Hause kam. Sie saß am gedeckten Tisch und blickte mir seltsam gespannt entgegen. »Ich will mitkommen in die Anderswelt«, sagte sie fröhlich. »Ich möchte Elias besuchen.«
Statt zu antworten, setzte ich mich und schob mir ein Stück Eier-

kuchen mit Zucker und gebratenen Zwiebeln in den Mund. Ich kaute länger, als nötig gewesen wäre.
»Ich weiß nicht«, murmelte ich. »Ich weiß nicht, ob das eine gute Idee ist.«
Ich sah den Carnotaurus vor mir. Dieses teuflische Ungeheuer. Meine Großmutter mitnehmen? Unmöglich. Diese Vorstellung war so absurd, dass ich gerade noch ein Grinsen unterdrücken konnte.
Louise blickte auf den leeren Teller, der für Elias bereitstand. »Ich muss«, sagte sie. »Ich muss doch sehen, wo er lebt.« Sie sah plötzlich blass, klein und verloren aus, wie eine Maus, die ihr Mauseloch nicht findet.
Zögernd legte ich die Hand auf ihren Arm. »Elias wird dich holen kommen, wenn es so weit ist«, behauptete ich. »Du wirst schon sehen ... eines Tages ...« Ich ließ sie los und schob mir noch ein Stück Eierkuchen in den Mund, als wollte ich mich selbst zum Verstummen bringen.
Meine Oma seufzte. »Nicht eines Tages, Jungchen«, sagte sie. »Heute. Oder spätestens morgen. Ich habe schon viel zu lange gewartet.«
Ich wusste nicht, was ich sagen sollte. Sie hatte recht. Diese Warterei musste sie verrückt machen. »Dort unten gelten andere Regeln als hier«, sagte ich schließlich. »Es ist ... nicht ungefährlich.« Nicht ungefährlich – das war wohl wirklich die Untertreibung des Jahres. Aber ich konnte ihr ja kaum sagen, dass dort ein blutgieriges, hungriges Monster lebte und Elias täglich in Lebensgefahr schwebte.
In meinem Kopf begann es zu pochen, der jähe Schmerz trieb

mir Tränen in die Augen. Meine Hand zuckte zu der Beule. Das Ding fühlte sich an wie ein Horn. »Du siehst ja, was passieren kann«, murmelte ich.
Meine Großmutter antwortete nicht. Sie blickte eine Weile auf den leeren Teller. Schließlich erhob sie sich und räumte ihn ab. Doch statt in die Küche lief sie ins Wohnzimmer, als hätte sie vergessen, wo das Geschirr hingehörte.
Dann hörte ich es scheppern. Erschrocken sprang ich auf und lief ihr nach.
Die weißen Scherben lagen im ganzen Zimmer verteilt. Sie musste den Teller mit voller Wucht gegen die Wand geworfen haben.
»Aber Oma«, sagte ich verwundert.
Sie sah mich nicht an. Sie stand einfach nur da und blickte ins Leere. Automatisch begann ich damit, die Scherben einzusammeln. Aber als ich bemerkte, dass meine Großmutter zitterte, ließ ich die Bruchstücke wieder fallen. Ich ging zu ihr und nahm sie in die Arme – wie sie es früher so oft mit mir gemacht hatte. Eine Weile zitterte sie noch, dann spürte ich, dass sie ruhiger wurde. »Alles in Ordnung?«, fragte ich und bugsierte sie sanft zu dem Ledersofa mit der Kuhle in der Sitzfläche. Die Couch quietschte leise, als wollte sie etwas Tröstliches sagen. Das Möbelstück war uralt und hatte an einigen Stellen Risse. Es roch würzig, irgendwie lebendig. Ich klopfte auf die Lehne, als wäre sie ein Haustier. »Sieh mal, du gehörst *hier*her«, sagte ich. »In der Anderswelt ist wirklich alles anders. Du würdest dich nicht zurechtfinden. Es gibt da Höhlen und einen Dschungel und vor allem gibt es dort …« Ich verstummte.
»Saurier«, sagte Louise.

Ich nickte.
»Das dachte ich mir«, sagte meine Oma, als wäre es die normalste Sache der Welt. »Ich bin doch nicht blöd.«
»Ich weiß.« Ich beugte mich zu ihr und gab ihr einen Kuss. Ihre Wange war runzlig und warm und roch nach Eierkuchen.
»Ich mag Saurier«, sagte Louise. »Ich mag Hühner, Katzen und Saurier.« Die Standuhr gongte und ich sah meine Oma als Spiegelbild in dem gläsernen Uhrenkasten. Wie das kleine Geißlein, das sich vor dem Wolf versteckte.
»Die Hühner sind verschwunden, meine Katzen sind im Lauf der Jahre verschieden. Die Saurier sind ausgestorben, aber ansonsten geht es ihnen gut?«, wollte sie wissen.
Das messingfarbene Pendel der alten Uhr schlug im Takt und es klang wie Herzklopfen.
»Elias kümmert sich um die Tiere. Einige bekommen gerade Nachwuchs. Er hilft ihnen Höhlen zu bauen, als Unterschlupf für die Babys. Damit der Carno... Damit die Kleinen vor den Gefahren besser geschützt sind.«
Louise nickte und drückte meine Hand und ich merkte, dass sie mehr hören wollte. Also erzählte ich ihr nach und nach alles, was ich erlebt hatte. Nur von dem Carnotaurus sagte ich ihr nichts. Wahrscheinlich fürchtete sie sich auch so schon davor, dass ihrem Mann etwas zustoßen könnte.
War ich dabei, ein Geheimnis zu verraten? Es fühlte sich nicht so an. Meine Oma wollte einfach wissen, was vor sich ging, wieso Elias kurz auftauchte und gleich wieder verschwand. Wenn mein Großvater es nicht über sich brachte, ihr das alles zu erklären, musste ich es eben tun. Außerdem glaubte ich, dass Louise mei-

nen Bericht im Handumdrehen wieder vergaß. Spätestens morgen würde sie sich an den blinden Albino-T-Rex, an die Edmontosaurier und ihre geschlüpften Jungen, an Piet, den kleinen Pteranodon, und den Parasaurolophus mit dem knallig roten Kopfschmuck nicht mehr erinnern. Ich konnte ja nicht ahnen, dass es diesmal anders war. Ich konnte ja nicht ahnen, dass ich eine Tür für sie öffnete, durch die sie schon lange gehen wollte. Eine Tür, die sie zu Elias führte.

31

Unruhig wälzte ich mich in meinem Bett hin und her. Seit Enrico mir den Saurierzahn in den Arm gerammt hatte, wurde ich nicht mehr richtig müde. Aus alter Gewohnheit legte ich mich trotzdem ins Bett, wenn es Zeit zum Schlafen war.

Ich starrte vor mich hin und versuchte mir ins Gedächtnis zu rufen, wie mich Elias ins Haus gebracht hatte. Aber in meiner Erinnerung klaffte eine Lücke. Ich hatte ein Loch im Hirn und dafür eine Beule auf dem Kopf. Immerhin ahnte ich nun, wie es meiner Oma gehen musste, der bestimmte Puzzle-Teile in ihrem Gedächtnis fehlten. Ich fühlte mich in etwa so, als hätte ich für eine Klassenarbeit gelernt und gleichzeitig das Thema vergessen. Nicht dass mir das nicht schon passiert wäre …

Auf dem Nachttisch lag das Buch von Charles Darwin und ich nahm es und blätterte nervös darin herum. Eigentlich wartete ich nur darauf, dass meine Oma ins Bett ging, damit ich endlich aufbrechen konnte. Ich wollte vermeiden, ihr zu begegnen, weil sie womöglich darauf bestehen würde, mitzukommen. Gerade heute schlurfte sie länger als gewöhnlich durch den Flur. Ich hörte sie mit dem Geschirr klappern, lauter als sonst, wie mir schien, aber wenigstens warf sie keine Teller mehr an die Wand. Ich verstand ihre Wut. An ihrer Stelle wäre ich auch wütend gewesen. Elias schob sie beiseite, wie ein Kind, das die falschen Klamotten trug und deshalb nicht mitspielen durfte. Er schob sie einfach aus seinem Leben. An ihrer Stelle hätte ich nicht nur einen Teller zerschlagen, ich hätte alle Teller und Tassen und Gläser und sogar die Eierbecher aus Keramik mit den niedlichen Enten drauf an die Wand geknallt. Das brachte zwar nicht viel, eigentlich gar nichts, aber die Wut bekam wenigstens die Nahrung, die sie brauchte.
Das Buch von Charles Darwin schlug immer an derselben Stelle auf. »Der Kampf ums Dasein« las ich. Die Kapitelüberschrift machte mich neugierig, aber ich war zu unruhig, um zu lesen. Später glaubte ich allerdings, dass das Buch oder der Geist seines Autors mich warnen wollte.

Auf dem Weg durch den Wald pflückte ich ein paar Zapfen von den Tannen und Kiefern. Es gab nichts, was die Entenschnabelsaurier lieber mochten als knackige Kienäpfel und Tannenzapfen, und insgeheim wünschte ich mir, Freundschaft mit den scheuen Tieren zu schließen. Ich stellte mir vor, wie sie mich umringten, wie die Ziegen im Streichelzoo, und mir aus der Hand fraßen. Meine Großmutter hatte in den vergangenen Tagen meinen Rucksack geflickt und ich musste mich nicht sorgen, dass ich meine Mitbringsel und das Fleisch, das für den T-Rex und für Elias bestimmt war, unterwegs verlor.

Seit mich der Saurierzahn erwischt hatte, konnte ich im Dunkeln sehen. Fledermäuse flatterten an mir vorbei, Eulen verdrehten ihre Köpfe und dicke Nachtfalter umschwirrten mich. Eine Waldmaus trippelte mir vor die Füße, und als sie mich bemerkte, fing sie an, sich das Schnäuzchen zu putzen, statt wegzulaufen. Ich wunderte mich ein bisschen darüber. Nicht einmal eine Maus hatte Angst vor mir. Wie sollte ich erreichen, dass die Saurier mich respektierten? Aber vielleicht fürchtete sich die Maus ja auch so sehr vor mir, dass sie sich nicht traute, einfach zu türmen, sondern lieber etwas abwegig Harmloses tat, um ja nicht meinen Jagdtrieb zu wecken. Jedenfalls hoffte ich das.

Plötzlich hörte ich Äste knacken, und zwar so laut, dass ich zusammenfuhr. Sogar die Maus huschte ins Gebüsch. Es musste etwas Größeres sein, das sich hier herumtrieb. Misstrauisch lauschte ich. Mir war doch nicht etwa meine Oma gefolgt? Oder lauerte Museumsdirektor Persson mir auf? Aber dann hörte ich ein Grunzen und erkannte in einer Mulde ein Rudel Wildschweine, das im Boden des Waldes herumwühlte. Ich holte erleichtert Luft und betrachtete neugierig die Keiler mit ihren riesigen geschwungenen Hauern, die wohlgenährten Bachen und eine Schar Frischlinge.

Wildschweine gab es viele hier und sie wurden immer mehr. Manche von ihnen wanderten bis in die Stadt und warfen dort

reihenweise Mülltonnen um oder klopften an die Fenster im Erdgeschoss und erschreckten alte Leute.
Ich dachte kurz darüber nach, wie es wäre, eines der Tiere zu erlegen und es dem Tyrannosaurus mitzubringen. Sicher würde er sich über ein Wildschwein mehr freuen als über ein Steak aus dem Tiefkühlfach. Aber leider besaß ich keine Waffe.
Um die Tiere nicht auf mich aufmerksam zu machen, schlich ich auf Zehenspitzen und versuchte, nur auf Moos zu treten. Es war ein bisschen mühselig, aber es funktionierte. Die Schweine gruben, ohne aufzublicken, Wurzeln und Eicheln oder was ihnen sonst so schmeckte aus dem Boden. Ein paar Schritte von mir entfernt bemerkte ich einen Nachzügler. Er war ein Frischling und mir fiel auf, dass er humpelte. Offenbar war seine Abwesenheit von dem Rudel noch nicht bemerkt worden. Ich hockte mich hinter einen Busch und beobachtete das Tier. Es grub ebenfalls nach Fressbarem und entfernte sich hinkend noch ein Stück weiter von seiner Sippe. Auf allen vieren schlich ich mich näher an das kleine Wildschwein heran. Es sah nicht auf. Seine Schnauze steckte in der Erde und ich hörte es leise grunzen. Dann zerrte es etwas aus dem Boden und kaute. Ich dachte nicht darüber nach, was ich tat. Mein Körper spannte sich und dann schnellte ich mit einem einzigen Sprung aus der Hocke heraus und warf mich auf meine Beute. Das Tier zappelte unter mir und ich hielt ihm sofort mit aller Kraft die Schnauze zu. Im Nu rappelte ich mich auf und rannte los. Ich hörte das Grunzen und Quieken der anderen Wildschweine, nahm mir aber nicht die Zeit, mich nach ihnen umzublicken. Das Tier wehrte sich in meinen Armen, wand sich mit erstaunlicher Kraft hin und her. Sein

borstiges Fell war besudelt, mit Moder, und, wie es roch, auch mit Schlimmerem. Aber in diesem Augenblick war ich selbst ein Tier, ein größeres und stärkeres als mein Fang. *Du bist ein Raubtier, Colin,* dachte ich. Während ich wie wild davonpreschte, drückte ich dem Schwein weiter die Kiefer zusammen, damit es uns nicht verraten konnte. Der kurze Rüssel war feucht und mit schwarzer Erde beschmiert. Er fühlte sich glitschig an und es fiel mir schwer, ihn festzuhalten. Der Frischling drehte den Kopf in alle Richtungen und versuchte verzweifelt, sich zu befreien. Ich sah, dass die Nasenlöcher sich bewegten, als das Tier hektisch nach Luft rang. Es strampelte wie wild, aber ich hielt es umklammert, und schließlich wurde es ruhiger und wehrte sich nur noch ab und zu.

So rannte ich mitten in der Nacht mit einem Schwein im Arm durch den Wald, sprang über den Bach und durch dornige Büsche. Noch vor ein paar Wochen hätte ich mich für verrückt erklärt, aber jetzt kam mir meine Idee fantastisch vor: Wir würden Wildschweine züchten in der Anderswelt. Bei nächster Gelegenheit konnte ich wieder eins mitnehmen, es gab ja genug davon. Nach ein paar Monaten würden sich die Borstentiere vermehren und es wäre reichlich Nahrung für die Fleischfresser da. Sogar für den Carnotaurus, der es dann nicht mehr nötig haben würde, die Jungtiere seiner eigenen Spezies zu töten.

Ich stellte mir Elias' begeisterte Miene vor, wenn er mich mit meiner Beute erblickte. Ich malte mir sogar schon aus, wie wir gemeinsam auf die Jagd gingen.

Vor dem Eingang zur Anderswelt wusste ich einen Moment nicht weiter. Das Tier versuchte wieder, sich aus meiner Um-

klammerung zu befreien. Ich konnte unmöglich mit einem sich windenden Wildschwein im Arm hinabklettern.
Ratlos hielt ich es fest und streichelte eine Weile über die hellen Streifen des Frischlings. »Ist ja gut, ist ja gut«, murmelte ich, obwohl aus Sicht meines Gefangenen sicher gar nichts gut war. Aber zum Glück schien das Schwein sich zu beruhigen und schließlich schob ich es in den Rucksack. Sein Kopf schaute oben heraus und ich zog die Reißverschlüsse zu, so dass das Tier nicht entwischen konnte.
Einen Moment zögerte ich und starrte in die Tiefe des Schachts. War es wirklich klug, mit einem lebenden Bündel hinabzusteigen? Ich zuckte mit den Achseln. Eigentlich schien es mir, dass ich alles im Griff hatte. Ich war nicht mehr der unsichere Junge, der sich das erste Mal etwas traute. Ich war der Enkel meines Großvaters: Das Blut eines Entdeckers floss durch meine Adern und ich fühlte keine Angst. Der Abstieg gestaltete sich dennoch schwierig. Das Schwein auf meinem Rücken strampelte und quiekte erbärmlich.
»Wenn du nicht damit aufhörst, stürzen wir beide ab«, sagte ich zu ihm. Aber es quiekte nur noch lauter.
Ich versuchte, die Nerven zu behalten, und kam mir vor wie beim Mikado-Spiel. Eine falsche Bewegung und du verlierst. Aber ich verlor nicht. Meter um Meter tauchten wir weiter in die Erde hinein.
Unten angekommen, wischte ich mir den Schweiß von der Stirn, obwohl es hier recht kühl war. Dann wurde mir bewusst, dass ich mit dem lautstarken Frischling versuchen musste, an einem wahrscheinlich sehr hungrigen Tyrannosaurus Rex vorbeizukom-

men. Warum dachte ich erst jetzt daran? Ich nahm den Rucksack ab und fischte an den strampelnden Beinen vorbei nach dem Steak. »Sei still, wenn dir dein Leben lieb ist«, zischte ich. Zu meiner Überraschung verstummte das Wildschwein tatsächlich. Entweder hatte ich dieses Tier bisher unterschätzt und es verstand die menschliche Sprache oder es reagierte auf mein merkwürdiges Zischen mit einer Art Schock. Jedenfalls schien der Frischling zu erstarren. Er gab keinen Ton mehr von sich und rührte sich nicht. Vielleicht hatte aber auch das Knurren des Tyrannosaurus seinen Instinkt geweckt, den Instinkt, der nötig war, um zu überleben.

Ich krabbelte durch den Spalt in der Felswand, dem bedrohlichen Grollen entgegen, und zerrte den Rucksack hinter mir her. Irgendwie erschien mir mein Fang inzwischen recht mickrig und in Gedanken nannte ich ihn schon Schweinchen Dünn. Vielleicht war der Frischling ja durch sein Handicap nicht so richtig zum Fressen gekommen oder die anderen, die großen fetten Verwandten, hatten ihn immer beiseitegeschubst und ihm nichts übrig gelassen.

Für den T-Rex war Schweinchen Dünn nichts anderes als ein saftiger Happen mit Borsten. Deshalb warf ich dem blinden Albino sofort das Steak an den Kopf, als ich ihn an seinem Felsblock liegen sah.

Wahrscheinlich hatte ich gehofft, dass er rechtzeitig den Rachen aufreißen würde. Aber der weiße Saurier schüttelte nur verwundert den Schädel. Das Knurren wurde lauter und ungnädiger.

»Sorry«, murmelte ich. »Warum lässt du dir das Fleisch nicht schmecken? Keine Sorge, diesmal ist es aufgetaut.« Immer noch

schlug die Panik hohe Wellen in mir, wenn ich den Tyrannosaurier erblickte.
Bei ihm schien meine Stimme jedoch eher den Fressreflex auszulösen. Er schnappte sich das Steak mit einem Bissen. Das war meine Chance, Schweinchen Dünn an ihm vorbeizuschmuggeln.
Ich starrte auf die Stelle der Höhle, hinter der der Dschungel begann, und als könnte mein Blick Felsen öffnen, begann sich der Riss in der Mauer zu vergrößern. Die Wände schoben sich Stück für Stück auseinander und gaben den Blick auf fleischige Gewächse, ein Gewirr von Ranken und riesige Farnbüschel frei. Ein süßer schwerer Blütenduft stieg mir in die Nase. Ich freute mich darauf, Elias wiederzusehen. Sicher hatte er schon auf mich gewartet und tauchte gleich hinter dem Lianenvorhang auf. Wer sonst sollte mir hier entgegenkommen?

32

Aber manchmal gehen die Dinge alle gleichzeitig schief und es passiert so schnell, dass man kaum zum Luftholen kommt.
Zuerst entwischte mir der Frischling. Vielleicht hatte ihn der Stress noch dünner gemacht; jedenfalls schlüpfte er plötzlich aus seinem Rucksack-Gefängnis. Ich starrte die sich öffnende Fels-

wand an, da hörte ich ein Quieken und gleichzeitig ein Brüllen. Der Frischling huschte schrill quietschend zwischen meinen Beinen hindurch und im nächsten Moment sah ich *ihn*. Sein Brüllen war so laut, dass ich rückwärts taumelte, bis ich nur noch Fels hinter mir spürte.
Als hätte er nur auf diesen Augenblick gewartet, sprang der Carnotaurus mit einem schwungvollen Satz aus dem Dickicht in die Höhle. Brüllend streckte er seinen Hals vor und sein Schädel schwankte langsam hin und her.
Mein Herz setzte einen Moment aus. Dann schlug es in einem rasenden Tempo weiter.
Der Frischling trippelte verwirrt im Zickzack herum und gab schrecklich verzweifelte Töne von sich. Der weiße Tyrannosaurier erhob sich auf seine wuchtigen Hinterbeine und fletschte die Zähne.
Ich dachte das Wort *Super-GAU*, ohne genau zu wissen, was es bedeutete. Mein Vater benutzt es manchmal, wenn etwas sehr, sehr schiefgeht.
Von dem T-Rex schien jede Müdigkeit abzufallen. Sein ohrenbetäubendes Gebrüll übertönte sogar die schrecklichen Laute, die der Carnotaurus ausstieß. Sein größter Feind drang in sein Revier ein!
Ich stand an die Wand gequetscht, mein Herz pochte wie verrückt und ich rührte mich nicht. Das Wildschwein sprang humpelnd und schreiend hin und her. Der Carnotaurus verfolgte das fremde Tier mit seinen Blicken. Mir wurde schlagartig klar, dass es meine Schuld war, dass der hungrige Saurier-Teufel hier auftauchte. Der Lärm, den der Frischling veranstaltete, war wie eine

einzige Einladung. *Hier bin ich! Fang mich doch! Friss mich doch!*

Meine Knie begannen zu zittern. Ich hatte die Intelligenz des Frischlings überschätzt. Und wie es aussah, auch meine eigene. Mein ganzer Plan kam mir nun idiotisch vor: eine Wildschweinzucht für fleischfressende Saurier. Wie sollte das funktionieren?

Aber wie es schien, brauchte ich mir darüber keine Gedanken mehr zu machen. Der Carnotaurus würde sich das Wildschwein schnappen und höchstwahrscheinlich würde er sich nicht mit dem kleinen mageren Borstentier begnügen.

Sehnsüchtig schielte ich zu dem Spalt im Felsen, der zurück zum Schacht führte. Ich wollte nichts wie weg von hier! Aber wenn ich mich bewegte, lenkte ich die Aufmerksamkeit des Carnotaurus auf mich. Also blieb ich wie angewurzelt stehen. In meinem Schädel pochte es und mein Herz raste. Ich wusste, dass ich nur eine Chance hatte, dass es nur einen gab, der mich retten konnte: der Tyrannosaurus Rex.

Der T-Rex war größer als sein Gegner, sein Schädel mächtiger, die Kiefer waren gewaltiger und seine Zähne länger. Aber der Carnotaurus erschien mir wendiger, schneller in der Bewegung; mit einem einzigen Satz war er in die Höhle gesprungen. Und vor allem konnte er sehen! Seine kleinen bösartig blickenden Augen saßen direkt unter den beiden kräftigen Hörnern. Anscheinend hatte er mich bisher noch nicht erspäht. Er blickte von dem Wildschwein zu dem blinden Albino-Saurier und wieder zu dem humpelnden Frischling – als könnte er sich nicht entscheiden, wen er zuerst angreifen sollte.

Der Tyrannosaurus senkte den Kopf, seine Nüstern bewegten

sich. Offenbar nahm er Witterung auf. Dann ging er einen Schritt auf seinen Feind zu.
Der Carnotaurus schnaubte verächtlich und riss mit seinen Krallen Steine aus dem Höhlenboden.
Die beiden Kontrahenten standen sich jetzt gegenüber wie zwei Boxer im Ring. Der Frischling versuchte an ihnen vorbeizukommen, da schnappte der Carnotaurus ohne Vorwarnung zu. Das Schwein quiekte – und entkam. Es rannte, das vierte Bein hinter sich herziehend, ins Dickicht des Dschungels. Die Flucht der Beute schien den Carnotaurus nur noch wütender zu machen. Mit einer blitzschnellen Bewegung stieß er seinen Schädel vor und biss den Tyrannosaurier in den Hals.
Der T-Rex brüllte und schlug mit den Klauen um sich. Doch sein Gegner ließ nicht los. Da drängte der Tyrannosaurier seinen massigen Leib gegen den Angreifer. Mit aller Kraft drückte er ihn an die scharfe Kante eines Felsens. Blut sickerte über das Gestein und einen Moment rührte sich keines der beiden Tiere.
Zitternd schob ich mich an der Höhlenwand entlang.
Der Durchschlupf zum Schacht war nur ein paar Schritte entfernt, aber mir kam der Fluchtweg endlos vor.
Plötzlich gab der Carnotaurus sein Opfer frei, doch nur, um zu einer neuen Attacke auszuholen und seinen hornbesetzten Schädel mit voller Wucht gegen die Brust des T-Rex zu rammen. Das Tier stolperte rückwärts und fiel dumpf gegen die Felswand. Aus seiner Wunde strömte Blut und sickerte seinen Hals hinunter.
Ich suchte mit den Augen nach meinem Schlupfloch, doch es war verschwunden. In meiner Angst konnte ich einen Moment nicht klar denken. Wo befand sich der Ausstieg? Erst allmählich däm-

merte mir, dass der verletzte T-Rex den Ausgang versperrte. Er sackte immer mehr in sich zusammen, rappelte sich brüllend auf und fiel wieder hin. Was nun? Was sollte ich tun?
Ich starrte in das Grün des Dschungels auf der anderen Seite. Es musste mir gelingen, *dahin* zu kommen. Sogar der kleine dumme Frischling hatte es schließlich geschafft, zu entwischen.
Ich sah, dass auch der Carnotaurus verwundet war. Der Felszacken, auf den er gestoßen worden war, hatte ihn am Hinterkopf erwischt.
Vielleicht würde er mich nicht bemerken, wenn ich in Zeitlupe an ihm vorbeischlich?
Ich musste es versuchen.
Ich musste *dahin*. Auf die andere Seite.
Der T-Rex röchelte und kämpfte darum, wieder auf die Beine zu kommen.
Ich schob meinen Fuß ein Stück nach vorn; es fühlte sich an, als wäre er aus Blei. Wenn ich so weitermachte, würde mein Weg hinüber Jahre dauern.
Den zweiten Fuß zog ich etwas schneller nach. Ein Steinchen im Geröll bewegte sich dabei. Ein einziges Steinchen genügte.
Mit einem Ruck drehte der Carnotaurus den Kopf in meine Richtung.
Und starrte mich an.

33

Ich rannte los, ohne mich umzusehen. Aber ich hörte ihn. Hörte sein Schnauben. Er kam näher. Immer näher. Sein Atem roch nach Fisch. Ich stoppte, drehte mich um und hielt meinen Rucksack wie einen Schild in die Höhe. Der Carnotaurus brüllte und schnappte sich den Rucksack, riss ihn mir aus der Hand. Ich verlor das Gleichgewicht und fiel. Noch im Fallen hielt ich dem Biest den Geologenhammer entgegen, mit der scharfen blinkenden Spitze voran. Der Saurier schüttelte den Rucksack wie ein Beutetier, dem er das Genick brechen wollte. Es regnete Kienäpfel und Tannenzapfen. Im Krebsgang versuchte ich dem Saurier zu entkommen. Das Werkzeug hin- und herschwingend kroch ich rückwärts, ohne das Tier aus den Augen zu lassen. Ich hörte etwas klappern und brauchte einen Moment, um zu begreifen, dass das meine Zähne waren, die aufeinanderschlugen. Der Carnotaurus ließ den Rucksack fallen und stierte neugierig auf mich hinab. Als er sich zu mir beugte, schwang ich den Hammer wie ein Beil. Meine Waffe schien er kaum zu beachten, aber wenigstens kam er nicht noch dichter an mich heran. Nach Fisch stinkender Saurierspeichel tropfte mir ins Gesicht. Eine Welle der Übelkeit stieg in mir auf, aber ich kämpfte gegen sie an. Wie weit war es noch bis zum Durchgang, der in den Dschungel führte? Ich wagte nicht, mich umzusehen. Doch ich hörte schon das Rauschen der Blätter, roch den Duft der Blüten. *Dahin, dahin,* dachte ich.

Der Carnotaurus richtete sich auf. Ich drehte den Kopf ganz leicht, spähte aus den Augenwinkeln ins Grün hinüber. Aber darauf schien das Biest nur gewartet zu haben. Ich roch wieder seinen Atem und dann zog er mir das Werkzeug mit einem Ruck aus den Händen. Mit seinem Maul schleuderte er es quer durch die Höhle. Klirrend krachte der Hammer gegen Fels. Meine Hände suchten im Geröll auf dem Boden nach einem scharfen Stein. Nach irgendetwas, das ich zu meiner Verteidigung nutzen konnte. Es kam mir aussichtslos vor, aber ich wollte nicht aufgeben. Wer aufgibt, hat verloren.
Ich fand etwas Spitzes und umklammerte es. Der Carnotaurus beugte sich jetzt so tief über mich, dass ich deutlich das Muster auf seinen beulenförmigen Schuppen erkannte. Eine Reihe roter Sprenkel lief um seine Schnauze herum. Nein, das war kein Muster, das war Blut! Das Blut des Tyrannosaurus! Panik stieg in mir auf, siedend heiß, wie Wasser, das gleich überkocht, und wieder hatte ich das Gefühl, ich müsste mich übergeben. Hilflos hielt ich ihm das spitze Ding entgegen. Da erst bemerkte ich, was ich in der Hand hielt. Es war der Zahn! Der Wandernde Zahn!
»Er hat dich gefunden«, hörte ich Elias' Stimme in meinem Kopf.
Und dann passierte etwas Merkwürdiges. Der Carnotaurus wich vor dem Wandernden Zahn zurück. Er blinzelte, als würde ein Lichtstrahl ihn blenden. Er brüllte auf, aber diesmal klang es schmerzerfüllt.
Plötzlich nahm ich eine Bewegung auf der dunkleren Seite der Höhle wahr. Der Tyrannosaurus Rex richtete sich zu seiner vollen Größe auf und stieß ein drohendes Knurren aus.

Der Carnotaurus wandte sich von mir ab. Ich nutzte meine Chance. Mit einem Hechtsprung flog ich in den nächstgelegenen Busch. Winzige Dornen bohrten sich in meine Haut. Aber der kratzige Strauch kam mir vor wie ein wunderbar weiches Himmelbett. Ich schloss die Augen und blieb liegen – bis mein Herz ruhiger schlug, mein Atem regelmäßiger wurde. Wie aus weiter Ferne hörte ich das Gebrüll der beiden Saurier. Ich wusste, dass es ein Kampf um Leben und Tod war, aber ich lag einfach nur da.

»Mein Gott, Junge!«, flüsterte eine Stimme. »Bist du verletzt?«

Mein Großvater war kreideweiß. Seine Hand, mit der er mir das Haar aus der Stirn strich, zitterte.

Ich schüttelte den Kopf. Ich wollte etwas sagen, aber meine Zunge fühlte sich pelzig an. Stattdessen zeigte ich ihm den Wandernden Zahn. Er schimmerte auf meinem Handteller, wie eine Muschel vom Meeresgrund.

Elias seufzte erleichtert. »Er hat dich beschützt.«

Ich rappelte mich auf und spähte hinüber zu den kämpfenden Sauriern. Beide bluteten, beide schienen am Ende ihrer Kräfte. Aber keiner von ihnen wollte aufgeben. Der T-Rex taumelte. Es sah aus, als würde er jeden Moment zusammenbrechen.

»Können wir ihm nicht helfen?«, flüsterte ich.

Elias presste die Lippen zusammen. Langsam schüttelte er den Kopf, als wäre er zu keinem weiteren Wort fähig.

Der Albino wankte schwerfällig wie ein altersschwacher Eisbär umher, schlug mit seinem gewaltigen Schwanz um sich und versuchte seinen Gegner zu beißen, sobald sich eine Gelegenheit bot. Der Carnotaurus umkreiste seinen Feind wie eine Raubkatze. Der Schwanz des T-Rex traf ihn und wuchtete ihn mit

einem mächtigen Hieb zur Seite. Aus der Felswand brach Geröll und rieselte über den Carnotaurus wie steinerner Regen. Doch der kam gleich wieder hoch. Er warf den Kopf zurück und einen Moment war es still, als würde ihm die fischige Spucke wegbleiben. Doch dann brüllte er. Und *brüllte*. Lauter als je zuvor. Seine zahlreichen Wunden schienen ihn nur noch aggressiver zu machen. Wie wild raste er um den Tyrannosaurus herum. Plötzlich hielt er inne und beobachtete seinen Gegner stumm. Verwirrt drehte sich der blinde Saurier um sich selbst. Solange sich sein Feind geräuschvoll verhielt, war es offenbar für den T-Rex kein Problem, ihn ausfindig zu machen. Doch jetzt konnte der Tyrannosaurus nur am Geruch erahnen, wo sein Kontrahent steckte. Allerdings roch es indessen in der ganzen Höhle nach Fisch. Der Carnotaurus bewegte sich nicht. Er ließ den weißen Saurier nicht aus den Augen. Er schien auf irgendetwas zu warten.
Wie es aussah, wollte er sich von hinten an ihn heranpirschen, und lauerte nur auf einen günstigen Moment, um seinen Widersacher anzufallen.
Mir kam eine Idee. Ich wusste nicht, ob es eine gute oder eine dumme Idee war. Aber der Gedanke schien mir zu leuchten in all dem Dunkel, das uns umgab; er schien zu leuchten wie der Saurierzahn in meiner Hand.
Ich richtete mich auf.
Mein Großvater griff nach mir, aber ich entwand mich ihm und sprang ein Stück vor. »He!«, schrie ich. »He, du!« Meine Worte hallten zwischen den Felswänden. Ich schwenkte den Zahn über meinem Kopf wie einen Speer. »Komm her und kämpfe mit mir!«, hörte ich mich rufen.

Der Carnotaurus wandte sich um.
Natürlich wollte ich keineswegs mit diesem Monster kämpfen. Ich verstand selbst nicht, was ich hier tat. Ich wusste nur, dass ich nicht anders konnte.
In den teuflischen Augen blitzte etwas auf. Grimmige Freude über mein komisches Verhalten? Triefender Spott? Der Carnotaurus tappte langsam auf mich zu. Er brüllte nicht. Er knurrte nicht einmal. Er senkte nur sein Haupt und ich sah zwei Hörner, die auf mich zielten.

34

Ich dachte daran, davonzulaufen. Aber irgendetwas hielt mich fest. Der Zahn? Zwang mich seine Macht, hier zu stehen? Ich konnte ihn nicht fallen lassen. Ich konnte mich nicht rühren. Ich stand stocksteif da, wie eine Puppe in einem Wachsfigurenkabinett.
Der Carnotaurus brüllte nicht mehr. Er war still und hielt den Kopf wie ein Stier, der den Torero auf die Hörner nehmen will. Nur gab es hier keinen Torero. Es gab nur mich. Und ... Wie im Traum nahm ich einen Menschen neben mir wahr: meinen Großvater.
Langsam, wie in Zeitlupe, streckte ich die Hand nach ihm aus und Elias ergriff sie und hielt mich fest.

Der Carnotaurus knurrte leise. Er duckte sich und ich wusste, dass er zum Sprung ansetzte. War dieser Anblick das Letzte, was ich in meinem Leben sehen würde?
Die starren Augen ... die langen Zähne ... das blutige Sprenkelmuster ...?
Da spürte ich einen Luftzug und plötzlich sauste ein Pfeil durch die Luft. Nein, kein Pfeil. Es war Piet! Todesmutig hielt der kleine Pteranodon auf den Carnotaurus zu.
Der Saurier schnappte nach ihm. Doch im nächsten Moment änderte der Flugkünstler die Richtung und schoss knapp an den rasiermesserscharfen Zähnen vorbei.
Mit wütendem Gebrüll setzte der Carnotaurus ihm nach. In der Enge der Höhle blieb Piet kaum Platz zu fliehen. Er tauchte tiefer, um zu entwischen, und ein Flügel stieß gegen Felsgestein. Der Pteranodon geriet ins Trudeln. Der Carnotaurus riss den Rachen weit auf. Doch da trat der Tyrannosaurier ihm in den Weg. Mir wurde plötzlich klar, dass auch er gewartet hatte: auf einen Augenblick wie diesen.
Der T-Rex packte seinen abgelenkten Gegner bei der Kehle. Ich hörte das Geräusch der zubeißenden Zähne. Ein Knacken. Und dann ein Gurgeln ...
Ich wandte mich ab.

Mit Beinen wie aus Gummi taumelte ich durch den Busch. Nach einer Weile – ich wusste nicht, wie viel Zeit vergangen war – spürte ich eine Berührung und hörte die Stimme meines Großvaters. Erst als seine Arme sich um mich legten, merkte ich, dass mein Gesicht nass war. Die Tränen liefen mir nur so die Wangen

hinunter. Ich wusste nicht, warum ich weinte. Ob ich froh war und erleichtert oder traurig und geschockt. Ich heulte einfach vor mich hin und mein Großvater hielt mich fest und redete beruhigend auf mich ein.
»Ist er …?«, fragte ich schluchzend. »Ist er …?«
Mein Großvater nickte. »Er ist tot.« Seine Stimme klang tief und erschöpft. »Der Carnotaurus ist tot. Es ist vorbei. Du brauchst keine Angst mehr zu haben. Er kann dir nichts mehr tun, Junge. Alles in Ordnung. Hörst du? Es ist alles in Ordnung.«
»Und wie geht es …?« Wieder schüttelte mich ein Weinkrampf. Mir fiel ein, dass ich zuletzt so geheult hatte, als die Feuersalamander spurlos verschwunden waren. Der Wald kam mir so leer vor ohne sie. Damals fühlte ich mich betrogen und im Stich gelassen.
»Der T-Rex ist verletzt, schwer verletzt.« Mein Großvater seufzte tief. »Aber ich hoffe, er wird durchkommen.«
»Das wird er«, sagte ich mit gepresster Stimme. Meine Finger umklammerten den Saurierzahn. »Er ist stark.« Aus meinen Augen quollen Tränen, als hätte jemand einen Hahn in meinem Kopf aufgedreht. Aber hier, im Bauch der Erde, brauchte ich mich nicht zu schämen. Hier lachte niemand über mich oder beleidigte mich mit Ausdrücken oder blickte mich auch nur verächtlich an, weil ich heulte. Hier, in der Anderswelt, konnte ich sein, wie ich nun mal war.
»Lass es fließen, mein Junge«, sagte mein Großvater nur. »Lass die Angst aus dir heraus.«
Ich wusste nicht genau, was er damit meinte. Doch nach der letzten Träne fühlte ich mich besser.

Der Tyrannosaurus lag neben seinem Felsblock und atmete schwer. Aus seinen zahlreichen Wunden sickerte Blut. Seine Schuppen färbten sich rot. Es schnürte mir die Kehle zu, ihn so zu sehen. Würde er wirklich überleben? Vielleicht starb er jetzt gerade und wir merkten es nicht? Doch als Elias mit ihm sprach, schnaubte er leise. Mein Großvater bedeckte die Verletzungen mit blutstillenden Blättern, die er aus dem Urwald geholt hatte, verband ihn mit Lianen und träufelte ihm einen Pflanzensaft in den Rachen, der gegen die Schmerzen helfen sollte.

Ich kniete mich zu dem Saurier und streichelte seinen Hals. Ab und zu fuhr ein Zittern durch seinen Leib, als erinnerte sich sein Körper an den gerade überstandenen Kampf. Piet spazierte auf dem Schädel des T-Rex umher, doch als der Saurier kurz den Kopf schüttelte, flog der kleine Pteranodon erschrocken auf.

Eine Horde vogelfüßiger Höhlensaurier kümmerte sich um den toten Carnotaurus. Elias erklärte mir, dass es eine Grotte gebe, in der es eiskalt war; dorthin werde das tote Tier gebracht.

»Also doch wieder Tiefkühlkost«, murmelte ich dem T-Rex zu. Eigentlich war mir nicht nach Witzen zumute. Selbst leblos sah der Carnotaurus noch gefährlich aus. Und beinahe rechnete ich damit, dass er aufspringen und auf uns zustürzen würde. Doch er rührte sich nicht mehr.

Emsig wie eine Armee von Ameisen scharten sich die stämmigen Höhlengräber um ihn. Sie verständigten sich mit knappen vogelähnlichen Lauten und schließlich luden sie den toten Saurier auf ihre Schultern und schleppten ihn mit vereinten Kräften davon. Verwundert blickte ich ihnen nach. Wie es schien, waren sie organisiert, und sie wussten, was sie taten – beinahe so, als verfolg-

ten sie einen Plan. Vielleicht waren sie ja nicht das erste Mal mit einer solchen Arbeit beschäftigt.
Der schwer verletzte Albino schien bald darauf erschöpft einzuschlafen und auch ich fühlte das erste Mal seit dem Stich des Saurierzahns eine bleierne Müdigkeit. Ich zog meinen Rucksack heran, den der Carnotaurus mir mit seinem Maul aus der Hand geschnappt und dann wieder ausgespuckt hatte. Vielleicht konnte ich ihn als Kissen benutzen. Seine Nähte waren zum Teil aufgerissen und außerdem klebte er und stank nach dem Speichel des Carnotaurus. Aber das war mir egal. Ich lehnte mich gegen einen Felsen und schob mir den Rucksack unter den Kopf. Mir fielen die Augen zu und ich döste eine Weile vor mich hin, vielleicht schlief ich sogar ein paar Minuten, als ich plötzlich ein Klingeln hörte. Es klingelte direkt in mein Ohr hinein. Mit einem Ruck setzte ich mich auf. Das Handy! Das alte Handy meines Vaters. Ich hatte es ganz vergessen. Ich angelte nach dem Gerät. »Ja?«, fragte ich erstaunt.
»Colin?«, fragte meine Mutter. »Geht es dir gut? Wir versuchen schon die ganze Zeit, Oma zu erreichen. Weißt du, wo sie ist?«
Ich blickte mich um, als könnte sie tatsächlich hier irgendwo sein. Aber es war kein Mensch da. Auch Elias konnte ich nirgendwo entdecken. »Zurzeit ... sehe ich sie gerade nicht«, stammelte ich. Der T-Rex schnarchte und stöhnte abwechselnd und ich hoffte, dass meine Mutter ihn nicht hören konnte. »Wie läuft es so auf Mallorca?«
»Bestens. Die Sonne scheint ... das Meer ... wunderbar ... aber ...« Es rauschte in der Leitung. Ich verstand das Wort »Oma« und das Wort »kümmern«.

»Ja, gut, macht euch keine Sorgen«, redete ich in das Rauschen hinein. Dann rief ich noch »Tschüsschen!« in das Telefon, eine Mischung aus »Tschüs!« und »Küsschen!«, und hoffte, meine Mutter damit zu beruhigen. Ich drückte den Knopf und das Gerät war still. Ich atmete auf.

Einen Moment starrte ich das Handy an, als würde meine Mutter darin wohnen. Was würde sie tun, wenn sie wüsste, dass ich in einer Höhle unter der Erde neben einem verletzten Dinosaurier hockte? Vermutlich würde sie die Feuerwehr anrufen, um mich hier so schnell wie möglich rauszuholen, und sich dann mit meinem Vater in den nächsten Flieger setzen. Ich stopfte das Handy zurück in den Rucksack. Zum Glück konnte meine Mutter mich nicht sehen, und zum Glück machte sie sich gar keine Sorgen um *mich*. Sie machte sich Sorgen um …

Gerade als ich an Oma dachte, hörte ich eine menschliche Stimme. Ich sprang auf und lauschte.

Aber ich vernahm keinen weiteren Laut, nur die Blätter raschelten, und dann sah ich Elias aus dem Dickicht zurückkommen. Piet saß auf seiner Schulter und mein Großvater trug frische Pflanzen unter dem Arm. Er hob die Hand und winkte mir zu. Ich winkte zurück.

Aber es war gar nicht mein Opa, den ich sprechen gehört hatte …

Jetzt hörte ich die Stimme wieder.

»Fränzchen?«, rief sie ängstlich.

35

Meine Großmutter musste den Einstieg in die Anderswelt gefunden haben! Vielleicht hatte ich die Öffnung neben dem Saurierfelsen nicht gut genug abgedeckt?
»Fränzchen?«, erklang es noch einmal. Der Ruf kam schwach, aber mit einem Hall zu uns.
Ich wechselte einen Blick mit Elias. Mein Großvater warf die Pflanzen neben dem verwundeten Saurier ab und hob ratlos sie Hände. Der T-Rex erwachte und schnaufte vor Schmerz.
»Ich klettre nach oben und sehe nach ihr«, sagte ich, so munter ich konnte.
Elias nickte mir zu. »Bring sie nach Hause, Junge. Und dann ruhst du dich erst mal gründlich aus.« Er lächelte und ich merkte, dass auch er sich Mühe gab, fröhlich und unbesorgt zu erscheinen.
Hastig räumte ich Geröll beiseite, das den Durchschlupf zum Schacht versperrte. Der Kampf der Saurier hatte seine Spuren hinterlassen. Überall lagen von der Höhlenwand abgebrochene Brocken herum. Die wenigen Farne und Moose waren zertrampelt. Der Schaft des Geologenhammers war in der Mitte zerbrochen. Ich nahm das Teil mit dem Metallkopf an mich und arbeitete mich in fieberhafter Eile durch die Steinlawine, die vor dem Höhlenausgang lag.
Die Stimme meiner Großmutter erklang wieder. Ich hielt inne, um sie besser zu verstehen.

»Wo seid ihr?«, rief sie. »Wo seid ihr bloß?«
»Bleib, wo du bist, Oma!«, brüllte ich, so laut ich konnte. »Ich komme zu dir!«
In Gedanken sah ich sie vor mir, wie sie verwirrt in den Schacht hinabspähte, wie sie sich immer tiefer beugte ... Wenn sie nun den Halt verlor?
Ungeduldig quetschte ich mich durch den Felsspalt. »Ich komme!«, schrie ich. »Bin gleich da!«
»Sag ihr, ich werde sie bald holen!«, rief Elias mir noch nach. Oder hatte ich mich verhört?
Im Schacht angelangt, richtete ich mich auf und blickte nach oben. Weit über mir sah ich einen hellen Fleck, in dem ein kleinerer dunkler Fleck zu erkennen war.
»Ich bin gleich bei dir!«, rief ich und stieß mich vom Boden ab. Ich griff nach einer Sprosse und zog mich, mit den Füßen Halt suchend, daran hoch. Inzwischen kannte ich den Schacht genau. Ich wusste, welche Stufe fehlte, welche locker oder brüchig war und welche glatt. Langsam wurde der Kreis über mir heller und größer. Ich kletterte, so schnell ich konnte. Immer wieder starrte ich hinauf, bis ich schließlich den Himmel erkannte und vor einer Wolke das runzlige Gesicht meiner Großmutter.
Ich rief ihr noch einmal zu, dass ich gleich bei ihr sein würde, und stieg die letzten Meter hoch. Meine Oma hielt mir zittrig ihre Hand entgegen. »Lass mal, ich schaff das schon«, sagte ich und schob mich aus der Öffnung hinaus.
Die plötzliche Helligkeit, die mich empfing, schmerzte in den Augen und ich kniff die Lider zusammen. »Oma, was machst du hier?«, fragte ich, obwohl ich es wusste. Schließlich hatte sie

Elias' ewig unbenutzten Teller gegen die Wand geschmissen. Sie war hier, weil sie hier sein wollte.
Louise ignorierte meine Frage, vielleicht weil sie sich an den Grund ihrer Anwesenheit im Augenblick nicht so genau erinnerte.
Als ich mich an das Tageslicht gewöhnt hatte, musterte ich sie besorgt und bemerkte, dass sie statt richtiger Schuhe wieder nur ihre plüschigen rosa Hausschuhe trug. Wenigstens hatte sie ihren Mantel an, allerdings schaute darunter ihr geblümtes Nachthemd hervor.
Meine Oma starrte noch immer in das Loch hinab, als erwartete sie, dass auch Elias auftauchen würde. »Das ist aber eine tiefe Grube, was?«, murmelte sie. Schließlich wandte sie sich zu mir um. »Fränzchen, du solltest dich waschen«, stellte sie fest.
Ich nickte lächelnd. »Dann gehen wir jetzt mal am besten nach Hause.«
»Du bist außerordentlich schmutzig und du riechst ... merkwürdig.«
»Ich weiß. Deshalb sollten wir jetzt ...«
»Du bist schmutziger als der Herr Schornsteinfeger da drüben«, unterbrach sie mich. Sie streckte den Finger aus und zeigte in die Richtung, die hinter dem Felsen mit der Saurierfährte lag.
Ich stutzte. Dann kam mir in den Sinn, wen sie meinte. Wie ein Salamander kroch ich auf den Felsen zu und zog mich blitzschnell an dem Gestein hoch. Der Busch neben dem Brocken gab mir Deckung.
Persson! Der Museumsdirektor stand etwa hundert Meter von mir entfernt auf der anderen Seite des Baches, an den mit Gras

bewachsenen Hügeln des Steinbruchs. Er redete mit Männern, die wie Bauarbeiter gekleidet waren. Sie hatten Kisten und Werkzeug dabei. Was sollte das bedeuten? Mein Herz schlug schneller. Persson durfte auf keinen Fall den Einstieg in die Anderswelt entdecken!

Libellen surrten auf mich zu wie kleine Hubschrauber und ich zog den Kopf ein. »Oma, wissen die Männer dahinten, dass du hier bist?«

Louise schüttelte den Kopf. »Bin doch nicht blöd«, sagte sie und tippte sich an die Stirn. Ein listiges Lächeln huschte über ihr Gesicht und sie blinzelte mir zu. »Ich war vor ihnen da«, erklärte sie stolz, als hätte sie ein Wettrennen gewonnen.

»Sie dürfen nicht merken, dass wir hier sind«, sagte ich nervös. Hektisch sammelte ich Zweige und Laub zusammen und deckte die Öffnung des Schachts damit ab. »Was haben die bloß vor?«, murmelte ich, mehr zu mir selbst als zu meiner Großmutter.

»Vorsicht! Sprengarbeiten! Unbefugten ist das Betreten des Steinbruchs verboten!«, antwortete sie.

»Du meinst …« Mir blieb die Spucke weg vor Schreck.

Meine Großmutter nickte. »Der Schornsteinfeger sucht seinen Schornsteinfegerschatz«, sagte sie langsam.

Mein Blick flirrte im Zickzack umher wie eine Libelle und blieb an den Warnschildern hängen. Sie standen schief und rostig im Erdboden. Ich fühlte einen dicken Kloß im Hals, als hätte ich plötzlich eine Mandelentzündung bekommen. »Das darf nicht … Das darf nicht wahr sein«, presste ich hervor. »Die wollen doch nicht …« Ich kletterte noch einmal auf den Felsblock und spähte zu den Männern hinüber.

Was sollte ich bloß tun?
Ich musste herausfinden, was sie planten.
Plötzlich drehte Persson sich um und starrte in meine Richtung. Sofort zog ich den Kopf ein. Hatte er mich etwa gesehen? Mit klopfendem Herzen und angehaltenem Atem presste ich mich an den Felsen.
Einen Augenblick lang war es still.
»He!«, hörte ich dann aber seine Stimme. »He, Bürschchen! Komm raus da! Was willst du hier?«
Verdammt! Ich musste zu ihm gehen, bevor er herkam. Bevor er womöglich die Saurierspur und den Schacht entdeckte.
»Oma, bleib schön hier sitzen«, sagte ich zu Louise. »Ich rede nur kurz mit ... dem Herrn Schornsteinfeger. Ich komme gleich wieder. Alles paletti?«
Meine Oma nickte und zeigte mir ihren Daumen.
Ich sprang auf und wollte gerade losrennen, als mir noch etwas einfiel. »Hier. Kannst du das für mich aufbewahren? Keine Angst, er beißt nicht.« Das hoffte ich jedenfalls.
Meine Großmutter hielt den Saurierzahn in beiden Händen und lächelte auf ihn hinab.

36

»Na sieh mal einer an!«, rief der Professor, als wäre er außerordentlich erfreut, mich zu sehen. »Wen haben wir denn da? Den Enkel des alten Elias Wörner persönlich!« Er breitete die Arme aus, als wollte er mich umschlingen oder einfangen. Die Ärmel seines schwarzen Mantels flatterten im Wind. Mit dem ledernen Cowboyhut, der wie Lakritze glänzte, und seiner Sonnenbrille sah er aus wie ein Mafiaboss.

Ich blieb ein paar Meter von ihm entfernt stehen. Vorsichtshalber sah ich mich nach einer Fluchtmöglichkeit um. Ich könnte über den Bach springen und in den Wald rennen, wenn es nötig werden sollte.

Die anderen Männer, die auf hockergroßen Felsbrocken saßen und frühstückten, zeigten sich weniger fröhlich. Sie betrachteten mich wie ein Ungeziefer, das ihnen übers Käsebrötchen krabbelte.

»Ach herrje! Wie siehst du denn aus?« Herr Persson musterte mich von oben bis unten. »Hast du ein Schlammbad genommen?«

Wollte er sich über mich lustig machen? Oder erwartete er wirklich eine Antwort?

»Na, wie auch immer. Vielleicht kannst du uns ja helfen und uns ein paar Tipps geben, die unsere Arbeit erleichtern?«

»Kommt drauf an«, wich ich aus. »Kommt drauf an, was Sie meinen.«

Das Grinsen des Direktors zog sich in die Breite, als hätte ich einen Witz gemacht. »Na, Colin *Mein-Name-ist-Hase*. Was meint denn der liebe Onkel bloß?« Das komische Lächeln verschwand plötzlich aus seinem Gesicht. »Wie wäre es, mein Lieber, wenn du uns die Stelle zeigen würdest, an der du den Zahn des Tyrannosaurus gefunden hast?«
Ich schielte zu den Kisten hinüber, die auf der Erde standen. Sie waren verschlossen und ich konnte keinen Hinweis entdecken, was sie enthielten.
»Der Zahn ist ein Erbstück. Das wissen Sie.«
»Erzähl mir keine Märchen!«, fuhr mich Herr Persson an. »Einen solchen Fund hätte mir dein Großvater gezeigt. Er hatte Vertrauen zu mir, also warum willst *du* mir nicht vertrauen?«
Ich antwortete nicht. Einen Moment dachte ich daran, ihm den Zahn des Tyrannosaurus für sein Museum zu überlassen. Vielleicht würde er sich damit zufrieden geben. Vielleicht würde er dann nicht weitersuchen und mit seinen Leuten von hier verschwinden. Aber das kam mir unwahrscheinlich vor. Außerdem war es nicht gesagt, dass der Wandernde Zahn bei dem Professor blieb. Der Zahn schien sich die Leute auszusuchen, zu denen er vorübergehend gehören wollte.
Herr Persson kam mit einer Miene auf mich zu, als wollte er mich packen und schütteln. Ich wich ein Stück zurück, aber nur ein kleines. Es sollte nicht danach aussehen, dass ich vor ihm weglief.
»Was haben Sie eigentlich vor?«, fragte ich ihn direkt und deutete auf die Kisten. »Da ist nicht zufällig Sprengstoff drin, oder?«

Der Professor blieb abrupt stehen und musterte mich verblüfft. »Spreng...stoff?« Er lachte und drehte sich zu den Männern um und auch die begannen wie auf Kommando zu lachen. »Du hast eine blühende Fantasie, Junge.« Er schüttelte den Kopf und kicherte vor sich hin, als könnte er sich gar nicht einkriegen vor Lachen.
»Was ist daran so lustig?«, fragte ich.
»Nun, ich bin Direktor eines *Natur*kundemuseums, wie du weißt, und du glaubst ernsthaft, ich würde unschuldige kleine Eidechsen und Ringelnattern in die Luft jagen?«
Ich nickte. Dann schüttelte ich den Kopf. Meine Oma glaubte das. Aber sie glaubte ja auch, dass Persson ein Schornsteinfeger war.
»Es geht dich zwar nichts an, Colin, aber ich verrate dir, was wir vorhaben: Wir nehmen ein paar Gesteinsproben, für Untersuchungen im Museum. Wir haben eine Genehmigung dafür vom Besitzer des Steinbruchs. Willst du sie sehen?«
»Neitürlichnich«, murmelte ich. »Nein, natürlich nicht«, verbesserte ich mich verlegen. Ich kam mir wie ein Idiot vor.
»Gut. Stell dir vor, wir entdecken hier im Boden Fossilien, möglicherweise sogar von Sauriern. Findest du nicht, dass das fantastisch wäre?«
»Doch, kann schon ...«
»Es wäre ein Gewinn für alle«, unterbrach er mich und setzte sein Direktorenlächeln auf. »Für die Wissenschaft, für das Museum, für den Tourismus, für die ganze Gegend hier ... sogar für dich, Colin.«
»Für mich?«, entschlüpfte es mir.

»Nun, reden wir mal Klartext, junger Freund. Dein Opa hat von einer bedeutenden Fundstelle gesprochen, bevor er damals verschwand. Und du, sein Enkel, tauchst *rein zufällig* mit einem Zahn aus dem Gebiss eines Tyrannosaurus Rex auf.« Herr Persson holte tief Luft. »Du kennst diese Fundstelle, habe ich recht? Und sie ist hier irgendwo, stimmt's? Dein Erscheinen sagt mir, dass ich diesmal richtig bin. Es hat keinen Sinn, es zu leugnen, Colin. Der Förster ist ein alter Skat-Freund von mir. Er hat dich ein paarmal in der Nähe des Steinbruchs herumlaufen sehen. Wo bist du gerade gewesen?«

Ich antwortete nicht.

Herr Persson seufzte. »Wenn du uns ein bisschen entgegenkommst, werden wir uns erkenntlich zeigen. Und ich verrate der liebreizenden Frau Küken nicht einmal, dass du die Schule schwänzt.«

Meine Klassenlehrerin und *liebreizend*? Ich konnte mir ein Grinsen gerade noch verkneifen. »Ich ... ich bin krankgeschrieben«, sagte ich schnell. »Und ich sollte jetzt ... sollte jetzt nach Hause gehen und meine Medikamente nehmen.«

»So, Medikamente ...« Der Museumsdirektor starrte mir forschend ins Gesicht, als wollte er in mein Hirn eintauchen und meine Gedanken lesen. Ich senkte die Lider.

»Können wir endlich mal mit den Vorbereitungen anfangen, Boss?«, brummte einer der Männer und wischte sich Krümel vom Mund.

»Lassen Sie die Rotznase gehen«, sagte ein anderer. »Wir haben unsere Zeit nicht im Lotto gewonnen.«

»Also schön«, sagte Herr Persson. »Du kannst verschwinden.

Geh nach Hause! Früher oder später bekomme ich dein Geheimnis ja doch heraus. Und jetzt stör uns hier nicht, Junge. Wir haben zu arbeiten.«
Ich zögerte kurz, dann wandte ich mich ab. Statt direkt zu dem Saurierfelsen zu laufen, schlug ich die Richtung ein, die zum Wald führte.
»Leg dich schön in dein Bettchen!«, rief mir Persson nach. »Und vergiss nicht, deine Zäpfchen zu nehmen!«
Die Männer lachten rau.
Ich drehte mich nicht um. Mit den Händen in den Hosentaschen spazierte ich, so lässig ich konnte, bis die Bäume mir Sichtschutz gaben. Dann rannte ich in einem großen Bogen zurück.

37

Geduckt lief ich durch Unterholz und Gestrüpp auf den Saurierfelsen zu und hielt Ausschau nach meiner Großmutter.
Ich konnte sie nirgendwo erblicken.
»Das gibt's doch nicht«, flüsterte ich zu mir selbst.
Sie war weg! Nur mein Rucksack stand noch da.
Vielleicht gab es ja eine einfache Erklärung. Vielleicht musste sie mal und saß versteckt in einem Busch. Oder ihr war kalt geworden und sie hatte sich ein sonniges Plätzchen gesucht.

Aber das mulmige Gefühl ließ sich nicht vertreiben. Mit schlechtem Gewissen pirschte ich mich weiter an den Fels heran. Ich hätte Louise nicht allein lassen dürfen! In der Ferne hörte ich die Stimmen der Männer. Es kam mir vor, als könnte ich Persson unter ihnen heraushören. War meine Oma etwa bei ihnen? Wurde sie gerade jetzt von dem Museumsdirektor ausgefragt?
Diesmal achtete ich darauf, dass ich in Deckung blieb, als ich über den Felsblock spähte. Die Männer hockten in den grünen Hügeln des Steinbruchs und schienen zu graben. So genau konnte ich es nicht erkennen. Aber meiner Großmutter war nicht bei ihnen.
Der Einstieg in die Anderswelt sah noch genauso aus, wie ich ihn verlassen hatte. Oder? Ich betrachtete die Abdeckung genauer. Da erblickte ich eine Lücke zwischen den Ästen. Eine Lücke – breit genug, dass ein kleiner Mensch hindurchpasste ...
Ich ließ mich auf die Knie fallen, schob Zweige und Blätter beiseite und beugte mich in den Schacht. »Oma?«, rief ich so leise, dass es sich fast heiser anhörte. »Oma, wo steckst du? Bist du hier?«
Nur der Hall meiner Stimme antwortete mir.
Natürlich konnte sie auch nach Hause gegangen sein. Aber warum hätte sie dann erst herkommen sollen? Sie wollte nicht länger warten. Sie wollte zu Elias in die Anderswelt. Das hatte sie mir selbst gesagt. Trotzdem richtete ich mich auf und sah mich nach Spuren um. Aber ich konnte nichts erkennen, nicht einmal an der Stelle, an der sie gesessen hatte. Nur eine dicke braune Nacktschnecke schob sich durch den Sand. Wahrscheinlich war ich sowieso kein guter Fährtenleser. Eine halbe Stunde zu su-

chen, um vielleicht ein einzelnes weißes Haar zu finden, was sollte das bringen?
Kurz entschlossen stieg ich in den Schacht. Ich hielt mich an einer Wurzel fest und ordnete rasch, aber sorgfältig das Geäst über meinem Kopf – so lange, bis das letzte Schnipselchen Himmel verschwand. Ich wusste, dass ich mir keinen Fehler mehr leisten durfte. Persson hatte mich gesehen. Meine Oma war verschwunden. Und ich fühlte mich schon schuldig genug.
Eilig kletterte ich hinab und nach den ersten Metern nahm ich einen süßlichen Geruch wahr. Es duftete nach Zimt und Pfeffer und ich kannte nur einen Menschen, der so roch.
»Oma?«, rief ich in die Tiefe.
Es kam keine Antwort. Aber an einem Felszacken entdeckte ich ein kleines dreieckiges Stück Stoff. Es war weiß und die roten Tupfer sahen aus wie Blutstropfen. Dann erkannte ich die Rosen. Ich steckte das Stück vom Nachthemd meiner Großmutter in die Hosentasche und kletterte weiter.

Der T-Rex schlief. Er atmete röchelnd, aber gleichmäßig. Seine Wunden waren frisch mit Blättern und Lianen verbunden. Nur an einer Stelle am Hals sah ich einen Faden Blut. Er rann die weiße schuppige Haut herab und hinterließ eine blassrosa Spur. Zwei Höhlensaurier saßen bei ihm und starrten mich mit großen Augen an. Einer von ihnen schien mich zu erkennen; jedenfalls gab er ein krächzendes Geräusch von sich, das nicht unfreundlich klang.
Ich summte ihm etwas zu, so wie Elias es vielleicht getan hätte. Es klang wie die Tonleiter, nur nicht harmonisch genug. Der Sau-

rier beobachtete mich mit glasigem Blick, ohne einmal zu blinzeln. Er duckte sich, als wäre er auf dem Sprung – in meine Richtung oder in die entgegengesetzte, das war mir nicht ganz klar. Mein Großvater hätte es sicher gewusst, aber er schien nicht in der Höhle zu sein. Ich rief leise nach ihm, bekam aber keine Antwort. Auch von Louise war nichts zu sehen und zu hören. Ihr Duft hing schwach in der Luft, als wäre sie gerade erst hier entlanggegangen, und schließlich folgte ich dem Geruch, der in den Dschungel führte.

Ein bisschen kam ich mir vor wie ein Spürhund in einem Krimi. Ich hoffte nur, dass ich nichts Schlimmes fand.

Die mit Flechten bewachsene Felswand, hinter der das Dickicht begann, war weit geöffnet. Mir fiel wieder ein, dass ich Elias warnen musste. Persson wühlte mit seinen Männern nur ein paar Schritte von hier entfernt in der Erde herum. Zwar schien er nicht das Geringste von der Existenz der Anderswelt zu ahnen. Aber wie schnell konnte sich das durch irgendeinen dummen Zufall ändern? Auch nach dem Tod des Carnotaurus gab es keinen Anlass zur Sorglosigkeit.

Zwei riesige Libellen schwebten neben mir her wie eine Eskorte. Nach einer Weile wusste ich nicht weiter. Farnbüschel schlugen mir ins Gesicht, ein scharfkantiges Palmblatt schnitt mir leicht in den Unterarm und Lianen hingen quer von einem Baum zum anderen. Wenn es hier mal einen Pfad gegeben hatte, dann war er zugewuchert. Die lilienähnlichen Blüten an den Büschen dufteten so heftig, dass es mir in der Nase kribbelte.

Die Libellen flogen jetzt vorweg, als wüssten sie den Weg, und weil mir nichts Besseres einfiel, lief ich ihnen nach.

Plötzlich schwankten die Pflanzen vor mir und Früchte, die ich nicht kannte, fielen mir vor die Füße. »Oma?«, fragte ich. Doch dann hörte ich ein wütendes Trompeten. Ein Echsengesicht erschien zwischen zwei tellergroßen Blättern. Der rote Schmuck auf dem Saurierschädel leuchtete wie eine Krone. Der Parasaurolophus senkte den Kopf, als wollte er mich mit seinem bogenförmigen Kamm bedrohen. »Erkennst du mich denn nicht?«, fragte ich. Ich begann vorsichtshalber zu summen und versuchte es noch einmal mit der Tonleiter. Diesmal bekam ich sie schon besser hin. Außerdem zeigte ich ihm meine leeren nackten Hände, um ihm klarzumachen, dass ich statt gefährlich scharfer Krallen nur abgeknabberte Fingernägel zu bieten hatte.
Das Tier schielte misstrauisch zu mir herüber. Dann kam es näher und schnupperte wie ein Hund an mir herum. Auf einmal streckte der Saurier den Hals und stupste mich an, als wollte er mich daran erinnern, dass er mich auch umwerfen konnte, wenn er wollte. Erst jetzt bemerkte ich, dass er nicht allein war. An seiner Seite lief dicht an ihn gedrängt ein Jungtier.
»Du bist wieder Papa geworden«, sagte ich leise. »Herzlichen Glückwunsch!«
Der Parasaurolophus trompetete, aber nun klang es freundlicher. Beinahe schien es mir, als würde er lächeln. Und schließlich gab es ja auch einen Grund: Der Carnotaurus, der plötzlich aus dem Busch brechen und sich sein Junges schnappen konnte, existierte nicht mehr.
Ich hatte die Libellen aus den Augen verloren, aber ich hörte Wasser plätschern und ging auf das Geräusch zu.
Meine Großmutter saß mit Elias am Ufer des finsteren Höhlen-

sees. Irgendwie überraschte es mich nicht, meine Großeltern so zu sehen. Es kam mir vor, als gehörten sie beide genau dorthin. Über ihren Köpfen kreiste Piet. Als er mich erblickte, stieß er einen schrillen Schrei aus. Ich hoffte, dass der Laut freudige Überraschung ausdrücken sollte. Aber vielleicht erschrak er auch, noch einen Konkurrenten zu erblicken. In seinem bisherigen Leben hatte ihm Elias allein gehört.

Mein Großvater sprang auf und kam auf mich zu. »Junge! Wir haben uns schon Sorgen gemacht! Hast du die Barbaren vertrieben?«

»Barbaren?« Ich warf meiner Oma einen verblüfften Blick zu. Was hatte sie ihm erzählt? »Professor Persson und ein paar Männer nehmen da oben in den Hügeln Gesteinsproben fürs Museum«, erklärte ich. »Das behaupten sie jedenfalls.«

»Verstehe.« Elias runzelte die Stirn. Eine tiefe sorgenvolle Falte erschien zwischen seinen Augen. »Du glaubst, man kann ihnen nicht trauen.«

Ich nickte und überlegte, ob ich ihm von den Kisten erzählen sollte. Aber vielleicht enthielten sie ja doch nur harmloses Werkzeug?

»Der Schornsteinfeger und die Barbaren sind auf der Suche nach einem Schatz«, murmelte Louise.

»Was denkst du, Junge, was dieser Persson hier will?«, hakte Elias nach. »Ahnt er etwas von der Anderswelt?«

Ich zuckte mit den Schultern. »Ich weiß nicht, wonach sie graben. Vielleicht weiß Herr Persson es selbst nicht. Er hat von einer geheimen Fundstelle gesprochen. Ich glaube, er hofft auf tote Saurier, nicht auf lebende.«

Ein Grinsen huschte über Elias' Gesicht und für einen Moment verschwand die Falte auf seiner Stirn.
»Wer suchet, der findet«, murmelte meine Großmutter. »Aber wer weiß schon, was er findet, wenn er sucht.«
»Wie bist du eigentlich hierhergekommen, Oma?«, fragte ich sie.
Louise lächelte mir zu. »Der große Zahn ist mir aus den Händen gerutscht und in die Grube gefallen. Da bin ich ihm gefolgt und alsbald habe ich Elias getroffen.«
»Der Wandernde Zahn ist wieder auf Wanderschaft gegangen«, erklärte Elias. »Und deine Oma, die in ihrer Jugend eine talentierte Bergsteigerin war, ist den Schacht ganz allein heruntergeklettert. Zum Glück habe ich sie gehört und konnte ihr ein Stück entgegenkommen.«
»Bergsteigerin!« Nachträglich fiel mir ein Stein vom Herzen.
»Ja, wir haben uns vor langer Zeit auf dem Gipfel des Gelben Nebelberges zum ersten Mal gesehen. Und Louise hatte frisch gebackene Kekse dabei.« Elias zwinkerte mir zu. »Damals waren wir noch junge Hüpfer, nur ein paar Jahre älter als du.«
Meine Oma gab mir ein Zeichen mit dem Zeigefinger und deutete auf den moosbedeckten Stein neben ihr. »Die Anderswelt ist so … gewaltig«, sagte sie, als ich mich neben sie setzte. »Und die Wesen hier sind so …« Sie schien nach einem Wort zu suchen.
»Schön«, schlug ich vor.
Louise nickte.
Elias grinste still vor sich hin. Piet ließ sich auf seiner Schulter nieder und spähte in den dunklen See. Unter der Wasseroberfläche zog ein bläulich leuchtender Fisch vorbei.

Meine Großmutter betrachtete den kleinen Pteranodon entzückt. Sie erschrak nur ein bisschen, als Piet sich plötzlich in den See stürzte. Wassertropfen spritzten ihr ins Gesicht, aber das schien sie nicht zu stören.
»Es ist, als würde die Zeit hier rückwärtslaufen«, stellte sie erstaunt fest. »Klingt das blöd?«, fragte sie mich.
Ich schüttelte den Kopf. Es klang ein bisschen verrückt, fand ich. So verrückt, wie manchmal nur die Wahrheit klingt.
In Piets Schnabel zappelte ein Fisch, aber es war nicht der große blaue, sondern ein kleinerer, der bunt war wie ein Papagei. Die Beute verschwand im Kehlsack des Flugsauriers und zappelte dort weiter.
Piet starrte wieder lauernd in den See. Offenbar war ihm sein Fang nicht genug. Ich stellte mir vor, dass er mehr und mehr Fische erbeutete und dann ein ganzes Aquarium in ihm herumschwappte.
»Ist er ein Vogel oder eine Echse?«, fragte mich meine Oma leise.
»Piet ist ein Flugsaurier«, erklärte ich, »ein Pteranodon. Ein fliegendes Reptil.« In der Ferne erklang auf einmal ein dumpfes Grollen. Gab es ein Gewitter? Donnerte es?
Ich sah Elias fragend an und las die Antwort in seinem Gesicht. Es war alles andere als eine gute Nachricht.
Steine fielen plötzlich von der Höhlendecke und klatschten in den See. Piet kreischte erschrocken und schlug ängstlich mit den Flügeln.
»Ihr müsst weg hier!«, rief mein Großvater. »Sofort!«

38

Die Erde bebte.
Meine Oma hatte recht behalten.
Im Steinbruch wurde gesprengt.
Die Felswände um uns zitterten, als hätten sie Schüttelfrost.
Mein Großvater bahnte uns den Weg durch den Dschungel. Mir schlugen unablässig Äste ins Gesicht, weil ich nur darauf achtete, dass meine Großmutter nichts abbekam.
Sie sah schrecklich verwirrt aus und ich griff nach ihrer Hand. Ich wusste nicht, was ich zu ihr sagen sollte, außer: »Pass auf!«, »Vorsicht!«, »Hier lang!« Ich hörte, dass meine Stimme ruhig klang, als würden wir nur einen Spaziergang durch den Urwald unternehmen.
Die Hühner liefen gackernd an uns vorbei. »Ach!«, stieß meine Oma begeistert aus und zeigte auf sie.
»Komm weiter!«, sagte ich und zog sie mit mir. »Bitte!« Louise schaute den Hühnern noch hinterher, als sie längst nicht mehr zu sehen waren.
Beinahe wären wir über den Frischling gestolpert, der plötzlich unseren Weg kreuzte. »Oh, sieh nur!«, rief meine Großmutter.
Ein Felsbrocken löste sich aus der Höhlenwand und polterte mit Getöse hinab.
Der Frischling raste quiekend davon.
Elias drehte sich zu uns um. »Schneller!« Sein Gesicht sah gespenstisch weiß aus. Die Narbe auf seiner Wange glänzte lila.

Ich fragte mich, wo die Entenschnabelsaurier mit ihren Jungtieren waren. Ich hoffte, sie fanden einen sicheren Unterschlupf. In der Höhle des T-Rex regnete es Geröll. Ich wollte nach dem verletzten Tier sehen, aber Elias schob mich vor sich her. »Ihr müsst raus hier!«, zischte er in mein Ohr. Ich erhaschte gerade noch einen Blick auf die Höhlensaurier, die sich unter einen Felsvorsprung duckten.

»Und du?«

Elias antwortete mir nicht. Er verscheuchte Piet, der sich auf seine Schulter setzen wollte, mit einer ungeduldigen Handbewegung.

Louise schüttelte den Kopf, als sie durch den Felsspalt kriechen sollte. »Ich möchte lieber hierbleiben!«

»Es ist zu gefährlich«, sagte mein Großvater. Seine Stimme klang gepresst, als würde er keine Luft bekommen.

»Oma, lass uns zum Steinbruch hinaufklettern«, drängte ich. »Wir müssen wissen, was da los ist. Wenn alles in Ordnung ist, klettern wir einfach wieder runter.« Einen Augenblick lang wollte ich selbst an meine Lüge glauben.

Ein dumpfer Knall erklang und wieder krachte es auch in mir.

Meine Oma sah mich traurig an. »Denn sie wissen nicht, was sie tun«, sagte sie.

Ich nickte, obwohl ich nicht verstand, wen sie meinte: Elias und mich oder die Männer über uns.

Schließlich kroch ich als Erster durch das Schlupfloch und winkte Louise zu, mir zu folgen. Störrisch schüttelte sie den Kopf. Ich reichte ihr meine Hand und redete auf sie ein und schließlich gab sie nach.

Der Schacht sah irgendwie schief aus, aber vielleicht bildete ich mir das auch nur ein. Alles schien verrutscht. Die Wände bebten und Steine regneten auf uns herunter.

»Zeig mir, wie du klettern kannst«, forderte ich meine Großmutter auf. Sie zögerte, öffnete den Mund, als wollte sie widersprechen, holte dann aber nur tief Luft.

»Zeig es mir, bitte«, drängte ich. Wir durften keine Sekunde Zeit verlieren!

Endlich nickte sie mir unsicher zu, zog ihre Hausschuhe aus und reichte sie mir. Ich klemmte sie kurzerhand in meinen Hosenbund. »Komm, ich helf dir«, sagte ich und faltete meine Hände zu einer Räuberleiter. Louise stellte folgsam einen Fuß hinein. Sie stieß sich ab und ich hob sie vorsichtig so weit hoch, wie ich konnte. Staunend stellte ich fest, dass meine Oma schneller vorankam, als ich erwartet hatte. Ein Stein löste sich über mir; ich wich ihm aus und hektisch folgte ich meiner Großmutter.

Beim Aufstieg hielt ich mich dicht hinter ihr und konzentrierte mich darauf, sie im Notfall aufzufangen. Aber zum Glück kletterte meine Oma wirklich wie ein Profi.

Ich drehte mich nicht nach Elias um. Ich wusste, dass er unten stand und uns hinterherblickte. Der Pteranodon kreischte. Er schien nach uns zu rufen.

Louise und ich kletterten höher und höher und Piets Gekreische wurde leiser und leiser. Schließlich verstummte es ganz.

Wie Ameisen krochen wir durch das Gehölz, das den Einstieg abdeckte. Mein Rucksack verfing sich in dem Gestrüpp. Ich nahm ihn ab und zerrte ihn mit Gewalt hinter mir her. Das Tageslicht blendete mich einen Moment. Ich blinzelte, und als ich die

Augen richtig öffnete, sah ich ein Reh, das in wilder Panik davonrannte.
Dann spürte ich die Bewegung unter mir. Der Boden schien nachzugeben. Ein steinernes Maul schnappte nach mir und erwischte meinen Rucksack. Ich hörte ein eigenartiges Knirschen und dachte einen kurzen Moment an den Geologenhammer. Ich hatte ihn verloren, aber zum Bedauern war jetzt keine Zeit. Ich schob Louise energisch vor mir her, bis sie hinter dem Saurierfelsen hockte. »Bleib in Deckung«, sagte ich.
Ich wandte mich um.
Von dem Schacht war nichts mehr zu sehen. Der Einstieg in die Anderswelt war verschwunden und die Erde hatte meinen Rucksack gefressen. Nur Geäst lag da noch herum. Sand, Steine, ein paar Blätter ... Sonst nichts.
Ich erhob mich und ballte die Fäuste. Einer musste zu Persson und seinen Männern gehen, einer musste diesem Wahnsinn Einhalt gebieten.
»Bin gleich wieder da«, sagte ich zu Louise. Ich versuchte es mit einem Lächeln, aber es verrutschte in meinem Gesicht.
Louise hockte zusammengekauert wie ein Kind beim Versteckspiel hinter dem Felsen und hielt sich die Ohren zu.
Alles verrutschte. Alles verrückte. Die Welt war ver*rückt*.
Ich taumelte den Hang hinab, auf die grünen Hügel zu. Sie sahen nicht mehr besonders grün aus.
Ich konnte Persson nirgendwo erblicken. Aber ich hörte seine Stimme. Sie schrie etwas. Dann betäubte ein Knall meine Ohren. Ich sah einen Stein auf mich zufliegen wie einen Raubvogel.

39

Meine Eltern hatten mich nach Mallorca geholt. Ihre braunen Gesichter schwebten verschwommen über mir.
Ich lag auf dem weichen Meeresgrund und blickte durch das flimmernde Wasser zu ihnen hinauf.
»Mama? Papa?«, versuchte ich zu fragen. Aber aus meinem Mund kamen nur Blasen. Mir fiel ein, dass ich unter Wasser nicht atmen konnte. Besser wäre es, wenn du die Luft anhältst, dachte ich träge.
»Colin?«, blubberte die Stimme meiner Mutter.
»Junge, hörst du mich?«, gluckerte die Stimme meines Vaters.
Mir wurde allmählich klar, dass ich vergessen hatte, wie Luft anhalten geht.
Vielleicht musste ich mir nur die Nase zudrücken?
Ich sah meiner Hand nach, die langsam wie in Zeitlupe nach oben schwamm, und versuchte, meine Nase zu erreichen.
Doch plötzlich packte mich mein Vater und zerrte mich hoch.
Wieso lässt du mich nicht in Ruhe baden?, japste ich empört. Aber von dem Satz, der mir tausend Kilometer lang schien, bekam ich nur das »*Wieso?*« heraus.
»Er kommt zu sich«, sagte ein Jemand in einem weißen Kittel, den ich nicht kannte.
Mein Vater zog mich an sich, hielt mich in den Armen und drückte mich.

War ich vielleicht aus Versehen ertrunken? Ich konnte mich nicht erinnern.
»Wieso?«, brachte ich noch einmal hervor und überlegte, was es sonst noch für Fragen gab. *Was? … Warum? … Wer? … Wo?*
»Du bist in einem Krankenhaus. Du wurdest verletzt«, sagte mein Vater leise. »Bei einer illegalen Sprengung im alten Steinbruch.« Er hielt mich jetzt so, dass meine Mutter mir ins Gesicht lächeln konnte. »Es wird alles wieder gut«, versprach sie mir. Ich merkte, dass sie tropfte, und dachte ans Meer. Ich schmeckte Salz auf den Lippen.
»Lecker«, sagte ich. Dann döste ich ein.

Als ich aufwachte, saß Tessy an meinem Bett.
Ein Sonnenstrahl fiel auf ihr rotes Haar und es kam mir vor, als hörte ich es knistern.
»Was machst du denn hier?«, fragte ich verblüfft. Aber die Frage kam mir falsch vor. Ich musste Tessy noch zum Eis einladen. Genau! Vanilleeis mit Erdbeeren. Es gab einen Grund, warum das wichtig war, aber ich hatte den Grund vergessen.
»Würdest du mal mit mir Eis essen gehen?«, fragte ich vorsichtig.
Tessy starrte mich an wie einen Geist.
»Ich lade dich ein. Also ich meine … du kannst auch drei Kugeln …«
Ihre Augen sahen rot aus. Vielleicht mochte sie kein Eis. Möglicherweise reagierte sie allergisch auf Milchprodukte. Oder hatte sie eine Sechs bekommen? Aber Tessy gehörte nicht zu den Mädchen, die wegen einer schlechten Note heulten.

»Ist was passiert?«, fragte ich sie.
Tessy zog die Nase hoch. Vielleicht war sie ja nur erkältet.
Irgendwie fühlte ich mich auch ganz schlapp. Ein bisschen Dösen wäre jetzt nicht schlecht …

Als ich die Augen wieder aufschlug, war Tessy verschwunden. Es war dunkel im Zimmer. Nach einer Weile sah ich, dass meine Mutter auf einem Stuhl saß und schlief.
Ich wollte sie nicht wecken.
Ich betrachtete sie, bis meine Lider immer schwerer wurden.
Es gab keinen Grund, wach zu bleiben. Oder?
Da betrat ein schwarzer Schatten den Raum.
Sein Gesicht war unter der Kapuze seines Mantels verborgen. Er sah aus wie ein Wesen der Finsternis aus einem meiner Computerspiele.
Vorsichtig schob er sich an meiner schlafenden Mutter vorbei und setzte sich auf die Kante meines Bettes. Komischer Traum, dachte ich, als ich den Eindringling erkannte.
Der Schatten beugte sich dicht über mich. »Wie geht es dir, Colin?«, flüsterte er direkt in mein Ohr. »Du fragst dich sicher, was ich hier zu suchen habe, aber … Es tut mir leid. Es tut mir *so* leid. Ich wollte nicht, dass das passiert, Junge. Das musst du mir glauben. Ich weiß jetzt, dass ich zu weit gegangen bin. Viel zu weit. Hörst du mich? Ich habe gleich den Notarzt gerufen, als ich dich da im Schutt des Steinbruchs liegen sah. Du warst bewusstlos und in deinem Gesicht war überall Blut. Zum Glück hat es nur die Stirn erwischt und nicht etwa ein Auge. Ich weiß: Es hätte alles noch viel schlimmer kommen können. Die Blutung

konnte ich stillen, aber wie ich hörte, bist du erst im Krankenhaus wieder aufgewacht. Es tut mir wirklich schrecklich leid. Ich hoffe, du glaubst mir. Verzeih mir bitte.«
Ich sagte nichts. Ich hatte keine Lust, mich mit dem Traum-Schatten-Mann zu unterhalten.
Die schwarze Gestalt erhob sich und schlich mit gesenktem Kopf aus dem Zimmer.
Interessiert betrachtete ich die Tür.
Und wartete darauf, dass sie sich wieder öffnete.
Es dauerte auch nicht lange.
Draußen war immer noch Nacht. Drinnen war es immer noch dunkel.
Meine Mutter schlief.
Ich war wach. Glaubte ich jedenfalls.
Louise und Elias kamen Hand in Hand an mein Bett. Als wollten sie heiraten oder etwas in der Art.
Elias tropfte. Aber anders als meine Mutter. Er tropfte auch aus den Haaren und aus der Kleidung.
»Du bist nass«, stellte ich fest.
»Ich bin durch den Höhlensee getaucht«, sagte Elias so leise, dass ich ihn kaum verstand. Ich hörte, dass er ein Niesen unterdrückte.
Ich griff nach seiner Hand. Sie fühlte sich kalt an.
»Man kommt im Bergsee wieder heraus. Aber es ist ein beschwerlicher Weg. Eisig! Stockfinster. Nicht zu empfehlen.« Elias gluckste, als hätte er noch etwas Wasser in der Kehle. »Doch ich fand Hilfe.«
Mein Großvater streckte langsam seine Hand aus. Der Zahn

des Sauriers glänzte matt wie der Mond. »Oder die Hilfe fand mich.«
Ich setzte mich auf und legte meinem Großvater die warme Decke um die Schultern. Elias hörte auf zu zittern und der Wandernde Zahn auf seiner Handfläche hörte auf zu hüpfen.
»Der Schacht ist verschüttet«, sagte ich.
Es war keine Frage. Und niemand antwortete.
Eine ganze Weile war es mucksmäuschenstill.
Ich hörte meine Mutter gleichmäßig atmen.
»Es gibt einen anderen Weg ... Es gibt einen zweiten Eingang in die Anderswelt, Fränzchen«, flüsterte meine Großmutter. »Dieser öffnet sich jedoch nur in Vollmondnächten.«
Ich warf einen Blick aus dem Fenster. Der Mond sah dick und zufrieden aus, als hätte er gerade die ganze Milchstraße verspeist. Aber eine winzig schmale Scheibe schien noch zu fehlen.
Ein Stern blinzelte mir zu. Ich blinzelte zurück.
»Einen anderen Eingang?«, fragte ich. »Wo?«
»Morgen wirst du es erfahren«, sagte mein Großvater. »Morgen um Mitternacht. An der Spur des Sauriers. Meinst du, dass du kommen kannst?« Elias musterte mich besorgt.
Ich nickte. »Ich werde da sein«, sagte ich fest. »Aber ...«
»Aber?«, fragte Elias.
»Wie soll ich das alles erklären? Meinen Eltern zum Beispiel ...?«
Eurer Tochter, dachte ich. Und eurem Schwiegersohn. Und Tessy, fiel mir noch ein. Und überhaupt. Der ganzen Welt. Nun ja, oder ein paar Leuten auf der ganzen Welt.
»Ein anderer Weg«, murmelte Louise, als hätte sie mich nicht gehört. »Ein zweiter Eingang.«

Mein Großvater schwieg. Mir wurde klar, dass er sich vor dieser Frage immer gedrückt hatte. Er war einfach so verschwunden. Ohne Erklärung.
Elias legte kurz seine Hand auf mein Herz. Genauer gesagt auf den komischen gepunkteten Schlafanzug, den ich trug. Wenn man sorgfältiger hinsah, waren es gar keine Punkte. Es waren bunte Kartoffelkäfer, die wie wild durcheinanderkrabbelten.
Ich fühlte etwas Hartes auf meiner Brust. Etwas Hartes mit scharfer Spitze. Wie lange bleibst du diesmal?, fragte ich den Wandernden Zahn in Gedanken.
Aber er antwortete nicht. Der Mond spiegelte sich auf der glatten Fläche. Er sah aus wie ein Auge.
Wir blickten einander an: der Zahn und ich. Klingt komisch, was? Aber so war es.
»Wie geht es dem T-Rex?«, fragte ich nach einer Weile.
Aber da waren meine Großeltern schon gegangen.
Ich zuckte mit den Achseln, schließlich konnte ich selbst nach ihm sehen. Schon bald.
Ich lag im Bett und schaute zum Fenster hinaus, hinauf zum Mond – der jetzt ein geheimer Verbündeter war.

40

»Doch«, sagte ich. »Es geht mir gut. Ich will zu Oma. Ich will nicht hierbleiben.«
Meine Eltern blickten mich zweifelnd an. Vier Augen waren auf mich gerichtet. In diesem Moment sahen sich meine Eltern beinahe ähnlich, fast so wie Geschwister. Vielleicht lag das auch an ihrer braunen Hautfarbe oder an ihren roten sonnenverbrannten Nasen.
Mein Vater stöhnte und schüttelte den Kopf. Meine Mutter klimperte mit den Lidern, als müsste sie gleich weinen. Vielleicht war sie auch übermüdet. Schließlich hatte sie die Nacht auf einem Stuhl schlafend verbracht.
»Der Arzt meint …«, murmelte meine Mutter und brach ab. Sie hatte mir bereits dreimal erklärt, was der Arzt meinte.
»Ich bleibe nicht«, sagte ich. »Ich bleibe auf keinen Fall hier.«
»Colin«, sagte mein Vater. »Du handelst unvernünftig.«
Dazu sagte ich nichts. Ein bisschen überraschte es mich, dass ihm das jetzt erst auffiel.
»Na ja«, sagte meine Mutter und versuchte zu lächeln. »Die Röntgenbilder sind ja in Ordnung.«
»Der Junge hat mehr Glück als Verstand«, brummte mein Vater griesgrämig. Seine Nase leuchtete rot wie das Stopplicht einer Ampel. Ich wartete ungeduldig darauf, dass das Signal auf Grün sprang.
»Wann können wir fahren?«, fragte ich.

Oma saß klein und blass auf der Rückbank des Wagens. Als hätte man sie dort vergessen. Meine Mutter erklärte mir hastig, dass man Louise über Nacht im Krankenhaus behalten habe. »Zur Beobachtung.«
»Zum Glück ist ihr nichts passiert bei dem … Unfall«, sagte mein Vater.
Ich setzte mich neben meine Großmutter und lächelte ihr zu. »Geht's dir gut?«
»Sparen«, antwortete meine Oma. »Du musst immer schön sparen.«
Ich merkte, dass sie mit ihren Gedanken woanders war. »Okay«, sagte ich.
»Sparen ist das A und O, Fränzchen.«
Meine Mutter, die vor mir saß, zuckte zusammen. Als sie den Namen Fränzchen hörte, nehme ich an.
Mich störte es nicht mehr, dass Louise mich so nannte. Fränzchen war jemand, der im Kopf meiner Oma existierte. Und in ihrem Herzen. Und damit war ich einverstanden.

Als ich das Haus meiner Großmutter betrat, starrte mir ein Apache finster entgegen. Ich streckte dem Krieger mit dem breiten Stirnband die Zunge heraus. Der Apache machte das Gleiche zur gleichen Zeit.
Das Stirnband war weiß und strahlend sauber. Meine Mutter trat neben den Indianer und zog ihm die Jacke von den Schultern.
»Die muss in die Wäsche«, murmelte sie. »Du siehst aus …«
Meine Mutter schüttelte den Kopf.
»Wie ein Apache?«, schlug ich vor.

Meine Mutter nickte abwesend und starrte in den Spiegel, als gäbe es dahinter eine andere Welt. Wahrscheinlich hätte ich auch »Wie ein Nashorn« sagen können oder »Wie ein Holzwurm« oder »Wie eine Kaffeemaschine«.
»Apachen tragen keine Federn«, erklärte ich ihr. »Außer in manchen Hollywood-Filmen.«
Meine Mutter blickte ins Nirgendwo. Vielleicht war die Nacht auf dem Stuhl im Krankenhaus zu viel für sie gewesen. Vielleicht hatte sie im Schlaf etwas von den Besuchen mitbekommen und rätselte jetzt, was Traum war und was Wirklichkeit. Ich konnte ihr das nicht übel nehmen. Ich wusste es ja selbst nicht so genau. Hatte Herr Persson sich tatsächlich bei mir entschuldigt? Gab es wirklich einen zweiten Eingang in die Anderswelt? Und was war mit Tessy? Hatte ich mich jetzt mit ihr zum Eisessen verabredet oder nicht?
Ich beschloss, alles einfach auf mich zukommen zu lassen. Wie eine Welle, die in der Ferne groß und gefährlich aussieht. Und wenn sie dann bei dir anrollt, ist sie nur ein lächerlicher Schwaps. Aber manchmal ist es auch umgekehrt und dann reißt sie dich um.

Nach dem Essen – mein Vater kochte Spaghetti Bolognese – schickte meine Mutter Louise und mich ins Bett. Nicht weil es schon spät war, sondern weil sie meinte, dass wir uns ausruhen müssten.
»Was du brauchst, Colin, ist viel Ruhe und ein weiches Federbett. Und Oma Louise genauso. Dein Vater und ich nehmen die Dachkammer in Beschlag, solange wir hier sind«, bestimmte

meine Mutter. »Du kannst es dir im Schlafzimmer gemütlich machen.«
Meine Oma setzte sich zwischen den Daunendecken auf und blickte mich ungläubig an, als ich mich in Elias' Kuhle fallen ließ. Aber dann beugte sie sich zu mir und flüsterte: »Öffne das Fenster, Fränzchen!«
Ich tat, was sie sagte, und schaute in den Garten hinaus. Es war ein heller warmer Frühlingsnachmittag. Zwei Zitronenfalter tanzten in der Luft. Die Sonne schien so kräftig, als wollte sie es nicht zulassen, dass der Mond heute aufging.
Ich legte mich ins Ehebett, neben meine Großmutter, die jetzt unverwandt über mich hinweg zum Fenster starrte. Sie wartete. Wieder einmal. Auf Elias.
Über mir schwebten drei Fliegen im Licht der grünen Lampe. Sie flogen im Kreis und im Kreis und im Kreis.
Als ich erwachte, waren die Fliegen noch da. Aber meine Oma war verschwunden. Das Fenster stand sperrangelweit offen. Die Gardine wehte hin und her. Auf dem Fußboden lagen Tannennadeln und dunkle Erdklumpen.
Und der Mond schien.

41

Elias hatte Louise geholt und mich zurückgelassen. Das musste ich erst mal verdauen. Andererseits konnte ich auf einen Babysitter verzichten. Ich kam auch allein klar.
Bis zum alten Steinbruch brauchte ich etwa eine halbe Stunde, wenn ich im schnellen Dauerlauf rannte. Das bedeutete, ich sollte so gegen 23:15 Uhr aufbrechen. Um die Zeit waren meine Eltern sicher schon im Bett. Doch bis dahin musste ich irgendwie vertuschen, dass meine Großmutter aus dem Fenster gestiegen und getürmt war.
Ich lüge nicht gerne. Ehrlich, es macht mir überhaupt keinen Spaß zu lügen. Aber manchmal weiß ich einfach keinen anderen Ausweg. »Oma schläft tief und fest«, sagte ich am Abendbrottisch, ohne mit der Wimper zu zucken.
»Das ist schön«, murmelte meine Mutter nur. Es gab die restlichen Spaghetti vom Mittag mit Ei und Zwiebeln aufgebraten. Ich löffelte braunen Rohrzucker aus dem Bioladen meiner Mutter über mein Essen. Meine Eltern achteten nicht darauf.
Mein Vater las in einer Zeitung, während er aß, obwohl meine Mutter das nicht mochte. Sie sagte nichts dazu. »Wie fühlst du dich, Colin?«, fragte mein Vater und sah flüchtig von dem Artikel auf.
»Gut«, antwortete ich.
Mein Vater nickte und legte die Zeitung beiseite. »Was hattet ihr eigentlich in dem alten Steinbruch zu suchen?«, fragte er.

Ich rutschte auf meinem Stuhl hin und her.
»Ich weiß nicht, ob das der geeignete Zeitpunkt ist«, sagte meine Mutter.
»Man wird ja wohl fragen dürfen«, sagte mein Vater. »Es hätte alles noch viel schlimmer kommen können.«
Ich stutzte. Dieser Satz kam mir irgendwie bekannt vor.
»Ja, schon«, gab sie zu. »Aber wir hatten Glück im Unglück, wie man so sagt. Ich nehme an, Oma wollte Elias besuchen, richtig?«
Ich nickte und tat so, als wäre ich schwer damit beschäftigt zu kauen.
»Sie ist nicht zum ersten Mal in den Steinbruch gelaufen. Sie ist öfter ... unterwegs, wie du weißt.« Meine Mutter legte ihre Gabel neben ihren halb gefüllten Teller. »Und die Sprengung, die dieser Museumsmensch durchgeführt hat, war illegal. Es gab nicht mal ein Warnsignal. Colin und Louise konnten also nichts dafür.«
»Das habe ich auch nicht behauptet«, sagte mein Vater. »Aber wir sprachen ja schon oft darüber, dass es so nicht weitergeht. Louise muss in ein Heim.«
Meine Mutter seufzte. Dann nickte sie langsam. »In der nächsten Woche werde ich nach einem Platz für sie suchen.«
Mein Vater griff nach der Hand meiner Mutter und tätschelte sie. »Ich weiß, dass das ein schwerer Schritt ist. Für uns alle. Aber glaub mir, es ist besser so, Schatz.«
Meine Mutter nahm wieder ihre Gabel in die Hand. Aber sie pikte nur einen winzigen Eikrümel damit auf.
»Ich leg mich dann mal wieder hin«, murmelte ich und erhob

mich. »Danke, Mama«, sagte ich und küsste sie auf die Wange. Nach kurzem Zögern ging ich auch zu meinem Vater. Ich küsste ihn und sog den Duft seines Rasierwassers ein. »Ich freu mich, dass ihr wieder da seid. Und macht euch nicht so viele Sorgen. Ich schätze, ich habe einen Schutzengel.«

Dass dieser Engel spitz und scharfkantig war und aus dem Rachen eines Tyrannosauriers stammte, mussten sie ja nicht wissen.

Im Schlafzimmer betrachtete ich das leere Bett meiner Oma. Was sollte sie in einem Heim? Bei Elias und seinen Sauriern war sie viel besser aufgehoben. Aber wie konnte ich das meinen Eltern klarmachen?

Kurz vor dreiundzwanzig Uhr hörte ich die üblichen Geräusche, die anzeigten, dass meine Eltern jetzt schlafen gehen würden. Die Toilettenspülung rauschte zweimal hintereinander. Ich lehnte mit dem Ohr an der Tür des Schlafzimmers und lauschte auf Schritte und gedämpfte Stimmen. Endlich knarrte die Treppe, die zur Dachkammer führte.

Dann war es still.

Ich brauchte einfach nur aus dem Fenster zu steigen und loszulaufen. Sicher saßen Louise und Elias schon im Schein des Mondes auf dem Saurierfelsen und warteten auf mich.

Doch dann hörte ich wieder ein Knarren. Und Schritte. Jemand kam die Treppe herunter. Ich blickte durch das Schlüsselloch und bemerkte den hin und her flirrenden Strahl einer Taschenlampe. Das Licht kam näher. Und näher.

Es klopfte leise an der Tür. »Colin?«, hörte ich die Stimme meiner Mutter. »Schläfst du?«

Einen Moment zögerte ich. Wenn ich nicht antwortete, würde sie vielleicht einfach wieder gehen. Aber vielleicht würde sie auch hereinschauen und wenn sie Louises leeres Bett entdeckte ...
Ich legte mir schnell eine Decke um die Schultern, öffnete die Tür einen Spaltbreit und blinzelte meiner Mutter entgegen, als wäre ich gerade aus einem tiefe Schlaf erwacht. »Was gibt's?«
Meine Mutter leuchtete mir ins Gesicht und ließ dann die Taschenlampe sinken. »Nichts. Ich wollte nur wissen ... Ich weiß auch nicht. Irgendwie habe ich ein ganz flaues Gefühl im Magen.« Sie klopfte leicht mit flacher Hand auf ihrem Bauch herum. »Irgendwas stimmt nicht. Schläft Oma?«
Ich nickte. Meine Mutter atmete auf. Doch dann presste sie die Hand vor den Mund, wandte sich ab und lief den Flur hinunter.
Was war bloß los mit ihr? Unschlüssig ging ich ihr hinterher. Als ich um die Ecke bog, stand meine Mutter in der Küche und erbrach sich in die weiße Emailleschüssel, in der ich mich morgens immer wusch. Ihr Gesicht sah schrecklich blass aus.
»Geht's dir nicht gut?«, fragte ich hilflos.
Meine Mutter antwortete nicht.
Ich ging zu ihr und streichelte ihren Rücken.
Meine Mutter beugte sich vor und übergab sich schon wieder. Zwischendurch schluchzte sie.
»Hast du was Schlechtes gegessen?«, fragte ich besorgt. Aus irgendeinem mysteriösen Grund sah ich einen Teller mit gerösteten Kakerlaken vor mir. Gab es auf Mallorca Kakerlaken? »Vielleicht hast du dir den Magen verdorben?«
Sie schaffte es, den Kopf zu schütteln. Ich reichte ihr ein Küchenhandtuch und sie griff danach und wischte sich den Mund ab.

Ich grübelte gerade darüber nach, in welchem Land gegrillte Kakerlaken als Delikatesse galten, als meine Mutter etwas sagte, das ich nicht verstand. »Was?«, fragte ich nach.
»Ich glaub, ich bin schwanger«, murmelte sie, als würde sie zu sich selbst sprechen.
Panik flammte in mir auf, als hätte sie mir gerade mitgeteilt, dass das Haus brennen würde. »Du bist ...? Setz dich doch! Soll ich Papa wecken? Brauchst du was? Einen Arzt?«
Meine Mutter lachte schluchzend. »Nicht nötig.« Sie ließ sich auf einen alten Holzstuhl fallen, von dem die weiße Farbe blätterte.
Ich nahm die Schüssel und trug sie mit angehaltenem Atem zur Toilette. Natürlich versuchte ich, nicht so genau hinzusehen.
»Tut mir leid, dass ich dich geweckt habe«, sagte meine Mutter, als ich zurückkam.
»Schon gut.« Ich drehte den Wasserhahn auf und spülte die Schüssel aus.
»Kannst du dir das vorstellen?«, fragte sie und ich drehte mich zu ihr um.
Langsam bekam ihr Gesicht wieder eine normale Farbe; sogar das Urlaubsbraun kehrte zurück. »Kannst du dir das vorstellen: eine kleine Schwester ... oder ein kleiner Bruder ...?«
»Ich weiß nicht«, gab ich verwirrt zu. »Soll ich dir einen Tee kochen?«
»Danke, lieb von dir, aber ...« Sie streifte mein Apachenstirnband mit einem Blick. »Geh lieber wieder ins Bett, Colin.«
»Weiß Papa es schon?«
Sie schüttelte den Kopf.

»Ein Baby. Das wird bestimmt super.« In Wahrheit wusste ich nicht viel über Babys. Sie machten in die Windel und schrien den ganzen Tag und manchmal auch die ganze Nacht. Wenn sie etwas älter waren, richteten sie lustigen Unsinn an, steckten sich Büroklammern in die Nase, schmierten sich Brei ins Gesicht und solche Sachen.
»Ich freu mich auf den Winzling, echt«, sagte ich.
Meine Mutter tropfte schon wieder aus den Augen. Ich ging zu ihr und legte die Arme um sie. Sie roch noch ein bisschen übel, aber das störte mich nicht.
»Auf alle Fälle wird das Kleine einen ganz tollen Bruder haben«, meinte sie.
»Mhm. Und jetzt solltest du erst mal wieder ins Bett gehen«, schlug ich vor und warf einen Blick auf die Küchenuhr. Der lange schwarze Zeiger rückte erbarmungslos voran.
Meine Mutter nickte und strich sich verwundert über den Bauch. Aber sie blieb sitzen. »Ich hatte auch mal einen Bruder«, sagte sie leise. »Er hieß Fränzchen. Also eigentlich Franz. Er ist gestorben, als ich noch klein war. Wir haben dir nie von ihm erzählt, weil ... Ich dachte immer, du bist noch zu jung.«
»Zu jung?« Ich sah meine Mutter verdattert an.
»Er war so wissbegierig ... So wie sein Vater Elias. So wie ... so wie du. Ich erinnere mich noch an die Ameisen, Schnecken und Käfer, die er mit nach Hause brachte. Überall krabbelte es im Kinderzimmer, sogar in meinem Bett und auf meinem Kopfkissen.« Sie lachte.
»Was ist passiert?«
»Eines Tages kam er nicht zurück aus dem Wald. Wir haben ihn

überall gesucht. Mein Vater ... Opa Elias fand ihn erst ein paar Tage später. Fränzchen ist in einen Schacht gestürzt. Beim alten Steinbruch.« Meine Mutter sah mir in die Augen. »Ungefähr an der Stelle, an der du von dem Stein getroffen worden bist. Komischer Zufall, oder?« Den letzten Satz flüsterte sie.

Ich konnte nicht antworten. Mein Herz pochte zu schnell.

»Du machst doch keinen Blödsinn, Colin?«

Ich schüttelte hastig den Kopf. Am liebsten hätte ich ihr alles erzählt. Von Elias, von den Höhlen, von den Sauriern. Sogar von der Verabredung um Mitternacht. Aber ich brachte kein Wort heraus.

Mit einem Klicken sprang der Zeiger ein Stück weiter.

»Es ist, als würde dieser verdammte Steinbruch eine magische Anziehungskraft besitzen«, murmelte meine Mutter müde.

Eine Weile schwiegen wir. Es war beinahe still. Nur der Wasserhahn tropfte. Und die Uhr tickte.

Sie tickte viel zu laut.

»Soll ich dich nach oben bringen?«, fragte ich schließlich.

»Lass mal. Es geht mir gut. Wir reden morgen weiter, ja?« Meine Mutter strich mir über den Kopf.

Der Mond leuchtete wie ein Scheinwerfer.

Es war hell im Wald. Viel heller als sonst. Mein Schatten rannte vor mir her, als würde er vor mir davonlaufen, als würde ich vor mir selbst davonlaufen.

Hätte ich bleiben sollen? Bei meiner Mutter, meinem Vater? Ich schob den Gedanken beiseite. Selbst wenn ich wollte, ich konnte es nicht.

Im Bach sah ich mein Spiegelbild. Es lief eine Weile neben mir her. Ich winkte mir selbst zu. *Da bist du ja wieder,* plätscherte der Bach.
Die Äste knackten, als würden sie in meinem Kopf brechen. Ich versuchte, den pochenden Schmerz zwischen meinen Schläfen zu ignorieren.
Der Wandernde Zahn in meiner Hand schien mich mit sich zu ziehen. Weiter. Immer weiter. Schneller. Immer schneller. Ich spürte seine Kraft jetzt ganz deutlich.
Ging es dem Tyrannosaurus Rex gut? Und Piet? Und dem Parasaurolophus? Hatten die Edmontosaurier und ihre Jungtiere die Sprengung heil überstanden? Und all die anderen Wesen der Anderswelt? Ich konnte es nur hoffen.
Meine Mutter hatte mich zu lange aufgehalten. Ich wagte nicht, Zeit damit zu verschwenden, auf meine Armbanduhr zu sehen. Ich rannte, so schnell ich konnte, so schnell wie nie zuvor. Die kühle Luft schoss in meine Lunge. Frische kühle Erdbeereisluft. Mein Schatten verwandelte sich in Tessy und ich rannte ihr nach.
Ich schmeckte schon das Eis, das wir erst noch zusammen essen würden.

Am Saurierfelsen war niemand.
Ich kam zu spät.
Der Mond lächelte bedauernd auf mich hinab. Er sah aus wie ein Gesicht. Wie das Gesicht eines Jungen, der zu viel gewagt hatte, vielleicht.
»Fränzchen«, flüsterte ich.

Der Wind schickte mir einen rauschenden Gruß, sonst blieb es still.
Auf dem Felsen fand ich die Hausschuhe meiner Großmutter und ein altes Buch. Ich strich ein paarmal über den verwitterten Einband. Dann schlug ich es auf. Es enthielt nichts. Nur leere vergilbte Blätter. Doch als ich es schon zuklappen wollte, entdeckte ich auf der ersten Seite die verschnörkelte Schrift:

Schreib es auf!
Dein Großvater

Ich schlug das Buch zu und zog es an mich wie einen Freund.
Vorsichtig, als könnte er zerbrechen, legte ich den Wandernden Zahn auf die Fährte des Sauriers. Er würde den Weg zu meinen Großeltern schon finden.
Mit zwei Fingern streichelte ich die plüschigen rosa Hausschuhe meiner Oma, als sich plötzlich etwas in ihnen bewegte. Ich hielt meine Hand ganz still und nach einer Weile fühlte ich kleine Füße auf meiner Haut.
Der Feuersalamander hob seinen Kopf und blickte mich an.

Nachwort

»Ich wundere mich weniger darüber, dass einige Höhlenbewohner sehr anomal beschaffen sind (...), als vielmehr darüber, dass nicht noch mehr Reste alter Lebensformen erhalten blieben, da die Bewohner dieser dunklen Aufenthaltsorte einem weniger harten Lebenskampf unterlagen.«
Charles Darwin, »Die Entstehung der Arten«

Auf der ganzen Welt suchen Paläontologen nach den Fossilien aus der Urzeit und bis heute werden die versteinerten Zeugen der Vergangenheit auf der ganzen Welt aufgespürt. In europäischen Steinbrüchen und Baugruben, in der nordafrikanischen Sahara, in der Wüste Gobi in der Mongolei, in Nord- und Südamerika, in Australien und sogar in der Antarktis. Und immer wieder kommt es dabei zu ganz erstaunlichen Entdeckungen.
So fand man in einem Steinbruch im Harz seit 1998 außergewöhnlich viele Überreste von Sauriern, die zur Gruppe der Sauropoden, die eigentlich riesig groß wurden, gehören. Diese hier waren jedoch recht klein und die Wissenschaftler meinten erst, Jungtiere gefunden zu haben. Wie sich jedoch schließlich durch die Untersuchung der fossilen Knochen herausstellte, waren die

Tiere ausgewachsen und kleinwüchsig. Sie hatten sich den Lebensbedingungen auf einer Insel angepasst, denn in der Jurazeit lagen große Teile Europas, also auch Deutschlands, unter Wasser, und nur einige Inseln ragten über den Meeresspiegel. Die Entdeckung der zwergenhaften Riesensaurier belegte also, dass die Tiere auch unter schwierigen Bedingungen, innerhalb eines begrenzten Lebensraumes und mit weniger Nahrung, in der Lage waren zu überleben – »einfach«, indem sie im Laufe der Zeit, von Generation zu Generation, schrumpften.

Aber konnten Dinosaurier sich auch dem Leben unter der Erde anpassen?

Gab es denn überhaupt Saurier, die in Höhlen lebten?

Noch vor Kurzem hätten die Urzeit-Wissenschaftler vermutlich ihre Köpfe geschüttelt.

Doch im Jahr 2007 verkündete ein internationales Team von Paläontologen seine Forschungsergebnisse über einen Fossilienfund der besonderen Art: Im US-Staat Montana, in dem so berühmte Saurier wie der Tyrannosaurus, der Triceratops, der Deinonychus sowie Hadrosaurier und ihre Nester gefunden wurden, entdeckten sie Saurier, die sich offenbar selbst Höhlen gegraben haben. Die bisher unbekannten Tiere besaßen nicht nur kräftige Schultern und Vorderbeine, sondern auch eine schaufelähnliche Schnauze, die zum Buddeln der Gänge benutzt wurde. Die Paläontologen vermuten, dass die Pflanzenfresser ihren Nachwuchs in dem unterirdischen Bau vor angreifenden Fleischfressern und vielleicht auch vor extremen Klimabedingungen, wie Hitze oder Kälte, schützen wollten. Der Oryctodromeus cubicularis (»buddelnder Läufer aus der Höhle«), der zu den Vogelfußdinos gehörte und vor 95 Millionen Jahren lebte, ist also der erste nachgewiesene Höhlensaurier. Aber ist er auch der einzige? Wer weiß? Fest steht wohl nur: Die Erde birgt noch unendlich viele Geheimnisse über die gigantischsten Geschöpfe, die je auf unserem Planeten existiert haben.

Glossar

Albino: Lebewesen (Tiere und Menschen) mit fehlender Pigmentbildung, d.h. mit meist weißer Haut und weißen Haaren bzw. weißem Fell und roten Augen.

Ammonit: Ammonshorn. Kopffüßer aus dem Mesozoikum mit spiralförmigem Gehäuse.

Belemnit: Besser bekannt als »Donnerkeil«. Kopffüßer mit länglichem Gehäuse. Ähnelte einem Tintenfisch.

Brachiosaurier: »Armreptil«. Pflanzenfresser. Gehörte zur Gruppe der Sauropoden und war einer der größten Saurier, die man je gefunden hat (ca. 25 m lang, 13 m hoch und 80 t schwer).

Carnotaurus: »Fleischfressender Stier«. War mit zwei Hörnern über den Augen ausgestattet und gehörte wie auch der T-Rex zur Gruppe der Carnosaurier, die einen massigen Körper, stämmigen Kopf, lange, messerscharfe Zähne und Krallen und sehr kurze Vorderläufe besaßen.

Darwin, Charles Robert (1809–1882): englischer Naturforscher und Begründer der Evolutionstheorie.

Deinonychus: »Schreckliche Kralle«. Fleischfresser. Gefährlicher Jäger mit sichelförmigen Krallen an den Füßen.

Dimetrodon: »Zähne von zwei Größen«. Ursaurier. Das Reptil besaß ein auffälliges Rückensegel, das vermutlich als »Sonnenspeicher« diente.

Edmontosaurier: »Echse aus Edmonton«. Pflanzenfresser. Entenschnabelsaurier.

Evolution: Die ständige Veränderung und Weiterentwicklung der Lebewesen im Lauf der 3,5 Milliarden Jahre der Erdgeschichte, die notwendig war, um sich an immer neue Bedingungen (Klima, Umwelt) anzupassen, und die damit verbundene Entstehung neuer Arten.

Fossilien: Versteinerte Reste von Pflanzen und Tieren, die früher auf der Erde lebten.

Hadrosaurier: »Große Echse«. Entenschnabelsaurier. Pflanzenfressende Dinosauriergruppe, zu der mindestens 25 Gattungen gehörten, u.a. auch der Edmontosaurus und der Parasaurolophus. Die breiten, flachen Schnauzen ähnelten Entenschnäbeln.

Hyperbronchiogitis: bisher unbekannte Krankheit, also besser nicht auf den Entschuldigungszettel schreiben.

Jura: Die Jura-Zeit begann vor 208 Millionen Jahren und endete vor 146 Millionen Jahren.

Karbon: Zeitabschnitt des Erdaltertums (Paläozoikum).

Kreidezeit: Folgte der Jura-Zeit und endete vor 65 Millionen Jahren.

Lebende Fossilien: Lebewesen, die sich seit der Urzeit kaum oder gar nicht verändert haben (z.B. Quastenflosser, Ginkgo-Baum, Brückenechse).

Mesozoikum: Erdmittelalter, zu dem Trias, Jura und Kreide gehörten. Es begann vor ca. 250 Millionen Jahren und endete etwa vor 65 Millionen Jahren. Zeit, in der die Dinosaurier die Erde beherrschten.

Meteorit: Brocken aus Stein oder Eisen, der aus dem Weltall auf die Erde fällt.

Oviraptor: »Eierdieb«. Fleischfresser. Kleiner Saurier, aber schneller Jäger.

Paläozoikum: Erdaltertum. Umfasst Kambrium, Ordovizium, Silur, Devon, Karbon und Perm. Es begann vor ca. 570 Millionen Jahren und endete vor 250 Millionen Jahren.

Pangäa: Urkontinent. Vor allem in der Perm- und Trias-Zeit waren alle späteren Kontinente der Erde noch zu einer einzigen riesigen Landmasse vereint.

Parasaurolophus: »Echse mit zweisträngigem Kamm«. Großer Entenschnabelsaurier. Trug einen langen, hohlen Schädelkamm, der vermutlich dazu diente, Laute zu erzeugen.

Perm: Zeitabschnitt des Erdaltertums (Paläozoikum).

Plesiosaurier: Meeresreptilien.

Pteranodon: »Zahnloser Flügel«. Flugsaurier. Ernährte sich von Fisch. Er besaß eine fledermausähnliche Flughaut, einen langen, dünnen Knochenkamm und einen zahnlosen Schnabel mit Kehlsack.

Quastenflosser: Fisch aus der Urzeit, der auf wundersame Weise sein »Aussterben« überlebt hat. Seine muskulösen Flossen ähneln Gliedmaßen.

Sauropoden: Dinosauriergruppe. Riesige Pflanzenfresser mit langen Hälsen.

Tambacher Liebespaar: Zwei Skelette von Ursauriern, die scheinbar miteinander kuscheln. Sie wurden 1997 in einem Steinbruch in Tambach-Dietharz (Thüringen) entdeckt und sind heute im Museum der Natur in Gotha ausgestellt.

Trias: Zeitabschnitt des Erdmittelalters (Mesozoikum).

Triceratops: »Dreihorngesicht«. Großer Horndinosaurier. Pflanzenfresser.

Trilobiten: Dreilappkrebse. Meeres-Gliederfüßer aus der Zeit des Paläozoikums.

Tyrannosaurus Rex: »Tyrannen-König der Reptilien«. Fleischfresser. Der berühmte T-Rex konnte über 15 m lang und 7 m hoch werden, besaß einen riesigen Kopf mit bis zu 20 cm langen Zähnen. Seine Arme waren sehr kurz. Unklar ist, ob er ein Jäger oder ein Aasfresser oder beides war.

Ursaurier: Reptilien mit amphibischen oder auch säugetierähnlichen Merkmalen, die vor ca. 290 Millionen Jahren, also lange vor den Dinosauriern, lebten.

Danksagung

Besonders herzlich danke ich Dr. Thomas Martens, dem Paläontologen und Erforscher der Ursaurier, vom Museum der Natur, Gotha, für die freundliche Unterstützung.
Weiterhin danke ich Katharina Diestelmeier für ihre Hinweise und Fragen und meiner Lektorin Linde Müller für die gute Zusammenarbeit.
Meinen Kindern Niklas und Marie danke ich dafür, dass sie mir den Weg in die Anderswelt der Saurier und Fossilien gezeigt haben.

Grit Poppe wurde 1964 in Boltenhagen an der Ostsee geboren. Sie studierte am Literaturinstitut in Leipzig und war von 1989 bis 1992 Landesgeschäftsführerin der Bürgerbewegung *Demokratie Jetzt Brandenburg*. Seitdem arbeitet sie als freie Schriftstellerin und schreibt Romane und Erzählungen für Erwachsene und für Kinder. *Anderswelt* ist ihr zweites Kinderbuch im Dressler Verlag. Grit Poppe lebt mit ihrem Sohn und ihrer Tochter in Potsdam.